Carola Clasen
Wildflug

Bisher von der Autorin erschienene Titel bei KBV:

»Novembernebel«
»Das Fenster zum Zoo«
»Tot und begraben«
»Auszeit«
»Schwarze Schafe«

Carola Clasen wurde 1950 in Köln geboren. Nach einem Sprachenstudium arbeitete sie bis zu ihrer Heirat in Belgien. Später veröffentlichte sie zahlreiche Kurzgeschichten im Rundfunk. 1998 erschien ihr erster Eifel-Kriminalroman »Atemnot«.
»Wildflug« ist ihr sechster Titel im Programm des KBV.

Carola Clasen

Wildflug

KBV
KRIMI

Originalausgabe

www.kbv-verlag.de
E-Mail: info@kbv-verlag.de
Telefon: 0 65 93 - 99 86 68
Fax: 0 65 93 - 99 87 01
Umschlagillustration: Ralf Kramp
Redaktion, Satz: Volker Maria Neumann, Köln
Druck: Grenz-Echo AG, Eupen
www.grenzecho.be
Printed in Belgium
ISBN 3-937001-88-3

Ständiger Sonnenschein
erzeugt eine Wüste.

(arabisches Sprichwort)

1. Kapitel

Er öffnete eine Schreibtischschublade, holte seine Beretta heraus und legte sie so vor sich hin, dass der Lauf auf sein Gegenüber zeigte.

»O nein! Bitte erschieß mich nicht«, flehte Alex und rutschte vom Stuhl auf die Knie, sodass sein Kinn fast auf die Tischplatte schlug.

»Tz,tz,tz«, machte er, um ihn zu beruhigen, und zog langsam ein Kistchen zu sich heran, das einen doppelten Boden zu haben schien. Erst kam eine Lage Briefmarken zum Vorschein, die er in aller Ruhe bewunderte. Dann Patronen. Er zog das Magazin aus der Beretta, öffnete es und füllte es langsam und andächtig mit fünfzehn Patronen, neun Millimeter Parabellum. Jede einzelne unterzog er einer Begutachtung.

»Ich flehe dich an. Bitte! Lass uns noch mal über alles reden. Vielleicht schaff ich es ja doch, es war nur wegen der Hochzeit, ich hab ihr versprochen ...«

»Tz, tz, tz«, wiederholte er. »Keine Sorge. Ich bin doch nicht blöd. Nach Eintritt des Todes fließt doch das Blut nicht mehr.«

»Siehst du«, sagte Alex irritiert, aber auch erleichtert, rappelte sich hoch und rutschte wieder auf seinen Stuhl.

»Ganz ruhig, mein Alter. Niemand wird dich erschießen. Die Pistole ist nicht für dich. Alles wird gut«, sagte er ohne hochzusehen und zog eine Schachtel mit Tabletten aus der Schublade. Er hielt sie so, dass die Aufschrift nicht zu erkennen war. »Ich hab hier was für dich. Die Dinger hier coolen dich ein bisschen runter, und dann ist alles halb so wild. Warte, ich hole nur Wasser.«

Er kam mit zwei Bierflaschen und einem Glas zurück, in dem sich die Tabletten schon auflösten. Das Wasser war milchig. »Trink das. Und du bist wie neu.«

Alex stürzte das Wasser hinunter, verzog das Gesicht, spuckte und fuhr sich mit der Zunge über die Lippen. »Bah!«

»Schmeckt scheußlich, nicht wahr? Hilft aber. Nehm ich selbst manchmal.« Er köpfte die Bierflaschen an der Schreibtischkante. »Komm, darauf heben wir einen. Und dann machen wir eine kleine Spazierfahrt mit deinem Auto. Okay? Ich will dir was zeigen.«

»Eine Überraschung?«

»Ja, genau. Eine Überraschung.«

»Ich fahre«, sagte er und schob Alex auf den Beifahrersitz. »Schnall dich an.«

Es dauerte nicht lange, und die Augenlider seines Beifahrers wurden schwer, der Oberkörper im Sicherheitsgurt begann hin und her zu schwanken. Der Kopf schlug gegen die Seitenscheibe, dann gegen die Kopfstütze, dann fiel das Kinn auf die Brust, Arme und Beine wurden schlaff und fielen auseinander. Die linke Hand landete auf dem Schalthebel. Er schob sie ungeduldig beiseite.

Sie passierten Gemünd und Wolfgarten und ließen den Abzweig nach Heimbach rechts liegen. Bald kamen keine Häuser mehr. Der Wald zu beiden Seiten der Straße wurde größer und schwärzer und tiefer. Sie folgten der Straße nach Schwammenauel.

Er kannte die Strecke gut. Er fuhr sie nicht zum ersten Mal. Die Verkehrsschilder waren die Etappen zu seinem Ziel. Erst der Hinweis auf die Wildschweinpest, die Geschwindigkeitsbegrenzung auf fünfzig Stundenkilometer, das Überholverbot für Pkw und schließlich das Gefälle von acht Prozent.

Mit Blick auf das übergroße weiße Schild *Unfallhäufige Stelle*, auf dem zwei gefährliche Kurven rot markiert waren, hielt er an. Vor ihm lag ein gerades, steiles Stück Straße, das in eine Rechtskurve mündete, ehe es aus dem Blickfeld verschwand. Bäume, links eine Birke, rechts eine Gruppe Fichten, dazwischen ein Abhang, der ebenfalls an einer Baumreihe endete. Keine Seitenplanke säumte die Krümmung der Straße.

Licht aus, Gang raus, Handbremse hoch.

Ein Auto fuhr vorbei, unten langsam in die Kurve, die Rücklichter verschwanden hinter der nächsten Böschung, und er war wieder allein mit Alex. Über ihnen hing ein dunkler, wolkiger Himmel. Es war kurz nach Mitternacht.

Er zerrte Alex vom Beifahrersitz hinters Steuer, drückte seinen Kopf an die Kopfstütze, legte seine unbeholfenen Hände aufs Lenkrad, hakte die Finger ein, bückte sich, um seine schlaffen Beine und Füße zu sortieren.

Er hantierte länger dort unten herum, legte einen Gang ein und hatte plötzlich alle Mühe, den eigenen Kopf schnell genug aus der Tür zu ziehen, sie zuzuknallen, denn das Auto machte einen unkontrollierten Satz nach vorne.

Und dabei blieb es nicht. Es stürzte sich mit erstaunlicher Geschwindigkeit hinab. Es schlingerte, stieß rechts gegen einen Begrenzungspfahl, links gegen die Birke und prallte schließlich frontal in die Baumreihe.

Genau wie beim ersten Mal, dachte er zufrieden.

Das Hinterteil des Wagens bäumte sich auf. Einen Moment stand das Fahrzeug fast senkrecht, ehe es zurück auf die Räder fiel. Glas und Blech zertrümmerten, Rauch stieg in den Himmel, die Bäume zitterten bis in die Wipfel. Es roch nach Gummi und Brand und Öl.

Er wartete einen Augenblick ab, lief dann die Straße hinab, um nach dem Rechten zu sehen. Er näherte sich vorsichtig.

Aus der tief eingedrückten Motorhaube drang Qualm, die Windschutzscheibe war zertrümmert, die Scheibenwischer standen quer, Alex' Körper lag auf dem Lenkrad, sein Gesicht zeigte in seine Richtung. Es war blutüberströmt.

Er zog sein Handy aus der Tasche, drückte den Notruf und meldete den Unfall.

Gut. Alles klar. Er rieb sich die Hände. Das war's.

Am meisten hasste er es, danach den ganzen Weg zu Fuß nach Hause gehen zu müssen. Es gab andere, wirklich gute Stellen in der Nähe seines Wohnortes, aber keine war wie diese. Keine, von der man einen Unfall eher annehmen konnte.

Vor dem ersten Mal hatte er das Fahrrad seiner Frau in der Nähe postiert. Er selbst besaß keines. Wann kam ein Typ wie er auch schon zum Fahrrad fahren? Aber als er es nach dem Unfall aus dem Versteck holen wollte, war es nicht mehr da gewesen. Irgendein Idiot war ihm zuvorgekommen. Seine Frau hatte es bis jetzt nicht gemerkt. Er würde ihr bei Gelegenheit ein neues holen, ein viel schöneres.

Als er beim Schild *Wildschweinpest* angelangt war, hörte er die Sirene und sprang in die Böschung.

2. Kapitel

Staatsanwalt Bernd Wesseling saß in seiner Aachener Privatwohnung und trank mit seiner Frau Hilde Kaffee. Es war ein Freitagnachmittag, da gab es Kuchen bei Wesselings. Neuerdings. Hilde lief auch nicht mehr wie früher in bequemer Hauskleidung herum, sondern hatte sich in Schale geworfen. Kamelfarbener Hosenanzug, die Jacke hing über der Stuhllehne, ein braunes, knappes T-Shirt. Auch trug sie beileibe keine Hausschuhe, sondern braun-weiße Sneakers. Ihre Frisur schien gerade erst gekämmt, der Lippenstift war frisch.

Wesseling selbst war sowieso immer akkurat gekleidet und frisiert, das hatte er seiner Frau zu verdanken. Er mochte den Anblick, der sich ihm gegenüber bot, und lächelte seine Hilde zufrieden an.

Zwischen ihnen standen eine Kaffeekanne, ein Milchkännchen, ein Zuckertopf und eine Kuchenplatte mit zwei Stückchen Bienenstich. Zwei Stückchen Erdbeerkuchen warteten bereits auf den weißen Esstellern darauf, verspeist zu werden. Wesseling verströmte einen dezenten Herrenduft, der unmittelbar mit Hildes neuem Parfum konkurrierte.

Seit Hilde 2004 im Schwarzwald in Kur gewesen und mit einem gesunden Rücken und einem Schatten namens Schmidt nach Hause gekommen war, hatten sich viele Dinge im Hause Wesseling geändert. Hilde hatte ihn damals regelrecht erpresst. Wenn er, Bernd, nicht ab sofort dies und das täte und dies und das ließe, würde sie mit Herrn Schmidt auf und davon gehen. Für immer.

Herr Schmidt kam von »drüben«, wie sie sagte, als Bernd sich interessiert nach ihrer beider Ziel erkundigte. Nähere geografische Angaben wollte sie nicht machen. Schließlich sollte er sie nicht suchen und finden können.

Wesseling verstand die Welt nicht mehr. Hilde war am Osten nie etwas gelegen, im Urlaub sollte es immer der Süden sein. Je wärmer, je lieber.

»Was gibt es denn Neues, mein Lieber?«, fragte Hilde. Ein Happen Erdbeerkuchen verschwand zwischen ihren roten Lippen. Sie mahlte und legte den Kopf schief.

Früher hätte er geantwortet: »Je nun«, sich in Schweigen gehüllt und hinter einer Zeitung verschanzt. Über seine Arbeit sprach er nicht gern. Das nützte ihm nun nichts mehr. Das war Teil des Arrangements, das er eingegangen war, um Hilde nicht in den Osten ziehen lassen zu müssen.

Auch Herr Schmidt gehörte der Vergangenheit an. Sie hatten ihn bezwungen. Und irgendwie waren sie ihm heute noch dankbar für sein Auftauchen. Wesseling natürlich mehr über sein Abtauchen. Herr Schmidt hatte eine deutliche Spur hinterlassen.

Wesseling hatte Hilde versprochen, sie mehr an seinem Leben teilnehmen zu lassen und ihr mehr Zeit zu schenken und ab sofort einen Herrenduft zu benutzen.

Sie hatte versprochen, öfter einmal mit ihm auszugehen, in ein Konzert, oder zu wandern und nicht nur das Leben einer Hausfrau zu führen, wozu gehörte, dass sie sich immer nett anzog. Manchmal war es ihm fast schon zu modern, was sie trug, aber er würde den Teufel tun und etwas sagen.

Allein bei Hildes Wunsch, gemeinsam Mitglied in einem Fitness-Studio zu werden, war Wesseling hart geblieben. Wann immer sie das Thema zur Sprache brachte, war seine stoische Antwort: »Da gehe ich nicht hin, und wenn du dreimal gen Osten ziehst.« Alles hatte seine Grenzen. Wenn er jemals irgendeinen Sport – außer Wandern – betreiben sollte, dann an der frischen Luft. Das wollte Hilde nicht. Sie wollte sich nicht vom Wetter abhängig machen.

Bei einem Tanzkurs wurde Wesseling allerdings schwach.

Auch der freitägliche Kaffeeklatsch war ihm ein liebes Ritual geworden, das ein Wochenende einläutete. Ihre Ehe stand unter einem guten, neuen Stern. Auch wenn es irgendwo in Wesselings Dienstbereich Tote gab, lagen sie stets erst an zweiter Stelle.

Hildes Frage stand noch unbeantwortet im Raum, als er ihr Kaffee nachgoss und sagte: »Ich habe dir doch von diesem merkwürdigen, angeblichen Autounfall erzählt.«

»Natürlich«, posaunte Hilde stolz hinaus. »Ich bin auf dem Laufenden. Heute vor genau einer Woche, exakt am 5. Mai: Alexander Linden, noch keine dreißig, aus Heimbach. Laut Obduktion bewusstlos am Steuer durch eine Überdosis Schlaftabletten. Ein ausgehebelter oder blockierter Gaszug und ein Baum an der falschen Stelle waren ursächlich ...«

»Psst«, machte Wesseling automatisch. Hilde wusste mehr als die Presse.

Sie sah sich um. »Wir sind allein, Bernd. Habt ihr endlich den Täter?«

»Nein, aber so wie es aussieht, einen ähnlichen Fall.«

»Oh Gott«, rief Hilde ehrlich bestürzt aus. Es irritierte Wesseling immer, wenn sie sich seine Fälle so zu Herzen nahm. »Schon wieder?«

»Im Gegenteil, er hat sich schon im Dezember letzten Jahres ereignet, aber wir haben es nicht gemerkt. Kurz vor Weihnachten.«

»Wie schrecklich, gerade an Weihnachten. Davon hast du mir nichts erzählt.«

»Es war auch kein Mordfall für uns, verstehst du, Hilde. Es schien uns ein Unfall zu sein. Der Tote wurde nicht obduziert, das Gaspedal wurde nicht untersucht. Die Akte kam gar nicht erst auf meinem Tisch. Das kann passieren. Du weißt, wie überlastet sie in der Rechtsmedizin sind.«

»Du hast es mir gesagt. Wie seid ihr denn dieses Mal draufgekommen?«

»Die Eltern des ersten Toten haben sich gemeldet, weil sie von dem Unfall in der Zeitung gelesen haben.«

»War die Unfallstelle die gleiche?«, setzte Hilde das Verhör fort.

Wesseling bejahte.

»Da stehen ja genug Bäume.«

»Hilde!«, ermahnte er sie entrüstet. »Als wir dann weitersprachen, kam noch mehr ans Tageslicht.«

»Was denn?«

Wesseling schüttelte den Kópf.

»Verstehe.«

»Das Auto von damals ist natürlich schon in der Presse verschwunden, aber die Eltern waren mit einer Exhumierung des Toten einverstanden.«

»Wie heißt er?«

»Das kann ich dir erst sagen, wenn feststeht, ob er wirklich ermordet wurde.«

»Gut«, beschloss Hilde das Verhör und ging zu ihrem Schlusssatz über: »Ich schweige wie ein Grab.«

Nun war alles gesagt. Wesseling hatte seine Schuldigkeit getan. Er lehnte sich zurück, seufzte und ließ seinen Blick über die kleine Bildergalerie schweifen, die an den Esszimmerwänden hing und Resultat seiner Zeichnungen war, die er während oder nach seinen diversen Wanderungen angefertigt hatte.

Manchmal kam ihm sein neues Leben richtig anstrengend vor. Er, seine Berichte wiederkäuend, und Hilde mit ihrer

Fragerei. Aus ihr wäre eine gute Journalistin geworden. Und dann das Versprechen zum Schluss. Ich schweige wie ein Grab. Sicher, er hatte sie anfangs darum gebeten. Aber war es nötig, den Satz ständig zu wiederholen? Auch wenn er signalisierte, dass die bohrende Fragerei ein Ende hatte.

Heute nicht einmal das.

»Ich werde wohl Montag nach Schleiden müssen«, kündigte Wesseling an. »Man kann nicht alles vom Schreibtisch aus regeln.«

»Verstehe.« Hilde kratzte Kuchenkrümel zusammen und fragte beiläufig und ohne hochzusehen: »Darf ich vielleicht dieses Mal mit?«

Wesseling zuckte zusammen. »Im Prinzip, ja«, antwortete er zögernd und musterte seine Frau. Das hatte sie noch nie gefragt. »Natürlich kannst du mit. Wenn es dich interessiert.«

»Das tut es.«

»Dann gehen wir hinterher irgendwo schön essen.«

Hilde nickte. Nach einer Weile hob sie an: »Fährst du auch bei *ihr* vorbei?«

Wesseling zuckte schon wieder zusammen. Mit *ihr* konnte Hilde nur Sonja Senger meinen, die Hauptkommissarin aus Trier, mit deren Hilfe er vor zwei Jahren den Fall Alexander Kluska gelöst hatte. Drei Morde waren auf sein Konto gegangen, ehe er den Mut hatte, sich zu erhängen. Dies war nicht Sengers erste Serie gewesen. Sie schien ein Faible für Serien zu haben.

Ganz im Gegensatz zu ihm. Er hasste sie. Trotz aller Fortbildung in Psychologie – oder gerade wegen dieser Kurse. Solche Fälle streckten sich manchmal über Jahre, und er musste sich viel mehr vor Ort einbringen, als ihm lieb war, um den Täter zu verstehen, um einen Blick in seine Denkweise werfen zu können.

Senger hatte vor einiger Zeit angerufen. Nicht hier zu Hause, sondern im Büro der Staatsanwaltschaft. Er hatte Hilde nichts davon erzählt, weil er das Gefühl hatte, dass es zwischen den beiden Damen, die einander nie begegnet waren, eine latente, aber völlig unangebrachte Eifersucht gab. Was ihm einerseits schmeichelte, ihn andererseits aber auch beunruhigte.

Senger hatte sich nicht gut angehört. Kein Wunder. Er hatte ihr gleich gesagt, dass er meinte, ihr würde die Arbeit fehlen. Sie würde nach geistiger Nahrung hungern. Und so war es dann gekommen. Sie hatte ihn ausgefragt. Wie Hilde. Schlimmer noch. Sie hatte ihn sogar gefragt, ob er nicht einen Job für sie hätte. Irgendetwas Kleines, Unbedeutendes. Oder besser noch alte Akten, ungelöste Fälle zum Aufdröseln. Aber das durfte er nicht. Wer auch immer schuld an ihrer Misere war, das wollte er nicht beurteilen, letztes Jahr hatte er noch versucht, sich für sie stark zu machen, aber sein Einfluss hatte Grenzen. Diese Grenzen endeten vor den Toren der Stadt Köln.

Außerdem machte Senger wohl auch dieser windige Franzose zu schaffen, der sich für unwiderstehlich hielt. Schaumschläger, dachte Wesseling. Kam und ging, wie es ihm passte. Wesseling fragte sich, was Frauen an solchen Typen mochten.

Und, ja, wenn Hilde schon fragte, er würde gern nach Senger sehen. Auf einen Rum mit Tee, vielleicht. Hockte sie wirklich den lieben, langen Tag mutterseelenallein in ihrem winzigen Forsthaus in Wolfgarten?

»Vielleicht«, sagte er also mit reichlicher Verspätung und wohl etwas zu vorsichtig zu Hilde.

»Schon gut. Dann bleib ich eben hier.«

Wesseling hatte diesen Satz kommen hören. Braute sich da etwas zusammen? Er wollte nichts falsch machen. »Vielleicht auch nicht«, schob er nach. »Je nachdem, wie viel Zeit mir bleibt.«

Mit einem Klirren stellte Hilde ihre Kaffeetasse auf den Essteller, als Zeichen dafür, dass sie gesättigt war, und wechselte das Thema: »Weißt du, was ich heute erlebt habe?«

Wesselings Gedanken wanderten von Senger zu den beiden toten Männern. Bei dem neuen, alten Fall handelte es sich um André Ziskoven. Er war Anfang vierzig, wohnte in Olef und war von Beruf Hausmeister. Er hatte sich gerade ein Haus gebaut, als er arbeitslos wurde, er hinterließ eine Frau und drei Kinder. Alexander Linden, Ende zwanzig, Speditionskaufmann, war ledig gewesen, hatte aber eine Freundin, sie wollten demnächst heiraten, wie seine Eltern versicherten. Er hatte ebenfalls seine Arbeit verloren. Kein guter Start ins Leben.

Wesseling hatte beide Familien besucht. Sie wussten nichts von dem, was die beiden Männer in ihrer freien Zeit getrieben hatten. Der Tod sei für sie aus heiterem Himmel gekommen.

Außer der Unfallstelle, der Arbeitslosigkeit, und – wie Wesseling vermutete – der Todesart hatte man noch keine weiteren Gemeinsamkeiten feststellen können. Man wartete noch auf mögliche Erkenntnisse nach Exhumierung und Obduktion. Aber wenn alles zusammenpasste, hoffentlich nicht, betete Wesseling, dann begann die Kleinarbeit. Es musste andere Berührungspunkte zwischen den beiden Opfern geben. Irgendwo überschnitten sich ihre Lebensläufe. Manchmal lagen diese Fixpunkte sehr weit zurück. Und manchmal waren sie so klein, dass man sie übersehen konnte. Man musste eben die Augen weit aufmachen.

Ehemalige Kollegen, Verwandte, Freunde und Nachbarn würden dann von Mitarbeitern der Bonner Kriminalkommission befragt werden müssen. Bei Mord reichte man die Polizeiarbeit von Schleiden nach Euskirchen weiter und von dort nach Bonn. Die Kriminalkommissare Korb und Stelter waren wieder im Einsatz, wie Wesseling gehört hatte. Das war ihm lieb.

»Bernd!«, hieß es vorwurfsvoll.

Wesseling besann sich. Der Kaffeetisch war wie durch ein Wunder abgeräumt. Was war aus dem Bienenstich geworden? Er versuchte nachzuschmecken und legte eine Hand prüfend auf den Bauch. Hatte er ihn etwa gegessen? Hilde stand neben ihm, eine Hand an der Hüfte, die andere griff ins Haar, das sie neuerdings sehr kurz trug. Wesseling hatte sie kennengelernt, da lagen ihr die Haare auf den Hüften so wie jetzt ihre Hand. Ach!

»Er hat deine Frisur sehr gut hinbekommen«, steuerte Wesseling sicherheitshalber bei.

»Wer?«

»Dein Friseur!«

»Davon habe ich nicht gesprochen!«

»Trotzdem ist es so.«

»Findest du?« Sie drehte den Kopf hin und her wie eine Marionette.

»Aber ja. Es sieht sehr hübsch aus.«

Sie lächelte besänftigt. »In der Bücherei«, begann sie, vermutlich bereits zum zweiten Mal.

»Oh, du warst in der Bücherei? Was hast du dir geliehen?«

Aus der Ferne hörte Wesseling sie von einem Buch und dann von einem Erlebnis in der Stadtbücherei reden. Sie schien eine alte Freundin getroffen zu haben, die sie zwanzig Jahre oder länger nicht gesehen hatte. Und was aus dieser Frau geworden war! Wenn man Hilde Glauben schenken konnte, war sie nun doppelt so dick! Hilde ließ die Dinge manchmal drastischer erscheinen als sie waren. Die Ärmste! Und sie war geschieden! Und hatte jetzt wohl Probleme mit der Einsamkeit, da half ihr das Essen.

Wesseling sah seine Hilde nachdenklich an. Was machte Herr Schmidt jetzt wohl die ganze Zeit ohne sie? Er stellte ihn sich klein und hager vor, das dünne, rotblonde Haar mit einem akkuraten Seitenscheitel geteilt, mit wasserblauen Augen, die immer leicht gerötet waren, und spitzen Schuhen. In welchen Osten er sie wohl mitgenommen hätte?

3. Kapitel

Insgesamt knapp acht Flugstunden von Aachen entfernt, in Abu Dhabi Stadt, fühlte sich Karim bin Zayed Al-Nahyan wieder einmal als der Ärmste unter der brennenden Sonne der Vereinigten Arabischen Emirate.

»Du hast es mir versprochen«, warf er seinem Leibwächter Sharaf Jaziri fast täglich vor.

»Ja, Ja. Ich tue, was ich kann. Aber Geduld musst du dennoch haben, Geduld, der Tag ist nicht mehr fern. Du bist bald hektisch wie ein echter Europäer.«

Dabei war Karim nur ein halber. Er hatte die helle Haut seiner deutschen Mutter geerbt und sogar ihre meerblauen Augen. Er war schmaler und größer geraten als seine vielen Brüder. Allein seine schwarzen glatten Haare, die er bis zum spitzen Kinn trug, und die edle Hakennase verrieten seine hohe arabische Herkunft. Er war das einzige Kind, das Basmah, eine der Lieblingsfrauen des inzwischen verstorbenen Emirs Sheikh Zayed bin Sultan Al-Nahyan, zur Welt gebracht hatte.

Sheikh Zayed hatte während seiner Herrschaft in unermesslichem Überfluss gelebt und eine üppige, leider künstlich angelegte Vegetation in und um Abu Dhabi Stadt herum geschaffen. Scharen von Gärtnern beschäftigten sich mit seinen Parkanlagen und Alleen, um den Traum des Herrschers und aller Emiraties widerzuspiegeln: ein Leben in üppiger Vegetation.

Auch Karim träumte diesen Traum. Aber er wollte sich nicht damit begnügen, ein Grünflächen-Fan zu sein und jeder Palme einen Wasserschlauch zu verpassen. Er wollte mehr. Er wollte echte, wahre, wilde Flora. Basmah hatte diese Saat gesät.

Sie war anders gewesen als die anderen Frauen des Emirs, nicht nur schön und blass, fast durchsichtig, sondern auch blaublütig und klug. Den größten Teil ihres Lebens hatte sie in verschiedenen Ländern Europas verbracht. Ihr Vater war ein hoher Diplomat. Basmah sprach mehrere Sprachen. Sie hörte auf den Namen Katherina, ehe Sheikh Zayed sie in seinen Palast holte und Basmah nannte.

Ihrem kleinen Sohn Karim hatte sie viel von ihrem früheren Leben erzählt und damit einen Teil ihres Heimwehs gestillt. Zuerst die Märchen, Sagen und Fabeln, später berichtete sie ihm von der Realität, den Wäldern und Wiesen, den Seen, Flüssen und Bächen, dem Regen und den schier undenkbaren Phänomenen Kälte, Frost, Eis und Schnee. Für Karim wurde so Europa mit den Jahren eine Art Gelobtes Land, wo nicht gerade Milch und Honig, aber wenigstens Wasser reichlich floss. Wasser, das einfach aus dem Himmel kam, aus Stein oder Erde hervorsprudelte und sich zu Flüssen und Seen versammelte. Süßes Wasser, wie Basmah es nannte.

Unfassbar für ihn, der in einem Land aufgewachsen war, das zwar zu einem großen Teil am Meer gelegen und grundwasserreich war, aber auch zu 97,1 Prozent aus reiner Wüste bestand und wo nur durch riesige Meerwasserentsalzungsanlagen der Bedarf zu sichern war. Unvorstellbar für ihn, der nichts als künstlich angelegte Landschaften kannte, Wolkenkratzer aus Glas, Stahl und Beton, flirrende, vierspurige Highways, glatt wie Seide, so weit das Auge reichte, eingerahmt von Oleanderhecken zum Schutz gegen die peitschenden Sandstürme, die von den umliegenden Wüsten kamen. Eine harmlos klingende Durchschnittstemperatur von zweiunddreißig Grad bedeutete nichts anderes als unerträgliche fünfzig Grad im Sommer und milde zwanzig Grad im Winter. Ein mörderisches Klima. Ein mörderisches Leben.

Kein Wunder, dass sein Herz höher schlug, als seine Mutter ihm Fotografien von Europa zeigte. Wasserfälle und Seen, blau und grün zugleich. Und angeblich süß. Echte schwarze Wälder, echte Wiesen und Blumen. Rauschende Flüsse und plätschernde Bäche, Quellen. Diese Bilder wollten ihm nicht mehr aus dem Kopf.

Aber eine Reise kam nicht in Frage. Sheikh Zayed gestattete es nicht. Basmah durfte das Land nicht verlassen. Zu sehr fürchtete er wohl, sie könne nicht zurückkehren. Das Heimweh! Und Karim durfte keinen Tag ohne Basmah sein.

Dann musste er es doch. Für den Rest seines Lebens. Über der Oase von Liwa stürzte die Maschine ab. Da war Karim erst zehn Jahre alt und weinte sich nach seiner Mutter die Augen aus. Auch Sheikh Zayed sollte sich nie wieder von diesem Schicksalsschlag erholen. Eine Reise blieb tabu. Davon wollte der trauernde Emir nichts hören.

Als er am 2. November des Jahres 2004, mitten im Ramadan, nach langer Krankheit verstarb, versanken das Herrschergeschlecht Al-Nahyan und das gesamte Land in tiefer Trauer, denn er war ein gütiger, großzügiger Emir gewesen. Die Bevölkerung lebte im Wohlstand, es gab so gut wie keine Kriminalität.

Sein ältester Sohn Farouq, der schon seit einiger Zeit den Vater vertrat, übernahm nun die Amtsgeschäfte, wurde zum neuen Emir gewählt und gab sich alle Mühe, seinen Vater würdig zu ersetzen und die Kontinuität im Lande zu wahren. Aber das Charisma seines Vaters hatte er nicht. Bei Weitem nicht. Dessen Wimpernschlag allein gereicht hatte, dass sich die Leute vor ihm in den Staub warfen.

Trotz der guten diplomatischen Beziehungen zu Europa setzte Sheikh Farouq die Tradition fort und dachte nicht daran, seinem kleinen Bruder Karim eine Reise nach Europa zu gestatten.

»Die einzige Reise, die ich dir gestatte, ist die *hadj*«, sagte Farouq jedes Mal, wenn er Karim zu Gesicht bekam. Dieser Satz wurde zum geflügelten Wort im Palast des Emirs und Karim das Opfer des Spottes seiner vielen Brüder.

»Ich will nicht nach Mekka, ich will nach Europa.«

»Denke nicht einmal daran!« Farouq spuckte die Wörter aus, als seien sie vergiftet.

»Warum sollte ich nicht?«, fragte Karim dann trotzig zurück, warf seinen Kopf herum, dass die weiße *ghutra* nur so flog.

»Weil ich es nicht erlaube, ich habe unserem Vater versprochen, auf dich zu achten.«

»Dann tu es auch! Wenn ich nicht nach Europa kann, bringe ich mich um«, drohte Karim und strich sich mit der Handkante die Kehle entlang.

»Dazu fehlt dir der Mut.«

Karim schwieg. Sein Bruder hatte recht. Mut war nicht seine größte Stärke. Sonst wäre er längst nicht mehr hier. Was hielt ihn noch in Abu Dhabi? Er war jetzt fünfundzwanzig Jahre alt, verlassen von Vater und Mutter und ungeliebt von seinen Brüdern. Er hatte niemanden außer Sharaf.

Sharaf Jaziri war sein Diener, Leibwächter, Berater, Fahrer und Freund seit Kindertagen. Ihm allein vertraute er blind, ihm allein konnte er von seinen Wünschen und Sehnsüchten erzählen. Niemals lachte Sharaf ihn aus, so wie es seine Brüder taten. Nein, Sharaf fühlte wie er.

Auch Sharaf entstammte, allerdings um viele Ecken und nur mütterlicherseits, dem Herrschergeschlecht Al-Nahyan.

Er hatte Sprachen studiert, sprach fließend englisch, französisch und deutsch, und hatte dann die Militärlaufbahn eingeschlagen. Danach war er in den Sicherheitsdienst gegangen, hatte eine Kampfausbildung genossen und war schließlich Teil eines Personenschutzes im Palast des Emirs geworden. Sharaf war ein kräftiger, untersetzter Mann mit einer Hakennase und Augen schwarz wie Eierbriketts. Er trug einen eckigen, akkurat gestutzten Bart. Durch seinen ehrenwerten Namen gewann er das Vertrauen des Emirs, sodass er von ihm einen wichtigen, lebenslangen Auftrag bekam, auf den er stolz sein konnte. Sein Auftrag war Karim.

Karim hatte auf Wunsch seines Vaters ein Studium der Betriebswirtschaft an der Universität von Al-Ain absolviert und war Geschäftsmann geworden und hatte seit zwei Jahren eine gute Position in der Al-Saman-Group. Sein Vater hatte diese Geschäftsverbindung noch geknüpft. Karim war nicht der erste seiner Söhne, den er in der Al-Saman-Group untergebracht hatte. Aber Karim war der Einzige, dem es an Ehrgeiz fehlte. Stets wirkte er ein wenig scheu und gedankenverloren, als habe er sich auf diese Welt nur verirrt und sei in Wirklichkeit woanders zu Hause. Und so war es auch. Er war zu Hause in seinen Träumen.

Die blitzblank geschniegelte Geschäftswelt war nicht seine Welt. Da saß er nun, Tag ein, Tag aus, im vierundzwanzigsten Stockwerk eines gläsernen Wolkenkratzers, hatte alles, was sich ein junger Mann wünschen konnte: ein großzügiges, eigenes Büro, einen Sekretär, eine Sekretärin, eine anspruchsvolle Aufgabe. Und was tat er? Er genoss es nicht. Bekümmert sah er in den erbarmungslos blauen Himmel, auf das flirrende Meer, die rote Wüste und die anderen Hochhäuser um ihn herum, in deren getönten Scheiben sich die Sonne verfärbte, und dachte an Europa. Der Ruf des Muezzin aus der nahen, weißen Moschee erreichte ihn nur von fern. *Allahu akhbar ...*

Wenn er der Größte ist, warum steht er mir dann nicht bei, fragte sich Karim jeden Tag aufs Neue. Wann tauchte sein oberster Chef endlich noch einmal bei ihm auf? Das wünscht sich nicht jeder Angestellter auf der Welt, aber Karim saß nur aus einem einzigen Grund jeden Tag in seinem Büro, nämlich in der Hoffnung, endlich seinem obersten Chef, Salem Ebrahim Al-Saman, noch einmal zu begegnen. Erst ein einziges Mal, an seinem ersten Arbeitstag, war er ihm begegnet. Salem Ebrahim Al-Saman war ein älterer, kleiner, drahtiger Herr. Freundlich aber distanziert. Und an jenem Tag war keine Gelegenheit gewesen, auf Deutschland zu sprechen zu kommen. Und auf Salem zuzugehen, das entsprach nicht Karims Fähigkeit, dazu war er viel zu schüchtern.

»Heute wieder nicht«, berichtete er Sharaf jeden Abend unermüdlich.

»Warte, mein Herr«, sagte Sharaf dann jedes Mal. »Der Tag ist nicht mehr fern.«

Viel zu oft sah Karim auf seine Rolex, viel zu langsam verstrich die Zeit bis zum Feierabend, wenn der Tag, der hinter ihm lag, an Bedeutung verlor, als hätte es ihn nicht gegeben.

In seinen Privaträumen warf er den dunklen Geschäftsanzug aus feiner Seide auf sein Bett und tauschte ihn gegen die weiße, knöchellange *dishdasha,* bedeckte den Kopf mit der kunstvoll gehäkelten *tagiyah,* warf die weiße *ghutra* darüber und befestigte das Kunstwerk mit dem schwarzen *igal.* So fühlte er sich immer noch am wohlsten. Die schwarzen Business-Schuhe flogen in die Ecke und wurden durch Ledersandalen ersetzt.

Während seine Brüder sich in ihrer Freizeit mit Vorliebe oberflächlichen Vergnügungen wie dem Wüstenrennen, Sand-Skifahren, Golfen oder Kamelrennen widmeten, aus schierem Übermut sich manchmal sogar in die Niederungen des Fußballs begaben, galt Karims große Liebe allein der Falknerei, einem traditionellen Ritual, dem sich heutzutage fast nur noch die Älteren der Reichen verschrieben haben.

Seit sein Vater ihm den ersten Falken zu seinem fünften Geburtstag geschenkt hatte, Radji, einen weißen Ger aus einer norddeutschen Zucht, konnte er sich ein Leben ohne Falken nicht mehr vorstellen. Auf Radji folgte Malik, auf Malik Amir.

Karim griff zu Falknertasche, Federspiel und Geschüh, zog den Falknerhandschuh über die linke Hand und trat ans Fenster zu Amir, der dort die ganze Zeit fast bewegungslos auf seinem Block gestanden hatte. Als Karim ihm die lederne Haube vom Kopf zog, die mit einem Federbusch und bunten Perlenschnüren verziert war, schüttelte Amir sich und kommentierte die Störung mit einem kehligen Schrei.

»Genug geschlafen.« Karim kraulte ihm zärtlich Brust und Kopf, band ihn vom Block los, nahm die beiden Lederriemen zwischen Daumen und Zeigefinger und ließ Amir auf seine Hand steigen.

Am Bein trug er eine Kenn-Nummer, am Schwanz einen Mini-Peilsender für das GPS-System und in der Brust einen Mikrochip. So waren alle Falken in den Emiraten ausgestattet, aber Amir hatte noch ein besonderes Kennzeichen, das ihn einmalig und unverwechselbar machte: einen kleinen, ovalen, braunen Fleck über dem rechten Nasenloch.

Amir war drei Jahre alt, also im besten Alter, und natürlich ein weißer Ger. Weiß war vor allem der kräftige Brustkorb, die Flügel weiß-grau gestromt. Gers sind die Könige unter den Falken, die größten, schnellsten und stärksten ihrer Gattung.

An seinen freien Tagen ging Karim mit ihm im Leeren Viertel, der Wüste Ar-Rub al-Khali, auf Jagd. Da viele Beutetiere vom Aussterben bedroht waren, jagte man mit Attrappen. Seit Kurzem gab es aber dort auch eine speziell ausgewiesene Jagdzone, in der Tiere ausgesetzt wurden, die extra für die Jagd gezüchtet worden waren. Aber für den Feierabend war der Weg nach Ar-Rub al-Khali zu weit, da hatten sie anderes vor.

Amir trappelte unruhig auf dem Handschuh hin und her.

»Gleich geht es los.«

Wenig später stieß Sharaf Jaziri im Khaki-Anzug und mit weißer *ghutra* zu ihnen, und gemeinsam machten sie sich mit dem Jeep auf den Weg nach Dubai. Sharaf saß am Steuer, Karim immer hinten rechts, Amir auf seiner Hand. Es ging vorbei an einer Kamelherde, die in Reih und Glied durch die Wüste zog, an Dornenbüschen, Distelsträuchern und den Lehmmauern halb begrabener Ruinenstädte, Überbleibsel alter Karawansereien, aus denen schwarze, schreiende Vögel aufschreckten. Der rote Sand war durchzogen von Reifenspuren. Die Sonne hing über der Gebirgskette am Horizont. Eine Wolke aus Staub zogen sie hinter sich her.

Sobald sie an ihrem Ziel angekommen waren, dem Avian Reproduction Research Center (ARRC), der größten Falkenaufzuchtstelle der Emirate, einem Gelände, das durch Stacheldrahtrollen und Wachhunde gesichert war, hatte Karim sein anderes Leben vergessen. Auch wenn Amir nicht von hier stammte, verging fast kein Tag, an dem er nicht im ARRC den Falknern bei der Aufzucht der Jungvögel, der Pflege der kranken oder der Abrichtung der gefangenen

Greifvögel über die Schulter sah. Karim half und beriet, wenn er gebeten wurde. Anschließend jagte er mit Amir ein wenig in der Wüstengegend um Nad Al Shiba. Für die Öffentlichkeit war das gesamte Gelände unzugänglich. Aber natürlich hatte ein Sohn des Herrschergeschlechtes jederzeit Zutritt. Solche kleinen Privilegien waren Karim der einzige Trost.

Im ARRC sprach man oft von Europa und besonders von Deutschland und dort besonders von einer weltbekannten Greifvogelstation in einem kleinen Ort mit dem seltsamen Namen Hellenthal, von dem keiner so genau wusste, wo er lag und wie man ihn aussprechen sollte. Von deutschen Tierärzten und Falknern hatte man im ARRC damals noch viel lernen können. Deswegen war die Greifvogelstation auch 1976 gekauft worden. Und zwar von keinem Geringeren als Karims Chef, Salem Ebrahim Al-Saman. Und letztlich war das der Grund für Karims verhasste Bürotätigkeit.

Anfang dieses Jahres endlich geschah das Wunder. Salem Ebrahim Al-Saman suchte Karim völlig unerwartet ein zweites Mal in seinem Büro auf der vierundzwanzigsten Etage auf, ertappte ihn dabei, wie er sinnend aus dem Fenster blickte, und erkundigte sich nach seinem Befinden. Karim sprang auf, warf einen Stuhl dabei um und verhedderte sich im Kabel seiner Schreibtischlampe. Sie kamen nur mühsam ins Gespräch. Karim zeigte sich schüchtern, als Salem seine Arbeitsmoral, seine Leistung, seine Durchsetzungskraft, mit einem Wort seine Verkaufszahlen ein wenig bemängelte. Karim fühlte sich in die Enge getrieben. Er gelobte Besserung und wünschte, Salem wäre nie in sein Büro gekommen.

Aber dann befragte Salem ihn nach seinen Hobbys. Es dauerte nicht lange, und sie kamen auf Europa zu sprechen, auf Deutschland und auf diesen Ort mit dem seltsamen Namen, den Karim kaum aussprechen konnte.

Zum Abschied klopfte ihm Salem auf die Schulter, versprach ihm irgendwann Fotos von dort zu zeigen, wünschte ihm eine sichere Hand bei der Falkenjagd und besonders im Geschäft und entschwand zu einem dringenden Termin.

Karim konnte es kaum erwarten, Sharaf davon am Abend zu berichten. Er fiel ihm um den Hals und küsste seine Stirn. »Er war da! Er ist tatsächlich in mein Büro gekommen. Stell dir vor: ohne Voranmeldung!«

Sharaf schien kein bisschen überrascht. Auf seinen schmalen Lippen erschien ein zufriedenes Lächeln. Er kratzte sich geräuschvoll seinen kurzen Bart.

»Stell dir vor: Er will mir Fotos zeigen. Wenn ich nur seine Fotos sehen könnte.«

Es kam aber nicht dazu. Tagelang wartete Karim, wochenlang, monatelang. Salem hatte wohl Besseres zu tun. Salem hatte ihn längst wieder vergessen. Ein sehnsüchtiger, fragender Blick aus Karims meerblauen Augen, und Sharaf predigte wieder: »Geduld ist der Schlüssel zur Freude.«

Karim winkte ab.

»Allah hat uns die Zeit geschenkt, von Eile hat er nichts gesagt.«

Aber blitzte da nicht bei jedem Wort in seinen schwarzen Augen die List? Karim musterte seinen Diener. »Was hat er zu dir gesagt?«

»Das, mein Herr, habe ich bereits vergessen.«

Sharaf war nicht leicht zu durchschauen. Wenn Karim ihm nicht so sehr vertraute, hätte er sich glatt vor ihm fürchten können.

»Du hast einen Plan, ich sehe es dir an.«

»Besser, du kennst ihn nicht.«

»Wann?«, hakte Karim ungeduldig nach. Es konnte nur um eine Reise nach Deutschland gehen. »Wann? Du weißt, Geld spielt keine Rolle.«

Sharaf wich ihm aus. »Du wirst sehen.«

»Wann?« Karim stürzte sich auf ihn und rüttelte ihn am Kragen seines Khaki-Hemdes.

»Bald.«

»Schwöre es!«

»Bei Allah! Ich schwöre es.«

4. Kapitel

Zur gleichen Zeit schwor auch Sonja Senger in ihrem Forsthaus am Ende der Stromleitung in Wolfgarten gerade, allerdings Stein und Bein, dass sie um Jerome nicht trauern würde. Niemals! Sie bekräftigte den Entschluss mit einem weiteren Schluck Roten.

Ihr Lebensabschnittsgefährte hatte sich in Luft aufgelöst. Er war nicht wie sonst für ein paar Wochen verschwunden, um in irgendeiner Wüste von Berufs wegen zu graben, nein, irgendwie schien die Sache dieses Mal endgültig. Monsieur hatte sich verdrückt, auf Französisch verabschiedet.

Seit sechs Monaten hatte sie keine Nachricht von ihm erhalten. Länger als sechs Wochen war er noch nie fort gewesen. Als diese Frist um ein Zweifaches überschritten war, hatte Sonja eine Nachbarin in Trier, die einen Zweitschlüssel besaß, um die Blumen zu gießen und die Post einzusammeln, angerufen und gebeten, nach dem Rechten zu sehen. Frau Gisela Merzenich, an die siebzig Jahre alt, ein Urgestein, die sich für das komplette Wohnhaus verantwortlich fühlte.

»Das mache ich gerne«, beteuerte sie, als hätte sie das nicht längst getan. »Ich rufe gleich zurück.«

Zwei Minuten später erklang im Forsthaus die Marseillaise. Frau Hauptkommissarin solle sich nicht aufregen, es sehe so aus, als habe der Herr Franzose nur das Nötigste mitgenommen. Kleidung fehle, sonst nichts. Und das Rasierzeugs natürlich. Aber es läge nirgendwo ein Abschiedsbrief herum. Er käme sicher bald wieder, sein Auto stehe noch am Straßenrand.

»Sein Auto? Sie meinen wohl meines.«

»Nein, ich meine diesen weißen Polo, Frau Hauptkommissarin. Ich dachte die ganze Zeit, der Herr Franzose wäre bei Ihnen.«

Sonja schwieg.

»Ist er das denn nicht?«

Schweigen.

»Ihm wird doch nichts passiert sein?«

Keinen Augenblick ging Sonja davon aus, dass Jerome etwas zugestoßen sein könnte, Menschen wie ihm passierte nie etwas. Dazu war er viel zu verschlagen. »Können Sie denn weiter auf die Wohnung achten?«

»Natürlich, Frau Hauptkommissarin.«

Obwohl Sonja sich die Miete nicht mehr leisten konnte, konnte sie sich von der Wohnung nicht trennen. Eine Kündigung wäre noch schriftlich zu bewerkstelligen gewesen. Aber die Auflösung! Dazu hätte sie nicht nur mit dem Bus von Wolfgarten nach Schleiden und von dort mit der Regionalbahn nach Trier fahren müssen, eine halbe Tagesreise, sie stellte es sich schrecklich vor, die Wohnung zu betreten. Überall seine Spuren.

Es gab schon im Forsthaus genug davon. Der Durchlauferhitzer im Bad, den er montiert hatte, die Haustür, die er nicht repariert hatte, gegen die man sich immer noch dreimal werfen musste, ehe sie sich öffnete, und erst die Weinflaschen im Abstellraum, die sie nun alle allein trinken musste. Außerdem fand sie es nach wie vor beruhigend, eine Wohnung in der Hinterhand zu haben, für den Fall, dass ihr die niedrige Decke des Forsthauses auf den Kopf fiele.

Während draußen die Bäume ausschlugen und die Menschen verwundert ihre Frühlingsgefühle entdeckten, leistete Sonja Trauerarbeit und hockte verstört in einem Forsthaus, das völlig verräuchert war. Jeden Abend veranstaltete sie ein Höllenfeuer im grünen Kachelofen, dass Voltaire, der Hund, und Balzac, der Kater, in den Ecken um Atem rangen. Das Holz, das sie aus dem Wald holte, war zu frisch und feucht und rußte mehr, als dass es brannte.

Und sie hatte auch das Rauchen wieder angefangen. Es tröstete sie. Keine Zigaretten mehr, Joints sowieso nicht, nein, niemals, aber diese kleinen schmalen Moods Zigarillos mit Filter. Einen am Abend. Nur einen.

Ihr Gefühlsleben war ein Wechselbad. Manchmal wünschte sie Jerome laut tobend die Legionärskrankheit oder Pest an den Hals, an anderen Tagen konnte sie vor Tränen über den Verlust nicht die Stiege hinunter in ihre Küche finden und musste den Tag über in ihrem Bett aus Ebenholz liegen bleiben.

Balzac und Voltaire nutzten solche Gelegenheiten aus, lagen neben ihrem Kopf und starrten sie stundenlang mit einem stummen Vorwurf in den Augen an, der nichts anderes besagte als: Stell dich nicht so an.

Sie sah ihrer Hand hinterher, wie sie sie streichelte, so lange, bis sie es vergaß. Sie schlugen die Zeit gemeinsam tot. Manchmal kam es Sonja vor, als sei es umgekehrt. Sie wartete auf einen Zusammenbruch, der aber nicht kam.

Jedenfalls nicht von selbst. Die Selbstmordrate bei Polizisten ist bekanntlich hoch. Morgen kannst du schon tot sein, pflegten die Kollegen früher immer gerne zu sagen. Eine alte Polizistenweisheit. Aber nichts für Sonja.

Nach einem Tag im Bett konnte sie nachts nicht schlafen, legte sich ein Stuhlkissen unter und setzte sich auf eine der ausgetretenen Steinstufen vor dem Forsthaus, mit mehr als nur einem Glas Roten, zündete sich einen Zigarillo an und paffte den Rauch in die Dunkelheit hinaus. *Ma Solitude* dudelte im Hintergrund: *Ich bin nie allein, meine Einsamkeit ist immer bei mir* ... Wenn das Lied verklungen war, war es so still, dass man das Sirren der Stromleitung hören konnte.

Scheinwerfer glitten in der Ferne durch die Nacht. Motten flatterten ihr um die Ohren. Manchmal kreuzten sogar Fledermäuse über ihrem Kopf, und es gab auch immer wieder diesen einen Igel, der einfach gemütlich über den Feldweg zockelte, als wüsste er, dass hier niemals ein Auto kam.

»*Santé!*«, rief sie in die Dunkelheit, immer öfter folgte darauf ein »Fahr zur Hölle!«

Mit diesem Gefährten und diesem Lebensabschnitt war es nun offensichtlich vorbei.

Aber das war es nicht allein. In ihrer Trauer hatte sie wiederholt den Termin verschwitzt, sich in Köln vorzustellen und ihren Dienst dort anzutreten. Es hatte einen ungemütlichen Telefon- und Briefverkehr gegeben. Die Rede war von Leistungsverweigerung und Vertragsbruch, man drohte mit Disziplinarverfahren, Gehaltskürzungen, Beförderungsstopp, und sogar die Kündigung stand im Raum. Worte, die ihr Angst machen sollten. Aber sie gingen irgendwie an ihr vorbei. Ebenso der Termin beim Amtsarzt. Wozu das? Sollte er ihr Paragraph 51 attestieren?

Bernd Wesseling, Aachener Staatsanwalt und angenehmer Kollege während ihres letzten Falles, hatte sich eingesetzt und versucht, ein gutes Wort für sie einzulegen.

Was mit einer Supervision wäre, hatte er vorgeschlagen. Aber es gab nichts zu verarbeiten. Nichts Genaues jedenfalls, Sonja hatte niemanden erschossen. Ende der Durchsage. Sie hatte sich die Türe selbst vor der Nase zugeschlagen – vielmehr, sie war auf dem besten Wege es zu tun.

Er machte es ihr nicht einfach und redete auf sie ein: »Was wird denn nun aus deinen Pensionsansprüchen? Du wirst nicht einmal Arbeitslosengeld beziehen. Und dann? Was wird dann aus dir? Wovon willst du leben? Und wo? Unter welcher Brücke?«

Auch 2006 schien nicht ihr Jahr zu werden. Aus der Auszeit drohte eine Unzeit zu werden. Manches ließ sich einfach nicht aussitzen.

Die allgemeine Lähmung, die sie befallen hatte, war das Schlimmste. Manchmal war sie morgens so müde, als sei der Tag schon vorbei. Eine Art stillgelegtes Leben fristete sie. Ihr Briefkasten war völlig vermoost. Ihr Handy nicht mehr als eine Attrappe. Ihre Stimme brüchig. Die wenigen Schritte im Haus gehörten ihr und waren das einzige Geräusch.

So sehr die Parole »Beine hoch und Ruhe im Forsthaus« einst erstrebenswertes Ziel im Leben gewesen war, so sehr schlug ihr diese Stellung nun aufs Gemüt. Es war wie ein Fluch.

Aber, als wäre es des Jammerns genug, kam eines Tages Bewegung in ihr Dasein. Im wahren Sinn. Es war schon Mai. Im Jahre 2006. Wie die Zeit verging.

Beim Holzsammeln erspähte sie ein Fahrrad, das unweit des Feuerwachturmes an einem Baumstamm lehnte und auf dessen silberne Farbe inmitten frischer grüner Blätter ein Sonnenstrahl gefallen war. Es war nicht abgeschlossen und auch nicht das Ergebnis einer neueren Produktion. Außerdem befand sich auf dem Schutzblech nicht der dringend empfohlene Aufkleber *Polizeilich registriert*. Es war ein Damenfahrrad und hatte seitliche Packtaschen, die beide leer waren bis auf ein paar Krümel und ein zerknülltes Papiertaschentuch.

Voltaire steckte seine Nase hinein, schnüffelte interessiert. Man könnte ihn zum Drogenhund ausbilden lassen, überlegte Sonja, als sie sah, wie akribisch er vorging, sogar hochsprang, um den Sattel zu kontrollieren. Sein Ergebnis teilte er ihr nicht mit. Bellen konnte er immer noch nicht. Man müsste in seinem Fall einen anderen Kommunikationsmodus erfinden. Vielleicht könnte man ihn lehren, sich auf den Rücken zu legen und tot zu stellen, bei Erfolg.

Sonja hielt nach der Besitzerin des Fahrrades Ausschau. »Hallihallo!«, rief sie in den Wald hinein, den Feuerwachturm hinauf, und suchte die nähere Umgebung ab. Jetzt war die Zeit, Maiglöckchen zu pflücken und Waldmeister. Pilze suchte man im Herbst. Aber sicher war sie nicht die Einzige, die Holz sammelte.

Voltaire bemühte sich gar nicht erst. Er schien zu wissen, dass es sich nicht lohnte. Also war nicht davon auszugehen, dass die Dame oder das Mädchen irgendwo herumlag. Es gab auch Männer, die Damenräder fuhren.

Zurück im Forsthaus malte sie in das Feld für Montag, den 15. Mai, ein Damenfahrrad in ihren völlig leeren Terminkalender.

Am nächsten Morgen ging sie wieder in den Wald. Über Nacht war in ihr der Wunsch gewachsen, dieses Rad zu besitzen. Es gab gewisse Zeiträume, nach denen herumstehendes Eigentum öffentlich wurde. Und es gab Entscheidungsspielräume und zwingende Notwendigkeiten. Schon am Abend zuvor hatte sie die wachsende Neugier gespürt und endlich einen guten Grund gesehen, wieder einmal früh aufzustehen. Das Rad stand noch da. Sonja war erleichtert, verbot sich aber von nun an, öfter als einmal am Tag nach ihm zu sehen, das war einfach zu kindisch. Sie musste dem Besitzer eine Chance geben, tarnte es aber, um es ihm nicht zu leicht zu machen, mit ein paar Zweigen wie einen Soldatenhelm.

Staatsanwalt Bernd Wesseling, der einen Tag später unerwartet zu Besuch kam, weil er zufällig in der Nähe zu tun hatte, sagte beim Anblick dreier leerer Weinflaschen in der guten Stube »Je nun« und musterte sie, als sei sie die einzige unheilbare Alkoholikerin weltweit.

Sonja war angespannt. Es war Tag drei nach der Entdeckung des Rades, was irgendwie biblisch verheißungsvoll klang. Was Wesseling wohl dazu gesagt hätte, dass sie ein Auge auf fremdes Eigentum geworfen hatte? Wahrscheinlich so etwas Ähnliches wie: So fängt es an. Erst der Alkohol, dann kleine Diebstähle, dann der Mord. Typische Kriminellen-Karriere. Ich muss das melden.

Kein Wunder, dass sie es nicht erwähnte. Sie wollte Gutes von ihm hören. Zum Beispiel, was er zufällig in der Nähe zu tun habe.

Wesseling schüttelte bedauernd den Kopf und tat kryptisch, ehe er doch bereit war, vage zu erklären.

Er war mit zwei als Autounfälle getarnten Morden beschäftigt, die in zeitlich großen Abständen, aber an der gleichen Stelle und nach identischem Muster verübt worden waren. Erst durch den zweiten Autounfall sei man auf die Idee gekommen, dass der erste kein Unfall oder Selbstmord gewesen war. Nach der Exhumierung und Obduktion des ersten Toten war klar, dass er ebenfalls bis zur Bewusstlosigkeit mit Benzodiazepinen vollgepumpt war, ehe sein Auto aufgrund eines manipulierten Gaszuges gegen einen Baum gerast war.

Mehr wollte Wesseling nicht preisgeben. Er habe damit schon viel zu viel gesagt. Ehemalige Kollegin hin oder her. Sie wisse nun mehr als die Presse.

»Laufende Ermittlungen«, mahnte er.

Sonja machte eine Faust in der Tasche.

»Im Ernst, mein Chef würde mir den Kopf abreißen.«

»Das wollen wir ja nicht. Ist es immer noch dieser Olaf Spör?«, fragte Sonja. Wesseling hatte schon vor zwei Jahren über ihn geklagt.

»Ja, immer noch.«

Die beiden Fälle waren Sonja nicht ganz fremd. Sie hatte davon im Radio gehört, nebenbei und unkonzentriert, so wie man meistens Radio hört und währenddessen anderes erledigt. Wie zum Beispiel Feuermachen oder Trauern oder Weinflaschenöffnen. Details, wie die Ergebnisse der Obduktionsberichte, waren natürlich nicht über den Sender gegangen.

Sonja nahm sich trotzdem vor, in Zukunft dem einzigen Medium, dem in ihrem Forsthaus die Tür offen stand, mehr Beachtung zu schenken, sodass sie in Zukunft nicht länger auf Geheimniskrämer wie Wesseling angewiesen war. Sie lebte nicht auf einer Insel.

»Hoffentlich gibt es keinen dritten Fall«, unkte sie.

»Das wird keine Serie, nein«, sagte Wesseling beschwörend.

»Dein Wort in Gottes Ohr.«

»Ich hasse Serien.«

»Ich weiß.«

Aber eine Serie könnte ihre Chance sein. Sie würde ihn nicht noch einmal bitten, sie einzuweihen, sie wusste noch von ihrem ersten unfreiwilligen Zusammentreffen, dass Bitten zwecklos war. Sie musste nur abwarten, bis er sie brauchte. Und für eine Serie würde er sie brauchen.

So wie vor zwei Jahren im Fall Alexander Kluska! Das hatte doch wunderbar funktioniert. Ohne sie würde er ihn heute noch suchen. Aber Wesseling hatte nichts dazugelernt. Gar nichts.

Rum mit Tee wollte er auch keinen trinken, dazu wäre es angeblich zu warm. Und seine rote Kladde ließ er auch stecken. Es kam ihr vor, als fiele ihm beides schwer.

Sie hatte sich riesig gefreut, als sie den Audi mit Aachener Kennzeichen den Feldweg entlang auf das Forsthaus zurumpeln sah. Wesseling erschien artig im Pullunder, roch aber irgendwie komisch. Gewandert waren sie ein wenig, wie in alten Zeiten, nur nicht so weit, nur bis zum Feuerwachturm. Hinaufklettern wollte er aber nicht. Das Fahrrad war ihm nicht aufgefallen. Gut so!

»Du siehst schlecht aus«, hatte er gemurmelt, bevor er sich wieder davonmachte. »Das kommt von deinen ewigen Tütensuppen, iss doch mal was Vernünftiges.«

»Gute Idee. Danke für die Einladung.«

So wäre das nicht gemeint. Dazu habe er keine Zeit. Aber er versprach wiederzukommen.

»Warum? Um mit mir essen zu gehen?«

Er wand sich und brachte immerhin ein »Um nach dir zu sehen« hervor.

»Ruf aber vorher an«, servierte sie ihn ab.

Von diesem denkwürdigen Tag stammte das große *W* im Feld für den 17. Mai in ihrem Terminkalender.

Sein dezenter Herrenduft hing noch lange nach ihm im Forsthaus. Nur mit einem neuen Höllenfeuer im grünen Kachelofen konnte sie ihn eliminieren. Früher hatte Wesseling nie geduftet, nicht, dass er schlecht gerochen hätte, nein, irgendwie nach gar nichts.

Zwei Tage später, das Fahrrad stand nun schon fünf Tage und Nächte lang an der gleichen Stelle und verrottete still vor sich hin, erbarmte Sonja sich endlich seiner. Sie setzte sich auf den abgewetzten Sattel und lenkte das Rad langsam und schlingernd und mit zitternder Klingel in sein neues Heim. Das hatte mit dem Roten nichts zu tun. Sonja hatte seit vielen Jahren nicht mehr auf einem Rad gesessen. Das konnten zwanzig Jahre sein. In Köln hatte sie zwar eine Zeit lang einen kurzen Dienstweg gehabt, aber kein Rad. Fahrradfahren verlernt man nicht, genauso wenig wie Schwimmen, sagt der Volksmund. Schwimmen war ihr während der Ausbildung ein Gräuel gewesen, sie neigte dazu unterzugehen.

Voltaire zockelte neben der Pedale her, als hätte er sein Leben lang nichts anderes getan. Vielleicht war seine Vorbesitzerin bis zu ihrem gewaltsamen Tode eine leidenschaftliche Radfahrerin gewesen, als Ausgleich zu ihrem Job am Schreibtisch. Als Sonja den Hund 2001 erbte, hieß er noch Max, ehe Jerome ihn umtaufte, so wie er den Kater namens Tiger einfach selbstherrlich in einen Balzac verwandelt hatte.

Eigentlich konnten sie unmöglich noch länger französische Namen tragen, und einen neuen Klingelton für ihr Handy brauchte sie. Die Marseillaise war jetzt genauso deplatziert.

Sonja warf sich dreimal gegen ihre Haustür, schob das Fahrrad in den kleinen Abstellraum, der einen offenen Zugang unter der Stiege hatte, machte dort einen schönen Platz zwischen Jeromes Weinkisten, seinem Werkzeug und ihrem neuen Kühlschrank aus und fragte sich, ob sie nun eine Diebin war oder eine harmlose Öko-Tante, die den Wald von Sperrmüll befreit hatte.

Wobei nicht unerwähnt bleiben durfte, dass schon das Holzsammeln nicht so superlegal war. Sie hätte dafür beim zuständigen Forstamt einen sogenannten Holzsammel- oder Holzleseschein beantragen müssen. Als Polizeibeamtin sollte sie sich stets vorbildlich verhalten ... aber so wie es aussah, war sie das nicht mehr lange. Dann konnte sie tun und lassen, was sie wollte.

Sie entschied sich dafür, dass es sich bei den Fällen »Holzsammeln ohne Holzsammelschein durch eine Polizeibeamtin« und »Diebstahl eines Damenfahrrades durch eine Polizeibeamtin« um Mundraub handelte, da sie keine Heizung im Forsthaus hatte und unbedingt nach Gemünd fahren musste, um etwas zu essen einzukaufen. Der Kühlschrank im Abstellraum war so gut wie leer.

Und wenn man schon einmal ihre Verbrechen aufzählte, könnte man behaupten, sie trinke zu viel. Aber »man« hatte keine Ahnung. Die paar Schlückchen am Tag. Sie hatten nichts zu bedeuten. Außerdem ging es darum, Jeromes Restanten zu vernichten und damit jede Erinnerung an ihn. Dafür mussten Opfer gebracht werden.

Auch wenn sicherheitshalber ein paar Tage ins Land gehen sollten, ehe Sonja ihr Diebesgut zum ersten Mal ausführen wollte, fühlte sie sich als Besitzerin eines Fahrrades sofort besser. Mobil und damit schon fast wieder ein gültiges Mitglied der Gesellschaft, wenn sie jetzt noch ihre Fenster putzen würde, einen guten Job und eine nette Familie hätte ... ach, welch weiter, steiniger Weg. Viel zu schmal für sie?

Sie holte das Fahrrad in die gute Stube, polierte es blank, reparierte die lose Klingel und befestigte provisorisch ein Körbchen am Lenker für Voltaire. Zum Schluss überklebte sie den Markennamen *Diamant Deluxe* mit einem Streifen Isolierband, das noch von Jerome stammte, und ließ zur Tarnung das Band über das komplette Rohr verlaufen. Sie feilte die Fahrgestellnummer blank, wobei sie sich einen Hauch illegal vorkam.

Illegal, aber diebisch erfreut. Auf jeden Fall hochmotiviert. Was so ein Fahrrad ausmachen kann! Ein geklautes jedenfalls.

Wahre Glücksgefühle stellten sich ein, als sie es zum ersten Mal durch die Haustüre schob und die Räder über die vier Steinstufen hinunterrollen ließ. Es funkelte in der Sonne wie ein Star; Speichen und Räder Heiligenscheine, die Katzenaugen pures Gold.

Sie hob Voltaire ins Körbchen, was er anstandslos akzeptierte, und los ging es. Das Wetter war für eine Fahrradtour wie gemacht. Trocken, mäßig warm und windstill, was will das Radlerherz mehr! Sonja hatte fest vor, sich den Frust von der Seele zu radeln und dabei leidenschaftlich in die Pedale zu treten. Und das musste sie auch, denn ihre erste Tour führte sie von Wolfgarten nach Gemünd.

Wer diese knapp vier Kilometer lange Strecke immer nur mit dem Auto gefahren war, hatte sich garantiert keine Gedanken über das Gefälle gemacht, das besonders im letzten Teil dramatische Formen annimmt. Es ging sowohl beständig leicht hinauf als auch hinab. Voltaire standen die Ohren zu Berge.

Am Parkplatz Tönnishäuschen wollte sie sich gerade rechts nach Gemünd wenden, als sie mit einem anderen Rad zusammenstieß. Diese Begegnung kostete sie eine volle Stunde. Die Dame hatte wohl lange keinen Gesprächspartner mehr gehabt. Sie erzählte Sonja von ihrem Leben, das sie in viele Länder geführt hatte, die nicht nur europäisch waren. Sie war achtzig Jahre alt und fuhr jeden Tag noch zwanzig Kilometer mit dem Rad. Danach fühlte Sonja sich ein wenig benommen, aber auch bestärkt in ihrer Aktivität. Sie wollte mit achtzig auch gern noch so aktiv sein wie die alte Dame, vielleicht etwas weniger redselig. Aber das kann man sich nicht aussuchen.

Das letzte steile Stück in den Ort Gemünd hinein ließ sie die Bremsen schleifen, um sich nicht selbst zu überholen. In den Serpentinen gab sie endgültig auf, stieg ab und schob. Der schöne Blick auf Gemünd ließ sie kalt. Mit Schrecken dachte sie an eine Rückfahrt mit vollbepacktem Rad. Auf halber Höhe nahm sie die Abkürzung über den Nachtigallenweg und die Bergstraße ins Tal.

In der Fußgängerzone konnte sie Voltaire endlich laufen lassen. Im *Eiscafé Serafin* aß sie ihr erstes Eis des Jahres und dachte an Jerome, als sie seine Lieblingssorten sah, *pistache et chocolat!* Verdammt!

Sie floh und bummelte bis zur neuen Buchhandlung *Wachtel* neben dem *Café M Quadrat*.

Hinter dem Kurhaus ließ sie Voltaire aus der Urft trinken, dazu stellte er sich in die Mitte des Flusses, stierte ins Wasser, als jage er Lachse, bevor er sich platt hinlegte.

Auf dem Rückweg erstand sie in einem Supermarkt Grundnahrungsmittel. Brot, Obst und neue Tütensuppen, Hunde- und Katzenfutter. Am Kiosk kamen eine Packung Moods und eine *Kölnische Rundschau* hinzu. Gegenüber, an der Bushaltestelle Gemünd Mitte, beschwatzte sie wenig später den verdutzten Fahrer der Linie 231 so lange, sie und ihr Rad und einen nassen Hund zu transportieren, bis er nach einem Blick auf ihren Ausweis nachgab. Ein Loblied auf die KVE. Es war ein Montag, Mittagszeit, noch keine Schüler, wenig Verkehr, und er half ihr sogar beim Einladen. Sechs Minuten lang sprachen sie über den Frühling, dann setzte er sie mit einem Lächeln in Wolfgarten ab. Sechs Minuten!

Als sie auf ihr Forsthaus zuradelte, sah sie in einiger Entfernung am Waldrand eine Gestalt stehen. Eine Frau. Sie trug ein helles Oberteil, hatte schulterlanges, helles Haar und blickte eindeutig in ihre Richtung. Außer ihr und dem Forsthaus gab es hier in der Gegend nichts zu sehen. Oder? Sonja winkte ihr zu, verlor dabei fast den Halt, aber die Frau winkte nicht zurück.

Dann eben nicht.

Am Abend veranstaltete sie mit Voltaire und Balzac eine kalte Küche, die sich sehen lassen konnte, öffnete einen neuen Côte du Roussillon dazu, der den Abend nicht überlebte, und überlegte, wie sie ihre beiden Genossen in Zukunft nennen sollte, dass sie sie nicht mehr an Jerome erinnern konnten. Nebenher blätterte sie in der Zeitung.

Sie schrieben nichts mehr über die beiden Autounfälle. Für die sensationslüsterne Presse waren sie schon Schnee von gestern. In der Nacht stand der CD-Player still, sie sang auch nicht allein, Sonja schlief wie ein Stein.

5. Kapitel

Am Morgen nach der ersten Fahrradtour seit zwanzig Jahren kam Sonja die Stiege kaum hinunter. Ihre Waden waren steif wie Bretter. Ihr Rücken krumm wie ein Dolch. Sie ließ den Tag verstreichen und auch den nächsten, Christi Himmelfahrt, und dachte sich neue Ziele aus. So manchen Kilometer radelte sie mental durch die Natur, während ihre Beine hochlagen und Ruhe im Forsthaus herrschte.

Erst am Freitag war sie wieder halbwegs schmerzfrei und barst vor Tatendrang. Nach dem Frühstück sollte es über den Rücken des Kermeter an der Abtei Mariawald vorbei bis hinunter nach Heimbach gehen. Sie steckte eine Regenjacke ein, es waren ein paar Wolken aufgetaucht. Für den Rückweg wollte sie sich wieder auf die Buslinie 231 verlassen.

Ihre Aufbruchstimmung bekam einen deutlichen Dämpfer, als sie das Fahrrad durch die Haustür schob und direkt gegenüber, hinter dem Feld, schon wieder die Gestalt am Waldrand stehen sah.

Ach du Schande, dachte sie und legte den Rückwärtsgang ein, verschanzte sich hinter der Türe und linste durch das Schlüsselloch. Die Besitzerin des Fahrrades musste das sein! Wer sonst? Wieso war sie beim ersten Mal nicht sofort darauf gekommen? Das Herz schlug ihr bis zum Hals. Sie war im Grunde ihres Herzens eine ehrliche Seele, stellte sie fest, und für Diebstahl völlig ungeeignet. Dennoch, sie hatte es getan. Vermutlich in einem Anfall von Verzweiflung und Hilflosigkeit.

Im Abstellraum ließ sie sich auf eine Weinkiste fallen, angelte im Dunkeln aus dem Kühlschrank nach einer angebrochenen Flasche und gönnte sich einen winzigen Schluck.

Nach ein paar Minuten des Überlegens, wie sie aus der Nummer herauskam, wählte sie die Flucht nach vorne, kroch aus dem Abstellraum, schob ihr Rad wieder hinaus und tat gelassen, als gäbe es kein Diebesgut und erst recht niemanden, der sie beobachtete. Die Haustür wurde abgeschlossen, Voltaire ins Körbchen gehoben, und ab ging es in die Natur. Zielbewusst sah sie an der Gestalt vorbei nirgendwohin, registrierte aber aus den Augenwinkeln, dass diese nichts dagegen unternahm, dass ihr Eigentum einfach an ihr vorbeiradelte. War das ein gutes Zeichen?

Der Weg nach Heimbach war um einiges länger als der nach Gemünd. Sonja erreichte zunächst die Abtei Mariawald und stellte beruhigt fest, dass es dort eine Bushaltestelle gab. Sie bog auf den Parkplatz ein und band Voltaire und das Fahrrad gemeinsam an einen Baum.

Die Terrasse vor der Klosterstube war trotz des schönen Wetters nicht geöffnet. Sonja erwartete Idyllisches im Inneren, aber das Restaurant glich einer ungastlichen Kantine. Ein paar verstreute Wanderer saßen schweigend vor ihren Tellern und klapperten mit Besteck. An den Wänden legten große schwarz-weiße Fotos Zeugnis vom kargen Leben der Mönche anno dazumal ab. Viel komfortabler schien es auch heutzutage nicht zu sein.

Sonja durchlief eine Selbstbedienungsrampe, eine Kelle Suppe wurde ihr lieblos auf einen tiefen Teller gelöffelt und mit einer Brühwurst dekoriert. Den Senf dazu gab es in Tütchen, die niemand unfallfrei öffnen konnte. Auf ein Getränk verzichtete sie, sie ahnte nichts Gutes. Die berühmte Erbsensuppe kam ihr eher berüchtigt vor. Sie war nichts gegen ihre privaten Tütensuppen.

Voltaire verschmähte die halbe Brühwurst nicht, die Sonja ihm in einer Serviette verpackt zur Belohnung für die Wache und zum Trost für die Trennung mitgebracht hatte. Er war da eher der pragmatische Typ.

Vielleicht war Sonja auch die Frau am Waldesrand auf den Magen geschlagen. Sie studierte den Busfahrplan. Der 231er war – während sie Einkehr gehalten hatte – vorbeigebraust. Der nächste würde erst in einer Stunde kommen. So lange konnte sie nicht warten. Sie war zu gespannt.

Die Gestalt stand tatsächlich noch da. Oder wieder. Sie beobachtete hemmungslos, wie ihr Rad im Forsthaus verschwand. Sonja lief sofort zum Küchenfenster. Sie wollte wissen, ob die Frau sich nun damit zufriedengab. Das war nicht der Fall. Sie ging unruhig auf und ab, im Kreis, vor und zurück, aber nicht davon. Sie sah auf den Boden, scharrte mit den Füßen. Worauf wartete sie? Überlegte sie sich zu nähern? Der Figur nach konnte es sich um keine alte Frau handeln. Sie hatte lange Haare und eine Taille, beides Attribute, die sich aus unerfindlichen Gründen im Laufe der Lebensjahre einer Frau in nichts aufzulösen pflegen.

Zwei Minuten später, in denen Sonja das Fenster unbewacht ließ, war die Frau verschwunden. Aber man sah sie nicht über den einzigen gangbaren Weg zurück ins Dorf gehen. Sie musste zwischen den Baumstämmen abgetaucht sein, wenn sie sich nicht in Luft aufgelöst hatte.

Sonja wartete auf die dritte Begegnung dieser besonderen Art, zu der es erst nach dem Wochenende kam. Samstag und Sonntag war Ruhe im Busch und friedliches Radeln angesagt.

Am Montagmorgen setzte die Frau ihr Spielchen auf besonders dreiste Weise fort, indem sie direkt durch das mittlere der drei Sprossenfenster ins Forsthaus hinein und Sonja auf den Frühstückstisch sah, wo diese gerade eine Sammeltasse mit einem winzigen Schluck Roten zum Mund führen wollte.

Voltaire hatte nichts bemerkt, weil er zu sehr in den Anblick des Leberwurstbrotes auf dem Frühstücksbrett versunken war.

Das ging zu weit. Sonja sprang auf, rannte zur Tür, reckte einen Finger in die Luft, als wollte sie sie erschießen, und schrie erbost: »Das ist Hausfriedensbruch nach Paragraph 123 StGB! Das kann mit einer Haftstrafe bis zu einem Jahr geahndet werden!«

Voltaire sprang an der Frau hoch. Sie wich ängstlich zurück. Er mochte nicht jeden. Jerome hatte er geliebt. Welch eine Fehlleistung!

»Ich habe eine Klingel an der Haustür! Wenn Sie etwas von mir wollen, klingeln Sie gefälligst. Und wenn Sie Ihr Fahrrad wiederhaben wollen, ich habe es für Sie aufbewahrt, damit es keiner klaut. Sie hätten es abschließen sollen. Warten Sie, ich hole es Ihnen, und dann hören Sie gefälligst auf, mir nachzuspionieren!« So! Das war gesagt!

»Was für ein Fahrrad?«, fragte die Frau leise und versteckte die Hände hinter dem Rücken.

Sonja pfiff Voltaire zurück, zog sich die Jacke enger zu, ehe sie die Stufen hinabstieg. Es war ein frischer Morgen. Man sah kleine Atemwolken. Die Frau ist noch ein Mädchen, dachte Sonja. Sie trug T-Shirt und Jeans. Ihr schulterlanges, helles Haar war dünn und strähnig, ein Mittelscheitel teilte es und entblößte einen dunklen Haaransatz.

»Frau Senger?«

Sonja nickte.

»Sind Sie Polizistin?«

Sonja witterte Beschäftigung. »Warum fragen Sie?«

»Das sagt man im Dorf.« Das Mädchen zeigte hinter sich auf ein verschlafenes Wolfgarten.

»Im Dorf sagt man viel.«

»Sind Sie es denn nun?«

»Nö.«

»Schade.« Sie machte einen Schritt zur Seite, als wollte sie sich entfernen.

»Ich bin ... ich bin ... ich bin ...« Was sollte Sonja sagen, um sie aufzuhalten? Von allen guten Geistern verlassen? Grüne Witwe? Pensionärin? Arbeitslos? Depressiv? Ratlos sah sie in den Himmel, die Stromleitung entlang, auf der zwei Vögel hockten, da kam ihr die Erleuchtung. »Privatdetektivin.«

So leicht kam man zu einem neuen Beruf. Er hörte sich gut an, frei und verwegen. An den schmierigen Beigeschmack wollte sie jetzt nicht denken. War ihr nicht des Öfteren aufgrund ihres hohen Alters und ihrer Unnachgiebigkeit gegenüber den Gesetzeshütern der Ruf einer Miss Marple nachgeeilt? Hier war sie. Sie musste sich nur noch einen pfiffigen Hut zulegen.

Auf einmal lagen auch neue Namen für die Haustiere auf der Hand: Davis und West, die einzigen Männer, die Miss Marple je etwas bedeutet haben. Der eine, Stringer Davis, Bibliothekar in ihren Filmen, der andere, Raymond West, Neffe der literarischen Miss Marple. Die Musik zu ihren Filmen gab es garantiert als Klingelton fürs Handy. Sonja lächelte in Gedanken, wie perfekt sich alles fügte, wenn man den Mut hatte aufzuhören, um neu anzufangen ...

»Haben Sie denn noch Kontakt zur Polizei?«, hörte sie die Frau fragen und beteuerte forsch: »Zu keinem sonst.«

Das Mädchen streckte ihr die Hand entgegen. »Mein Name ist Eva Lommersheim.«

»Und ich dachte, Sie wollten Ihr Rad wiederhaben.«

»Ich habe gar kein Fahrrad.«

»Um so besser. Sie hätten trotzdem klingeln können wie jeder normaler Mensch.«

»Ich habe es auch getan. Neulich. Da waren Sie nicht da. Machen Sie alles mit dem Rad, haben Sie gar kein Auto?«

»Natürlich habe ich ein Auto. Es ist ... in der Reparatur.«

»Was denn für eines?«

Was für eine Frage, dachte Sonja. »Einen alten Polo.«

»Oh«, meinte das Mädchen enttäuscht.

Was hatte sie erwartet? Einen Alpha? Einen Lexus? »Kommen Sie erst mal rein, Frau Lommersheim. Achtung Tiere! Der Hund heißt Davis, der Kater West.« Seit einer halben Minute. Balzac war das total egal, er hörte sowieso auf nichts. Voltaire auch nicht. Das begießen wir aber heute Abend, freute sich Sonja. Taufe im Forsthaus! Es ging bergauf.

Sie stiegen über West. Davis folgte ihnen auf den Fersen. Eva Lommersheim betrat vorsichtig den Windfang, als könnte sie sich schmutzig machen, sah die Stiege hinauf bis zum offenen Dachstuhl und warf sogar einen flüchtigen Blick in den Abstellraum, wo das glänzende Schutzblech des Hinterrades ihr entgegenleuchtete. Sie war neugierig.

»Arbeiten Sie hier?«

»Ja.«

»Wohnen Sie hier auch?« Schon wieder klang die Frage irgendwie despektierlich.

Sonja verteidigte ihr selbst gewähltes Asyl. »Ich find es schön hier. Haben Sie damit ein Problem?«

»Nein. Entschuldigung. Ich meine ja nur.«

»Es ist nichts Besonderes, das weiß ich selbst. Aber es gehört mir. Klein aber mein, verstehen Sie. Kurze Wege. Außerdem lege ich keinen Wert auf *Schöner Wohnen*. Und Sie? Wie wohnen Sie?«

»Na ja, wie man so wohnt. Ich dachte nur ...«

Langsam begann sie, Sonja auf die Nerven zu gehen. Wenn sie nicht dringend Beschäftigung und Geld gebraucht hätte, hätte sie hier die Verhandlungen bereits abgebrochen. So aber riss sie sich zusammen und blieb zumindest höflich. »Auch hier in Wolfgarten?«

»Nein. In Schleiden. Hier arbeite ich nur.«

»Was gibt's denn hier für Arbeit?«

»Ich putze bei einer netten Familie, drüben auf dem Ziegenbendgesweg. Immer montags und freitags, von neun bis zwölf Uhr. Mittwochabend putze ich in Schleiden einen Laden.«

Daher die Beobachtungszeiten. Vor dem Dienst und nach dem Dienst. Daher auch der kritische Blick auf den Allgemeinzustand des Forsthauses. »Kann ich Ihnen etwas anbieten?«

Eva Lommersheims Blick irrte über den kargen Frühstückstisch, wo auch Notebook und Drucker nebeneinander standen. Das ließ sie wohl noch durchgehen. Aufsehen erregten aber in ihren Augen offensichtlich die Rotweinflasche und die mit einer roten Flüssigkeit halb gefüllte Sammeltasse.

»Die sind noch von gestern Abend«, sagte Sonja schnell, drückte mit einem Schlag des Handballens den Korken in die Öffnung und räumte die Flasche außer Sichtweite. Den Inhalt der Sammeltasse wollte sie gerade in den Ausguss kippen. Aber das war Zankerei, sie hatte heute noch kein bisschen getrunken, nur genippt. Sie drehte der Perle den Rücken zu und wischte sich danach den Mund mit dem Handrücken ab und erklärte: »Ich mach uns einen frischen Kaffee.«

»Ja, gerne. Ich kann aber nicht lange bleiben, ich muss gleich zur Arbeit.« Sie tippte auf ihre Uhr. Es war gerade acht.

Sonja setzte Wasser auf. »Dann mach ich einen schnellen Nescafé.«

»Ich habe nicht viel Geld, das sage ich Ihnen gleich«, sagte Eva und ging am Tisch entlang an den Stühlen vorbei. »Eigentlich habe ich gar keines.«

Wunderbar, dachte Sonja. Endlich hatten sie etwas gemeinsam. Während sie eine zweite Sammeltasse und einen weiteren Blechlöffel auf den Tisch legte, ein Glas dazustellte und Milch und Zucker heranschaffte, bemerkte sie, wie Eva mit einem Finger über die Fensterbank fuhr.

»Aber vielleicht könnte ich stattdessen hier etwas für Sie tun.«

»Das glaube ich kaum.«

Erst als Eva den Finger kritisch begutachtete und dunklen Staub davonblies, verstand sie.

»Einmal die Woche? Dienstags und donnerstags habe ich noch frei.«

»Warum nicht?« Eine Perle hatte sie sich immer gewünscht, eines Tages, wenn es ihr richtig gut ginge, dann würde sie auch eine haben, nur noch auf dem Sofa sitzen und nur noch die Füße heben, damit die Perle besser in die Ecken kam. »Ja, das könnten Sie machen.«

»Wann denn?«

Sonja überlegte, Dienstag, das wäre morgen schon. Das ging ihr zu schnell. »Donnerstag.«

»Jetzt am Donnerstag um acht Uhr?«

»Nicht so früh.« Sonja musste erst ein wenig aufräumen, bevor sie am Morgen jemanden ins Haus ließ. Das sah man ja heute. Selbst eine Putzfrau. Besonders eine pingelige wie Eva Lommersheim. »Neun Uhr. Frühestens. Außerdem gilt das für den Erfolgsfall. Ich arbeite nämlich auf Erfolgsbasis. Allerdings brauche ich einen Vorschuss.«

Blöder Spruch, dachte sie sofort, als er in der Luft hing. Aber sagten das Detektive nicht immer? Er klang recht professionell.

Der Wasserkessel pfiff dazwischen. Sonja füllte teelöffelweise Nescafé ein und goss das Wasser auf. Es schäumte ein wenig und roch nach Autobahnraststätte.

»Statt Vorschuss könnte ich Ihnen eine Grundreinigung verpassen. Ich könnte bei den Fenstern anfangen. Man sieht ja kaum noch was.«

Eva hatte recht. Es war neblig draußen. »Gut.«

Sonja teilte das Leberwurstbrot, das Voltaire, nein, Davis seit ewigen Zeiten anhimmelte, in zwei Hälften. »Kommen wir mal langsam zur Sache. Um was geht es denn eigentlich?«

»Um meinen Vater.« Eva zog aus ihrer Gesäßtasche ein Passfoto hervor, legte es auf den Küchentisch, zwischen die beiden Sammeltassen, und sagte: »Das ist er. Frank Lommersheim.« Sie zog einen Stuhl hervor, und Sonja musste entgeistert zusehen, wie sie erst über den Sitz wischte, ehe sie sich hinsetzte. Sie zog eine Tasse zu sich heran und legte beide Hände darum.

Frank Lommersheim blickte mit einem schiefen Lächeln in die Kamera. Seine Zähne standen ebenfalls schief. Er trug einen Schnauzer, der langsam ergraute. Sein Haar war noch dunkel, wie Evas Haaransatz. Er hatte einen Speckhals und dicke Wangen. An seinem Hemd fehlte ein Knopf. Sonja schätzte ihn auf jemanden in den Fünfzigern.

»Normalerweise trägt er immer ein Käppi, hat er nur fürs Foto abgenommen, so eine schwarze Mütze mit Schirm, Sie verstehen?«

»Ja, ja, natürlich. Er sieht doch hier ganz zufrieden aus.«

Eva nippte am Kaffee und zuckte zurück, als hätte sie sich den Mund verbrannt. »Er ist seit Langem arbeitslos, wissen

Sie? Und er hat echt darunter gelitten. Er war ganz krank vor Vorwürfen und Sorgen.«

»Hat? War?«, fragte Sonja.

Eva machte eine Pause und versuchte es wieder mit dem Kaffee. »Neuerdings ist er den ganzen Tag unterwegs. Ich kann gar nicht glauben, dass er einen richtigen Job gefunden haben soll. Aber er ist gut drauf, nur von Geld oder von einem Lohn ist keine Rede. Was er tut, will er nicht sagen. Er spricht die ganze Zeit von einer großen Überraschung, die er für uns hätte. Alles würde angeblich bald gut.«

Davis stupste Sonja ungeduldig an. Sie ließ endlich ein Stück Leberwurstbrot fallen. Er schnappte es im Flug.

»Ich habe Angst, er dreht krumme Dinger. Er ist so ... so jähzornig. Er ist so ein Typ, wissen Sie.«

»Was ist mit Ihrer Mutter?«

»Meine Mutter ist krank. Chronisch krank. Keiner weiß genau, was sie hat. Sie liegt den ganzen Tag auf der Couch.« Eva drehte die Tasse in ihren Händen hin und her. »Ich hab ihn einmal mit dem Kissen in der Hand neben der Couch stehen sehen. Im letzten Moment ...«

»Um Gottes willen!«, rief Sonja. »Was ist denn zu Hause bei Ihnen bloß los?«

»Darum bin ich hier. Das Leben ist nicht immer einfach«, sagte Eva altklug.

»Ich kümmere mich drum«, versprach Sonja.

Ihr erster Fall klang nicht gerade exotisch für jemanden, der von der Mordkommission kam. Fangen wir klein an, sagte sie sich.

Kaum hatte ihre Perle sich verabschiedet, begab sie sich auf die beschwerliche Reise nach Trier.

Am Nachmittag traf sie ein. Ihr Polo stand verdreckt am Straßenrand in der Lindenstraße. Sie begutachtete ihn von allen Seiten, sie hatte ihn lange nicht gesehen. Sie klopfte ihm aufs Dach und sagte: »Da bist du ja.«

»Da sind Sie ja!« Frau Merzenich stand in der Haustür. »Der Herr Franzose ist aber noch nicht zurück.«

»Im Briefkasten war schon seit Tagen nichts mehr«, sagte Frau Merzenich, als Sonja drei Finger in den Schlitz steckte.

Sonja war ihr dankbar, dass sie darauf bestand, mit in die Wohnung zu gehen, um ihr zu zeigen, dass alles in Ordnung war. Ihr Geschwätz lenkte sie ab.

Auf ihrem alten Schreibtisch lag die Post, nichts als Reklame. Entgegen Jeromes Gewohnheiten lagen dort auch sein Schlüsselbund und die Autopapiere brav nebeneinander. Sonja nahm beides an sich. Es hingen nicht nur die Autoschlüssel an dem silbernen Ring. Spätestens daran hätte auch eine Frau Merzenich erkennen können, dass der Herr Franzose seine Zelte abgebrochen hatte.

Sonja setzte einen Schritt in jedes Zimmer. Alles an seinem Platz. Sie berührte die Dinge, als sei sie in einem Museum. Und sie hörte die Stimme: »Hier entlang. Hier ist die Wohnung, wo das junge Paar gewohnt hat, bevor beide berühmt wurden und reich und ihr Leben aus den Fugen geriet ...«

Es war eine gute Zeit gewesen. An einigen Möbeln hing sie noch, dem dunkelroten Chenille-Sofa mit den geschwungenen Holzbeinen, dem Ohrensessel mit Fußbänkchen, ihrem alten Schreibtisch aus Kommissariatsbeständen, dem Kronleuchter und dem Eisenbett ... Ein paar davon würde sie nach Wolfgarten bringen lassen, so viele, wie eben in ihr Forsthaus passten, auf den Rest konnten sich die Geier stürzen.

Sie stand in der Haustür, als Frau Merzenich fragte: »Was soll ich ihm sagen, wenn er zurückkommt?«

Sonja lächelte sie an. Frau Merzenich lächelte auf die gleiche Weise zurück. Sie wusste genau, was hier ablief. »Sagen Sie ihm, er soll zur Hölle fahren!«

»Das mache ich gerne«, sagte Frau Merzenich und rieb sich voller Vorfreude die Hände. »Hoffentlich kommt er bald.«

»Ich werde die Wohnung kündigen und ein paar Möbel in mein Haus bringen lassen, danach, wenn Sie etwas gebrauchen können, können Sie sich gerne bedienen, ehe alles auf dem Müll landet.«

»Sie haben jetzt ein Haus? Ein großes Haus?«

»Ein kleines Haus.«

»Den Ohrensessel, den hätte ich wohl gerne«, sagte Frau Merzenich prompt. »Für meine alten Knochen.«

»Den nicht.«

»Dann nehme ich das Bett.«

»Ja«, sagte Sonja. »Nehmen Sie das Bett.« Dann würde Frau Merzenich bald schlafen, wo sie geschlafen hatten. All die Nächte! Wie oft am Tag! Wie oft allein! Eine fremde, seltsame Vorstellung. Dennoch war das Bett überall besser aufgehoben als im Forsthaus.

Auf der Rückbank im Polo lag noch seine alte Lederjacke. Sonja tat, als hätte sie sie nicht gesehen.

Das restliche Benzin reichte gerade bis zur nächsten Tankstelle, dort kontrollierte Sonja auch den Luftdruck und den Ölstand. Beides war behandlungsbedürftig. Es gab auch kein Wasser mehr in der Scheibenwischanlage. Konnte das alles verdunstet sein?

Zum Schluss fuhr sie das Auto in die Waschanlage und zahlte in der Zwischenzeit. Sie erwarb ein Duftbäumchen,

Aprikose, und hängte es an den Innenspiegel, wo es die bösen Geister vertreiben sollte. Nach wenigen Metern riss Sonja es wieder ab und warf es kurzerhand aus dem Fenster. Dann lieber der Geruch der Vergangenheit.

Vom Radio ließ sie die Finger, aus lauter Furcht, es könnte die bösen Lieder von früher spielen.

Zwei Stunden später wurde sie stürmisch von Davis und West oder West und Davis im Forsthaus empfangen. Sie warf ihre neuen Namen noch durcheinander. Wer war wer?

Nachdem sie mit dem Hund die übliche Runde mit dem Rad gedreht hatte, nahm sie das Notebook und den Drucker in Betrieb, steckte sich einen Zigarillo an, setzte einen Brief an ihren Trierer Vermieter auf und kündigte die Wohnung zum nächstmöglichen Termin. Sie verzichtete auf die Kaution, um der Renovierungsarbeit zu entgehen.

Dann setzte sie sich mit einer Spedition in Verbindung. Sie wollte die »Sache Trier« zu einem Ende bringen, mit dem sie leben konnte. Denn sie war beendet. Man sollte ihr sobald als möglich den Ohrensessel mit Fußbänkchen, den Kronleuchter, das rote Sofa und alle Bücher und Fotoalben liefern. Der Termin wurde auf den kommenden Samstag festgesetzt. Frau Merzenich war die Koordinatorin der Aktion.

Bevor sie die Geräte ausschaltete, erledigte sie eine letzte Kleinigkeit. Sie fahndete nach dem Miss-Marple-Handy-Klingelton. Beim Testhören kam ihr die Melodie fremd vor, sie hatte lange keine alten Filme mehr gesehen. So ausgestattet wanderte das Handy auf die Anrichte, wo es hingehörte.

Nun musste nur noch jemand anrufen, Wesseling zum Beispiel. Oder ihre neue Auftraggeberin, die pingelige Perle. Oder Jerome? Ach, was.

Um den Tag ausklingen zu lassen, holte sie sich einen Roten aus dem Abstellraum, nicht ohne ihrem neuen Rad einen liebevollen Blick zu schenken. Es sah vereinsamt aus. Sie versprach ihm, dass es keinen Grund gebe, auf den Polo eifersüchtig zu sein. Ein Auto und ein Rad könne man eben nicht miteinander vergleichen.

Es wird bald enden, wenn ich so weitermache, ich rede mit Fahrrädern.

Sie stellte die Weinflasche zurück. An diesem Abend gab es Tee im Forsthaus. Es war der Tag des ersten Auftrages in einem neuen Lebensabschnitt. Ohne Gefährten.

6. Kapitel

Wenn Frank Lommersheim gewusst hätte, dass seine Tochter Eva ihm gerade die Polizei beziehungsweise eine Privatdetektivin auf den Hals hetzte, hätte er ihr eine gescheuert. Und wo seine Hand hinlangte, da blieb nicht nur ein roter Fleck. Wütend genug war er.

Das war auch kein Wunder. Er war eben ein Pechvogel. Er konnte anfangen, was er wollte, immer ging alles schief. Manchmal war er das alles leid. Er war sogar zu blöd, einer kranken Frau ein Kissen aufs Gesicht zu drücken.

Eva hatte es ihm im letzten Augenblick aus der Hand gerissen und ihn aus dem Wohnzimmer gezogen. Gesagt hatte sie nichts, das war auch nicht nötig. Er wusste, was sie dachte. Danach hatte sie Mutter eingeschlossen und den Schlüssel versteckt, wenn sie wegmusste. Nach ein paar Tagen durfte er wieder ins Wohnzimmer, aber nur in Evas Anwesenheit. Irgendwann war alles wieder wie immer. Schrecklich wie immer.

Kaum auszuhalten. Sein Mitleid mit Martina hielt sich in Grenzen. Sie war chronisch krank, hatte ständig Schmerzen, dafür konnte sie nichts. Aber sie lag den ganzen Tag wie ein Walross auf der Couch und bewegte sich nicht. Sie blockierte das Wohnzimmer und starrte in den Fernseher oder aus dem Fenster oder gegen die Wand. Oder sie blätterte in ihren Illustrierten. Das ging jetzt schon mehr als zehn Jahre so. Frank kannte sie gar nicht mehr anders. Sie sorgte sich nicht mehr um ihre Familie. Sie kochte nicht, sie wusch nicht, sie bügelte nicht, sie kaufte nicht ein. Es schien ihr alles ganz egal zu sein.

Ihre Medikamente kosteten ihn ein Vermögen, besonders all jene, die Martina in ihren Illustrierten fand. Wunderpillen.

Zaubermittel. Aus Amerika. Das Einzige, wozu sie gut waren, war, sein Portemonnaie bis auf den Grund zu leeren.

Er gab zu, dass er eine Weile gehofft hatte, sie würde bald sterben. Dann wäre sie von ihrem Leid erlöst. Und er und Eva auch. Dann könnte er das Häuschen verkaufen, in dem sie lebten. Martinas Unterschrift bekam er nicht – nicht, solange sie bei Verstand war, wie sie sagte. Wenn ihr der mal abhanden käme, dann würde er sie für unzurechnungsfähig erklären lassen und hätte freie Hand. Aber einfacher war es wohl, sie stürbe einfach.

Eva hatte einen Freund, zu dem sie dann ziehen könnte, und ihm selbst würde eine kleine Zwei-Zimmer-Wohnung reichen. Von dem Geld aus dem Hausverkauf könnte er gut leben. Und lange. Ohne Arbeit. Vielleicht würde er dann auch hier wegziehen. Auswandern oder so. Weit weg. Mit Geld war alles möglich. Schleiden war nicht der Mittelpunkt der Welt.

Um ehrlich zu sein, hatte er auch vor der Sache mit dem Kissen das eine oder andere Mal überlegt, wie man die Sache beschleunigen könnte. Er hatte auf den Beipackzetteln der Medikamente die Überdosierungen studiert. Und er hatte auch mal nicht den Arzt gerufen, als er allein mit ihr war und Martina um Luft rang. Aber es war immer gut ausgegangen. Oder schlecht, wie man es sehen will.

Sein Leben hatte er sich natürlich anders vorgestellt. Aber das tut wohl jeder. Wer denkt schon an so was und dass er obendrein noch seine Arbeit verliert und dass dann nichts mehr kommt? Dass einen einfach niemand mehr gebrauchen kann, so als sei man ein alter Tattergreis. Mit zweiundfünfzig!

Dabei hatte er noch so viel vorgehabt. Er hatte von einem sicheren Rentnerdasein geträumt und vom Rumreisen in der Weltgeschichte.

Als er vor zwei Jahren arbeitslos wurde, da war er noch überzeugt gewesen, bald wieder einen neuen Job zu finden. Wer Arbeit haben will, der findet sie auch, hatte er immer getönt. Jetzt war er selbst dran. Er war Kfz-Mechaniker. Die werden doch gesucht, überall, oder? Er hatte immer nebenher schwarz gearbeitet. Er kannte jede Menge Leute. Alle hatten Autos. Und Autos können kaputtgehen. Wo war das Problem?

Zunächst fand er auch Arbeit. Gelegenheitsjobs. Nichts Festes. Aber besser als nichts. Er war beschäftigt und konnte damit sein Arbeitslosengeld aufbessern.

Seit dem 1. April bekam Frank Hartz IV. Und immer öfter Absagen, wenn er sich bei Tankstellen oder Werkstätten vorstellte.

»Über fünfzig?«, wiederholten die Meister entgeistert, als wäre er von den Toten auferstanden.

»Hätten Sie nicht gedacht, was?«, fragte Frank stolz zurück und schob den Schirm seines schwarzen Käppis schwungvoll in den Nacken. So wirkte er noch ein bisschen jünger. Er war immer braun gebrannt und sah tatkräftig aus, fand er. Einer, der zupacken konnte.

»Sie sind über fünfzig? Das sieht ganz schlecht aus.«

Fünfzig schien die magische Zahl zu sein. Es gab ein Leben davor, aber keines danach, oder was?

Frank diskutierte auf seine Weise. Er wurde laut. Er gestikulierte. Er ließ es zum Krach kommen. Er tobte. Er trat gegen Türen und Autos. Er wurde handgreiflich. Er wurde hinausgeworfen. Er sollte sich bloß nie wieder blicken lassen. So erging es ihm ein paarmal. Dann hatte er alle Arbeitsstellen in der Umgebung abgegrast. Und überall Hausverbot.

Dann erwischte es auch noch seine Tochter Eva. Sie fand aber wenigstens zwei Putzstellen. Ein Privathaus in Wolfgarten und ein Geschäft in Schleiden, in dem sie vorher als Azubi ausgebildet, aber nicht übernommen worden war.

Abartig fand Frank das, hätte er nie getan. Eva lieferte brav einen Teil ihres Geldes ab. Er wusste nicht, wie lange noch. Ihr Freund hetzte sie gegen ihn auf. Trotzdem reichte es hinten und vorne nicht.

Manchmal knackte Frank Autos auf Parkplätzen. Erstaunlich, was manche Leute spazieren fuhren: Geld, Autoradios oder Handys. Notebooks, Stereoanlagen, Staubsauger, Computer, Radiowecker, CD-Player, vieles frisch gekauft noch in der Originalverpackung. Es war immer ein besonderer Kick, wenn sich die Kofferraumtür endlich öffnete. Na, was haben wir denn heute?

Natürlich gab es auch Enttäuschungen. Außer alten Wolldecken, dreckigen Schuhen und einem Erste Hilfe-Set nichts gewesen. Dann packte Frank die Wut. Er knallte die Tür zu und rächte sich mit einem Werkzeug, das nicht spitz genug sein konnte, am Lack. Schon beim nächsten Auto war die Wut verflogen. Meistens jedenfalls.

Manchmal tuckerte er mit seiner schäbigen Klapperkiste zu den Supermärkten Extra, Lidl oder Aldi, die sich etwas außerhalb von Schleiden im Gewerbegebiet Oberhausen befanden. Ebenso wie der Praktiker Baumarkt. Dort klaute er aus den Regalen oder aus den Einkaufswagen, während die Besitzer zahlten oder ihre Autos noch beluden. Immer nur Kleinigkeiten, um beschäftigt zu sein. Um ein gewisses Kribbeln zu spüren und um das Zeugs auf dem nächsten Flohmarkt zu verkaufen und so wenigstens den täglichen Bedarf an Lebensmitteln sicherzustellen. Denn Hartz IV, das war nicht witzig.

Aber eines Tages war das alles sekundär. Denn bei so einem kleinen Raubzug war er David begegnet. Gerade hatte er einen Kofferraum auf dem Parkplatz Am Markt wieder zugemacht, als er eine Stimme hinter sich hörte.

»Na, wieder nichts drin?«

Puh! Es war nicht die Polizei, Gott sei Dank, es war nur David. David Pietsch.

»Wo kommst du denn her?«

»Ich beobachte dich schon die ganze Zeit.«

Peinlich genug. Früher hatte David in der gleichen Straße wie Frank gewohnt, sie hatten sich ewig nicht gesehen. Es trennte sie fast eine Generation. Frank hatte David schon immer beneidet. Lose und ledig, hatte immer Mädels, immer andere. Keine Martina am Hals. Er wollte immer, dass man seinen Namen englisch aussprach, *Deiwid.*

Jetzt stand David neben seinem flammneuen Auto, einem silbernen Sechser BMW Kombi mit Alufelgen, spielte mit dem Schlüssel in der einen Hand, hielt in der anderen eine Kippe, trug Markenklamotten, die Arme nackt und schwarz und dicht behaart, in der lässigen Art des Gewinners.

Frank kam sich schäbig neben ihm vor. Armselig. Aber er zog den Bauch ein, streckte die Brust raus, spannte die Armmuskeln, schob den Käppischirm wieder in den Nacken und versuchte wenigstens cool auszusehen. Er schlug David auf die Schulter und sagte mit einem heftigen Augenzwinkern. »Jedenfalls nichts, was ich gebrauchen könnte, Meister.«

David warf die Kippe hinter sich und fingerte eine Zigarettenpackung aus der Hemdentasche. Er schüttelte sie und bot Frank eine Zigarette an.

»Hab vor zwei Jahren aufgehört. Danke.« Wie gern hätte er jetzt eine geraucht. Gerade jetzt.

»Bravo.« David zündete sich eine an. »Wie geht's denn so?«

»Ach, es geht.«

»Bist du nicht auf der Arbeit?«

»Nee. Die ist weg.«

»Oh, tut mir leid.«

»Was soll man machen?«

»Suchst du dir was Neues?«

»Klar. Hab nur noch nicht das Richtige gefunden. Kennst mich doch, ich bin wählerisch.«

»Kannst bei mir anfangen, wenn du willst.«

Frank traute seinen Ohren nicht, reckte den Kopf vor und sperrte die Augen weit auf: »Willste mich veräppeln?«

Auch aus Davids Ohren wuchsen schwarze Haare. Nur auf dem Kopf fingen sie an, schütter zu werden. Aber er schien es ernst mit seinem Angebot zu meinen. »Willste nicht?«

»Doch. Was machst du denn?«

»Erklär ich dir.«

»Wann denn?«

»Jetzt sofort, wenn du Zeit hast«, sagte David, griff hinter sich und zog die Wagentüre auf.

»Zeit habe ich.« Zeit war alles, was Frank hatte. Seine Klapperkiste konnte auf dem Parkplatz warten. Er wollte nicht, dass David sie sah.

David wohnte jetzt Ecke Blumenthaler Straße und Am Holgenbach, direkt über einem chinesischen Restaurant, in einem Mehrfamilienhaus mit Garagen. Aber er parkte am Straßenrand. Als er die Haustür aufschloss, stürzte ein kleiner Junge auf ihn zu. David hob ihn auf den Arm, verpasste ihm einen dicken Kuss auf die Stirn und brachte ihn in die Küche, wo eine Frau, eine schlanke Blondine, am Tisch saß und in einer Zeitschrift blätterte. Sie lächelte Frank auf eine Weise zu, dass der dachte, das ist aber was anderes als Martina. Sie war sogar geschminkt, als gehe sie gleich aus. Vielleicht sah sie aber immer so aus.

»Hier! Nimm du ihn mal«, sagte David zu ihr. »Ich habe Besuch. Das ist Frank.«

»Hallo Frank!«, sagte die Blondine und strahlte ihn an. Sie

nahm den Jungen auf den Schoß und reichte David einen Zettel. »Zwei haben angerufen.«

»Okay. Bringst du uns zwei Bier?«

Sie nickte.

David ging über einen Flur. »Das waren Anja und David. Alle Männer im Haus heißen David. Das macht es einfacher.«

»Wusste gar nicht, dass du verheiratet bist.«

»Woher auch?« David war vor einer Tür stehen geblieben, hatte einen Schlüssel aus der Hosentasche gezogen, geöffnet und das Licht angeknipst, eine summende Neonleuchte. »Mein Arbeitszimmer«, sagte er leise, schob Frank vor. »Pass auf, fall nicht.«

Während David ihm alles haarklein erklärte, wurde Frank mulmig zumute. Aber er hatte ihn beim Klauen erwischt, da konnte er ihm nun schlecht mit Moral kommen. Geschmeichelt fühlte er sich auch, und das nicht zu knapp, dass David ihm so eine große Aufgabe überhaupt zutraute. Seine kleinen Einbrüche und Diebstähle waren zwar ziemlich risikolos, aber auch öde, wie er sich eingestehen musste. Das konnten viele. Keine echte Herausforderung. Und sie brachten auch nicht viel ein.

Hier aber ging es um ein richtig großes Geschäft. Hand in Hand würde er arbeiten im großen Team, im großen Stil, Klotzen statt Kleckern, grenzüberschreitend, Nerven zum Zerreißen gespannt, einer nicht ohne den anderen, Anerkennung.

Und Annerkennung war es, wonach er sich am meisten sehnte. Mehr noch als nach Geld. Denn das war das Schlimmste seit der Arbeitslosigkeit, dass er sich vorkam wie der letzte Dreck.

»Und du sitzt dir hier den Hintern platt?«

»Nein! Ich setze die Ware ab und halte uns den Kunden warm, Mann. Willste tauschen?«

»Warum nicht?« Aber er hätte das nie gekonnt.

»Aber du bist doch viel besser auf der Straße als ich!«

Das ging Frank runter wie Öl.

Klein anfangen, sagte David. Das sollte klein sein? Das wäre der Einstieg. Der berühmte Fuß in der Tür. Was hatte er denn noch vor mit ihm? Was kam danach? Immobiliengeschäfte? Aktiengeschäfte? Nummernkonten? Und er, Frank Lommersheim, war von Anfang an dabei. Die Fantasie ging mit ihm durch. Frank im Glück, warum eigentlich nicht? Endlich einmal. Jeder war mal dran, oder?

So viele Wünsche hatte er gar nicht. Reisen wollte er. Das war sein größter Traum. Er hatte noch nicht viel außer Schleiden von der Welt gesehen. Am liebsten würde er eine Kreuzfahrt machen. Das schien ihm der Inbegriff von Luxus. Ab in die Karibik oder ans Kap oder New York. Er war noch niemals in New York!

Von ihm aus sollte Martina ruhig den ganzen Tag wie ein Walross an Deck liegen, Eva im Pool paddeln und sich einen reichen Typ angeln, nicht so einen Angeber wie Peter. Und er? Er würde ins Casino gehen. So was hatten die doch alle an Bord, diese weißen Kreuzschiffe, oder? Die erste Million war die schwerste.

»Und?«, fragte David und legte die Füße auf seinen Schreibtisch.

Jetzt fing sein neues Leben an. Da war Angst fehl am Platze. Wer Angst hatte, blieb zurück. Wenn er es nicht tat, tat es ein anderer. Hatte doch David ganz deutlich gesagt: Millionen suchen Arbeit. Er würde ihm keine Träne hinterherweinen ...

»Gebongt.«

Zu Hause sagte er natürlich kein Wort über seinen neuen Job. Zwar fiel seinen beiden Frauen auf, dass er nun fast den ganzen Tag unterwegs war, aber sie nahmen es hin. Als er von einer großen Überraschung sprach, sahen sie ihn nur ungläubig an. Sie würden sich schon noch wundern.

7. Kapitel

Als am 27. Mai ein Schreiben aus Deutschland in den Palast des Emirs von Abu Dhabi flatterte und dort auf dem goldenen Tablett seines Sekretärs Mohammed Aziz landete, konnte niemand ahnen, welche Bestürzung sein Inhalt auslösen würde und welche ungeahnten Schicksalsschläge folgen würden, die den Weltfrieden in weite Ferne rückten, sonst hätte man es gar nicht erst geöffnet, die Annahme verweigert oder es öffentlich verbrannt.

Unglaublich aber wahr: Es handelte sich um eine Einladung. Und zwar zu einem Empfang in Deutschland in einem unaussprechlichen Ort, der sich aus dem Mund des ersten offiziellen Dolmetschers und Übersetzers, Saad Al-Jabar, den Mohammed eilends herbeirief, anhörte wie *Helelal,* und wo sich angeblich eine bekannte Falkenaufzuchtstelle befand. Mohammed traute seinen Ohren nicht.

Die Einladung war in höflicher Weise gerichtet an den Emir persönlich, seine Hoheit Sheikh Farouq bin Zayed Al-Nahyan.

Aber – das war das Bestürzende – er selbst war nicht die eingeladene Person, sondern sein jüngster Bruder Karim. Karim, der Sonderling. Karim, der Träumer. Ausgerechnet Karim.

Mohammed, der selbst nur wenige Deutschkenntnisse besaß, ließ sich das Schreiben sicherheitshalber vom zweiten offiziellen Dolmetscher und Übersetzer, Hamad Khoyah, ein weiteres Mal übersetzen. Es kam dasselbe dabei heraus. Nichts änderte sich an der Katastrophe:

Karim bin Zayed Al-Nahyan wurde für den 31. Mai nach Deutschland nach *Helelal* oder wie dieser unaussprechliche

Ort heißen mochte, eingeladen und gebeten, seinen deutschstämmigen Falken Amir in einer Schau vorzuführen. Und dieser Tag lag nicht mehr fern. Im Gegenteil. Er lag zum Greifen nah. Keine Woche mehr.

Bei Allah!

Eile war geboten. Aber warum diese Eile? Warum diese Einladung überhaupt?

Noch am gleichen Tag legte Mohammed seiner Hoheit das Schreiben und die beiden inzwischen schriftlich niedergelegten Übersetzungen ins Arabische vor. Sheikh Farouq war zunächst sprachlos. Das war kein gutes Zeichen. Jedermann wusste, was nach der Sprachlosigkeit kam. Ein Donnerwetter. Karim wurde herbefohlen.

»Lies das!«, befahl Sheikh Farouq, schleuderte Karim das Originalschreiben und die Übersetzungen entgegen und fingerte mit der anderen Hand nervös an seiner Gebetskette. Der *igal* saß vor lauter Aufregung etwas schief auf seiner weißen *ghutra*.

Karim las, und sein Herz machte einen Satz. Vor Freude drohten ihm Tränen in die Augen zu treten. Seine Hände zitterten. Er las es wieder und wieder.

»Wie kommt er dazu?«, brüllte Sheikh Farouq. »Wie kann er es wagen?«

Karim beteuerte, völlig überrascht zu sein. Er kenne niemanden dort in Deutschland. Er sei ja noch nicht einmal beim Kauf Amirs oder seiner anderen Falken dabei gewesen. »Leider!«, fügte er – unnötigerweise, wie Sheikh Farouq fand – hinzu.

Er, Karim, habe außerhalb des Palastes lediglich im ARRC in Dubai und im Büro mit seinem Chef Salem Ebrahim Al-Saman über seine Liebe zur Falknerei gesprochen. Sonst nirgendwo. Er schwor es. Bei Allah.

Daraufhin wurden der Chef des ARRC und Salem Ebrahim-Al-Saman herbeizitiert. Beide beteuerten, von nichts zu wissen. Bei Allah! Salem Ebrahim Al-Saman erklärte, dass – wenn überhaupt – nur sein persönlicher Assistent Yousif Al-Dossary dieses Schreiben veranlasst haben konnte. Er sei mit einer gewissen Vollmacht ausgestattet, genieße aber sein volles Vertrauen. Er würde ihn sich auf der Stelle vorknöpfen. Immerhin konnten beide eine Aussage zu jenem Ort machen, der ihnen ebenfalls aufgrund einer Greifvogelstation bekannt war.

Die Schuldigen an der Palastrevolution konnten sich demnach offensichtlich nur in diesem seltsamen Ort namens *Helelal* befinden. Der Unterzeichner, ein gewisser Herr Karl Fischer, hatte das Ganze wohl eigenmächtig ins Rollen gebracht. Wie er auf die absurde Idee gekommen sei, Karim einzuladen, würde, wie man sagte, für immer zwischen den Sandkörnern der Wüste verborgen bleiben.

Und das war gut so, fand Sharaf und kratzte sich zufrieden seinen Bart. Sonst hätte Sheikh Farouq ihn womöglich vor die Tür gesetzt.

Vierundzwanzig Stunden später hatte sich die Aufregung im Palast des Emirs ein wenig gelegt. Selbstverständlich konnte Sheikh Farouq die unerklärliche Einladung, die an seinen Bruder Karim ergangen war, unmöglich ausschlagen, so gern er das auch getan hätte.

Es war und ist gute alte arabische Sitte und Tradition, Einladungen nicht auszuschlagen. Woher immer sie kommen, an wen immer sie auch gerichtet sein mögen, aus welchem Anlass auch immer, man nahm sie an. Es sei denn, man war tot.

Auch wenn Farouq wünschte, es wäre so, war es noch nicht so weit. Er musste sich also damit abfinden.

Die zwei Bodyguards und auch Sharaf Jaziri selbst würde er aber persönlich dafür verantwortlich machen, wenn Karim nicht pünktlich bei Sonnenaufgang des folgenden Tages zurückgekehrt sei. Die Sonne ging an jenem Tag in Abu Dhabi um genau 6.25 Uhr auf. Für die Hinreise galt ebenfalls der Befehl. Sonnenaufgang.

Am 31. Mai, Punkt 6.25 Uhr, saß Karim mit Amir auf der linken Hand in einer der kleinen Privatmaschinen der *Emirates Airline*, die zugunsten einer enormen Beinfreiheit nur mit fünf Sesseln ausgestattet war, wovon zwei sich gegenüberstanden.

Es war alles minutiös geplant. Bei einer Flugzeit von acht Stunden würden sie den Flugplatz Dahlemer Binz in Deutschland gegen 12.00 Uhr MEZ erreichen. Dort erwartete sie ein fabrikneuer weißer Defender Station Wagon von Landrover, der nicht gemietet, sondern nach emiratischer Manier gekauft worden war, mit dem Sharaf ihn und die beiden Bodyguards mithilfe des eingebauten GPS-Systems innerhalb einer halben Stunde zur Greifvogelstation in Hellenthal fahren sollte. Dort hatten sie einen Aufenthalt bis spätestens 20.00 Uhr MEZ, um rechtzeitig um 20.30 Uhr MEZ wieder zurück in Dahlem sein zu können, um wiederum pünktlich um 6.25 Uhr Ortszeit beim nächsten Sonnenaufgang in Abu Dhabi zu landen.

So weit so gut, dachte Karim, bis auf einige Punkte war er bereit, alle Anweisungen zu befolgen.

Die beiden Piloten, zwei junge, verwegen aussehende Kerle in schneidigen Uniformen, baten ihn unterwürfigst, sein Handy auszuschalten.

»Ich habe keines.«

Sie zeigten auf das kleine Gerät mit Display in Karims Hand.

»Das ist ein GPS-Empfänger.«

»Für Ihren Falken, wir verstehen.« Sie beugten sich zu Amir hinunter und registrierten an seinem Schwanz den dazugehörigen Peilsender. »Wir müssen Sie bitten, den Empfänger beim Starten und Landen ebenfalls ausschalten, danach können Sie ihn wieder benutzen. Entschuldigung, es tut uns leid. Das sind die Vorschriften.«

Sie hörten nicht auf, sich für die Unannehmlichkeiten zu entschuldigen und sich gleichzeitig bei Karim einzuschmeicheln. »Welch einen wunderbaren Falken Sie haben! Ein schönes, mächtiges Tier, das seinem Herrn alle Ehre macht. Dürfen wir Sie bitten, ihm die Haube aufzusetzen, damit er nicht in Panik gerät?«

Karim hatte die lederne Haube schon in der Hand und wackelte mit Federbusch und den Perlenschnüren. Auch Amir konnte es nicht abwarten, mit der Dunkelheit auch die ersehnte Ruhe zu finden. Im rückwärtigen Teil der Maschine wartete eine Transportbox auf ihn, damit er nicht unbequeme acht Stunden lang auf der Hand seines Herrn stehen musste.

Zwei Minuten später stieg auch Sharaf zu. Er trug wie immer seine maßgeschneiderte Khaki-Uniform zur weißen *ghutra*. Karim war einen Augenblick enttäuscht, als er ihn beim Verlassen des Palastes darin erblickt hatte. Er hatte gehofft, auch Sharaf würde zur Feier des Tages die weiße *dishdasha* tragen. Da es zu spät für einen Wechsel war, sagte er nichts. Einen Befehl, der nicht befolgt werden kann, spricht man besser gar nicht erst aus. Es sei denn, man wollte unbedingt sein Gesicht verlieren.

Sharaf schien außer Atem, gehetzt und abgekämpft. Offensichtlich hatte er also den Befehl, der weitaus wichtiger für den Verlauf der Reise war als die Wahl eines Kleidungsstückes, bereits ausgeführt, denn die beiden Bodyguards blieben verschollen.

Sharaf trug das Gastgeschenk für Karl Fischer in einem kleinen Korb. Es handelte sich um eine echte arabische Falkenhaube aus Kamelhaut. Unter dem Geschenk verbarg sich diskret der angekündigte Scheck in beträchtlicher Höhe.

Sharaf gab den Piloten das Zeichen für den Start und setzte sich Karim gegenüber. Die Motoren wurden angelassen. Sie schnallten sich an, die Maschine begann zu rollen.

»Das wird mein Wildflug«, sagte Karim leise mehr zu sich selbst und Amir als zu Sharaf und versuchte, sein inneres Strahlen nicht nach außen dringen zu lassen.

Sharaf gab sich taub und blind.

Als sie ihre Reiseflughöhe erreicht hatten und sich losschnallen durften, brachte Karim Amir in seine Transportbox. Es war Zeit zu beten.

Anschließend setzten sie ihre schwarzen Sonnenbrillen wieder auf und verfielen in eisiges, unergründliches Schweigen. Ab und zu warfen sie sich eine der Datteln in ihre Münder, die in einer Porzellanschüssel bereitlagen, und mahlten darauf herum.

Die Aussicht durch die kleinen runden Fenster war miserabel. Die meiste Zeit flogen sie durch eine dicke Wolkendecke, die erst kurz vor ihrem Ziel für einen Moment aufriss.

Der Flugplatz Dahlemer Binz musste in den verwöhnten Augen eines Emiratie wie ein Notbehelf aussehen. Sharaf zog verächtlich die Mundwinkel hoch. Aber Karim sah nur, wie idyllisch er lag, verwunschen fast. Umgeben von dichtem Wald, in der Nähe schimmerte ein See, kein Hochhaus weit und breit.

Im Landeanflug erkannte Karim den Tower, eine Reihe abgestellter Segelflieger, Sportflugzeuge und Ultra-Leichtflieger sowie flache Gebäude. Die Rollbahn war kurz, sein Flugzeug hätte nicht viel größer sein dürfen. Es setzte mit einer Schleife zur Landung an.

Während des Empfangs sollten die Piloten tanken und auf einem Stellplatz am Rande den Abend und mit ihm den Rückflug erwarten.

Karim nahm Amir an sich und entstieg als Erster der Maschine. Erleichtert stellte er fest, dass niemand sie erwartete. Keine Honoratioren, wunderbar. Kein roter Teppich.

Das Nächste, das er registrierte, war die Kälte, die auf ihn hinabfiel wie ein schwerer Mantel. Sie waren bei fast dreißig Grad am frühen Morgen in Abu Dhabi bei strahlend blauem Himmel gestartet. Hier konnte es höchstens halb so warm sein, und den Himmel konnte man nicht sehen, aufgrund einer sich in verschiedenen Grautönen aufbauschenden Wolkendecke.

Ein eisiger Wind fuhr in sein Gewand, die *ghutra* flatterte ihm um die Ohren. Amir schüttelte sich und krächzte empört.

Ein Schauder durchlief Karim. Nicht nur die Kälte war daran schuld, sondern auch das Glücksgefühl. Am liebsten hätte er den Boden des Gelobtes Landes geküsst, auf den er endlich seine Ledersandalen setzen durfte. Aber er fürchtete, beobachtet und an dieser Handlung gemessen zu werden.

Die Zollabfertigung war reine Formalität. Reisepässe und Impfpässe wurden begutachtet, das schnell ausgefertigte Visum für einen Tag ebenfalls. Man genoss Diplomatenstatus. Man war nicht beladen. Karim trug den Falken, Sharaf die Transportbox und den Korb mit dem Gastgeschenk und dem unsichtbaren Scheck. Ansonsten waren ihre braunen Hände leer. Niemand wollte wissen oder traute sich wissen zu wollen, was sich in der maßgeschneiderten Khaki-

Uniform verbarg, in welcher Sharafs dicker Brustbeutel steckte, oder was er in seinen Stiefelschäften trug. Die weiße, wehende *dishdasha* des Scheichs wagte erst recht niemand zu berühren, obwohl das unverfänglich gewesen wäre.

Vor der Einfahrt zum Flughafengelände stand der bestellte weiße Landrover. Die Scheiben des Fonds waren schwarz getönt. Dachgepäckträger und Frontbügel gaben ihm ein unnötiges Off-Roader-Feeling, fand Karim. Ein echtes Wüstenschiff. Und doch eine Nummer kleiner, als sie es zu Hause fuhren, wenn sie auf die Jagd gingen.

Papiere und Schlüssel händigte ihnen eine junge Frau in kurzem engen Rock und Blazer aus. Sie konnte nicht sehen, wie die Augen hinter den Sonnenbrillen aufblitzten bei ihrem Anblick. Und wie die Augenbrauen sich zusammenzogen, vor Entsetzen. Sie sagte, dass sie sich freue, den Herren behilflich sein zu können und »Have a nice day« und sogar »*Salam aleikum*«.

»*Aleikum salam*«, antworteten Karim und Sharaf und verbeugten sich andeutungsweise, ohne ihr ins Gesicht zu sehen. Die europäischen Frauen waren sehr mutig, sich nicht in weite Gewänder zu hüllen und die Augen nicht niederzuschlagen. Tollkühn fast. Da waren Karim und Sharaf einer Meinung, ohne sich verständigen zu müssen. Aber das sollte auch für lange Zeit, wenn nicht für immer, das letzte Mal bleiben.

Sharaf verstaute die Box für Amir und den Korb im Kofferraum, während Karim wie immer mit seinem Falken rechts auf den Rücksitz Platz nahm. Der Jeep war einigermaßen komfortabel ausgestattet, auch wenn sie die Bar mit gekühlten Getränken vermissten.

Das Navigationsgerät schickte sie über eine schmale Straße ohne Mittelstreifen, die sich zunächst durch eine hügelige Waldlandschaft schlängelte.

Karim ließ an seiner Seite die dunkle Scheibe herunterfahren, steckte seine Nase in den Wind und schnupperte. Ein herber, würziger, fremder Duft erreichte ihn.

»Sharaf! Riech!«, schwärmte er. »Der Duft des Waldes.«

»Ich rieche nichts«, behauptete Sharaf und sah angestrengt geradeaus, als gälten hier andere Regeln, als gebe es zu Hause keinen Rechtsverkehr wie hier oder als sei er plötzlich ein gefühlloser Roboter.

Machte er sich etwa noch Sorgen wegen der beiden Bodyguards?, fragte sich Karim. Bekam ihm das europäische Klima nicht? Aber sein Befinden interessierte Karim auch nicht genug, um den Fragen weiter nachzugehen.

Als er ihn kurz darauf bat, einen winzigen Moment anzuhalten, damit er einen Baum anfassen, einen Zweig abbrechen und an ihm riechen könne, stieß Sharaf hervor: »Ach, lass mich mit deinen Bäumen in Ruhe! Man erwartet uns. Einmal dort, kannst du so viel und so lange durch den Wald gehen, wie du willst. Jedenfalls bis acht Uhr am Abend.«

So aufsässig kannte Karim seinen Diener nicht, als schiene er hier in Europa seiner Befehlsgewalt zu entgleiten.

»Hörst du die Vögel nicht singen?«, fragte er ihn weiter. Er war es gewohnt, kleinere Vergehen einfach zu übersehen. Das war eines Scheichs durchaus würdig und ersparte ihm obendrein manche Aufregung.

»*La*«, knurrte Sharaf.

Daraufhin ließ Karim ihn in Ruhe schmollen. Es wäre viel zu schade und vergeudete Zeit, sich gerade jetzt zu ärgern, da er am Ziele seiner Wünsche war.

Wohin Karim auch blickte, überall war es grün, in so vielen Schattierungen, er konnte sich nicht sattsehen. Außerdem war der Himmel so herrlich dunkel, fast schwarz, wolkenverhangen. Jeden Moment konnte es anfangen zu regnen. Ein

Gewitter vielleicht sogar? Dann wäre sein Glück vollkommen.

Ein entgegenkommender Lkw trieb sie fast in den Straßengraben. Kurz darauf trabte ein Reh unerschrocken über die Fahrbahn.

Aus der waldigen Gegend wurde allmählich landwirtschaftliches Gebiet. Kleine Dörfer, große Weideflächen von unergründlichen Zaunmustern durchbrochen, Kühe, Schafe, Pferde, ein Sendeturm, weiße Windräder auf einem Höhenrücken wechselten mit Hochspannungsmasten. Karim sammelte Eindrücke.

Nicht mehr als zweiundzwanzig Kilometer würde die Fahrt lang sein und knapp dreißig Minuten dauern. Die Stimme im Navigationssystem, der sie vertrauen sollten, war die Stimme einer Frau. Ausgerechnet eine Frau sagte ihnen, wo es langging. In den Emiraten war Frauen das Autofahren verboten. Aus gutem Grund. Frauen haben einen schlecht ausgeprägten Orientierungssinn. In Deutschland war das nicht der Fall, in Deutschland war vieles anders als zu Hause. Sie fühlten sich unwohl bei den Ansagen einer Frau.

Karims Blick fiel auf einen vom Blitz getroffenen Baum, er registrierte Holzstapel und eine große, kahlgeschlagene Fläche. Holz war in den Emiraten eine Rarität, ein kostbares Gut, hier schien man im Überfluss darin zu schwelgen. Es zu vergeuden. Ein seltsames Land, dieses Deutschland.

»Sieh«, rief Karim und zeigte auf ein großes, zitronenfarbenes Feld, das sich in sanften Hügeln bis zum Horizont erstreckte.

»Rape«, sagte Sharaf ohne hinzusehen. »Raps.«

»Dann machen sie hieraus Öl?«

»*Na'jan*«, Sharaf klopfte verächtlich aufs Lenkrad. »Das sind die Ölfelder der Europäer.«

»Sie sind schöner als unsere.«

»Und kleiner«, brummte Sharaf.

Nach einer Weile gelangten sie auf eine Hochebene, auf der sich eine Straßenkreuzung befand. Einen weiten Ausblick über das hellgrüne hügelige Weideland hatte man von hier bis zum dunkelgrünen Waldrand am Horizont. Eines der gelben Straßenschilder wies ihnen den Weg bergab, geradeaus, nur noch drei Kilometer bis zu ihrem Ziel, wenn sie stattdessen aber rechts einbogen, würden sie einige andere Orte erreichen, deren Namen Karim auf die Schnelle nicht entziffern konnte.

Es war die Fülle der Möglichkeiten, und es war die Straßenkreuzung auf der weiten Hochebene selbst, bei deren Anblick Karim schlagartig bewusst wurde, dass er von Anfang an genau so eine Stelle gesucht hatte.

Für den Rückweg.

Er sah sich noch lange nach ihr um.

Nachdem sie ein kleines Flüsschen überquert und rechts ab auf eine breitere Straße abgebogen waren, sprang Karim halb aus dem Sitz, sodass Amir unruhig hin und her trappelte.

»*Helelal!*«, rief er und zeigte auf das gelbe Ortsschild.

Als sie das erste Werbe-Plakat für das Wildfreigehege und die Greifvogelstation entdeckten, folgten sie den Hinweisen und überquerten einen weiteren, etwas größeren Fluss.

»Das könnte dieser Fluss sein«, murmelte Karim, »der später zu der Talsperre führt, über der die Falken fliegen.« Er hatte sich zu Hause in Abu Dhabi schlaugemacht. Und er hatte Vorstellungen, die jetzt alle noch übertroffen wurden.

Nur mit Sharafs Verhalten hatte er nicht gerechnet.

»Ich verstehe, dass du dir Sorgen wegen Farouq machst.«

»Sorgen?«, fragte Sharaf zurück, ohne eine Miene zu verziehen.

»Wegen der Bodyguards wird er etwas wütend sein.«

»Etwas wütend? Er wird mich in die Wüste schicken.«

»Wir werden beide gemeinsam für die Folgen einstehen.«

»Nicht du. Du bist ein Sohn des alten Emirs. Was soll dir passieren?«

»Das kommt drauf an«, sagte Karim. Mehr konnte er zu diesem Zeitpunkt wirklich nicht sagen. Er liebte es, sich in Andeutungen zu ergehen. Und Sharaf waren die Zwischentöne in seinen Worten nicht entgangen, denn er musterte ihn misstrauisch im Rückspiegel.

Als sie Hellenthal nach einem Kreisverkehr verließen, ging es leicht bergauf. Die Straße schlängelte sich. Von Weitem flatterten die Fahnen an den Masten, Sharaf drosselte die Geschwindigkeit und lenkte den Jeep langsam durch einen hohen eisernen Bogen, auf dem die Silhouetten einiger Wildtiere abgebildet waren.

Ab diesem Torbogen warteten die ersten Zuschauer. Karim lehnte sich zurück und machte sich unsichtbar. Sharaf steuerte den Jeep durch ein breites Zinktor mit einem riesigen Adler- und Mufflonkopf, das sich automatisch vor ihnen öffnete. Eine Menschenreihe entlang fuhren sie in ein dichtes Waldstück, an dessen Ende die hohen Volieren der Greifvögel begannen. Hier standen sie in Zweierreihen. Hier lag auch der rote Teppich. Sharaf kam vor ihm zum Halten.

Es war zwischen ihnen abgesprochen, dass er die Gespräche führen sollte. Das kam Karims angeborener Schüchternheit entgegen. Sollte jemand die Kühnheit besitzen, ihn anzusprechen, in Englisch oder Deutsch, beides Sprachen, die er sehr gut verstand und in Abu Dhabi bei geschäftlichen Verhandlungen auch aktiv sprach, wollte er lieber einen Schritt zurücktreten und Sharaf das Terrain überlassen. Karim fürchtete, wenn er deutsch sprach, könnte man über seinen Akzent lachen. Er wollte sich lieber hinter seiner Sonnenbrille verstecken und allerhöchstens ab und zu ein angedeutetes Lächeln auf seinen Lippen erscheinen lassen.

Er würde auch nicht gehen wie jedermann, sondern schreiten, würdevoll und gemessen, aufrecht und stolz, aber das war selbstverständlich, das hatte er von klein auf gelernt.

Sie hatten beide den Eindruck, dass man Ausschau nach weiteren Gästen hielt und enttäuscht war, dass der hohe Besuch – abgesehen von einem weißen Ger – nur aus zwei Personen bestand, von denen sogar nur eine wie ein richtiger Scheich aussah.

Ein Mann mit roten Kniestrümpfen und rotem Hemd löste sich aus der Menschenreihe und öffnete Karims Tür. Er stellte sich mit einer Verbeugung als Karl Fischer, einer der beiden Besitzer und Betreiber, vor und zeigte auf seinen Geschäftsfreund, Horst Niesters.

Beide Namen waren von Salem Ebrahim Al-Nahyan erwähnt worden und Sharaf und Karim nicht fremd. Sharaf überreichte das Gastgeschenk und damit auch unbemerkt den angekündigten Scheck.

Daraufhin wurden sie vielen anderen Herren vorgestellt, deren Namen sie nicht behalten konnten und die wohl in irgendeiner Weise wichtig oder berühmt waren, auch wenn sie nicht so gekleidet waren.

Unter einem weißen Zelt wurden Erfrischungen gereicht. Einige Auserwählte, wie Karim und Sharaf, durften Platz nehmen, und ein Austausch von Höflichkeiten fand statt, der kein Ende nehmen wollte. Karim schaute immer wieder unauffällig auf seine Rolex. Die Zeit lief ihm davon. Die Themen reichten vom Wetter, welches die Deutschen unverständlicherweise ungemütlich fanden, über die Frage nach dem Flug und dem Befinden seiner Hoheit, des Emirs, bis zu dem Vorschlag, bald mit der Flugvorführung beginnen zu dürfen, ehe der Regen einsetzte, da dann die Greifvögel nicht mehr fliegen könnten.

»Wie Sie sicher wissen.«

Sharaf schüttelte den Kopf, selbst Karim tat es, aus Versehen. Nein, das wussten sie nicht. Kein Wunder. In Abu Dhabi gab es nicht mehr als zwei bis drei Regentage pro Jahr, zwölf Zentimeter Niederschlag. Regen war einfach kein Thema, auch nicht bei der Falkenjagd. Trotzdem gab Sharaf mit hoheitsvoller Handbewegung das Zeichen zum Start.

Karim und Sharaf mussten das Zelt dazu nicht einmal verlassen. Zu jedem Vogel gab es eine Geschichte, die die Emiraties aufgrund der Verzerrung durch das Mikrofon nicht verstanden. Karl Fischer begann die Flugschau bei den Eulenvögeln, auf sie folgten die Bussarde. Dann setzte er die verschiedenen Falkenarten ein: Lanner, Saker und Lugger.

Amir, der weiße Ger aus den Emiraten, sollte die Schau der Falken krönen. Ein bewunderndes »Oh« ging durch die Zuschauer, als Karim sich erhob. Beide ganz in weiß, beide ganz erhaben. Karim warf Amir mit einem Schrei in die Luft, steckte ein totes Küken in seinen Handschuh und erwartete, dass er demnächst beidrehte.

Aber Amir hatte anderes vor. Auch ihm schien das grüne Land zu gefallen. Er nutzte die Gelegenheit aus und kehrte lange nicht zurück, sodass man sich schon Sorgen machte, ob er sich verflogen habe, ehe er wieder übers Tal hereinkam und die Hand seines Herrn ansteuerte. Er schien nicht erschöpft. Er war lange Flüge gewöhnt und stürzte sich auf sein Futter.

Ehe Steppenadler, Schreiseeadler und vor allem die Weißkopfseeadler, für dessen Zuchtprogramm die Greifvogelstation weltberühmt war, ihr Können zeigen konnten, beendete ein heftiger Regenschauer die Flugschau. Nicht alle Zuschauer fanden einen Unterschlupf unter dem weißen Zelt, viele stellten sich unter Bäume oder das Dach eines Holzhauses. Viele liefen auch einfach davon.

Karim nahm niemandem den Platz im Zelt weg. Er zog es vor, sich nass regnen zu lassen. Als man ihm einen großen Schirm anbot, schob er ihn unwillig beiseite. Erst als er völlig durchnässt war, seine *dishdasha* schlaff an ihm herunterhing und tropfte und Amir schwer an seinem nassen Gefieder trug, betrat er das Zelt und begutachtete das Büffet, das dort in der Zwischenzeit aufgebaut worden war. Er ließ sich bedienen und probierte gelangweilt das eine oder andere aus. Er war nicht hier, um deutsches Essen kennenzulernen.

Schon eher war er neugierig auf die Zuchtanlage. Als er endlich dorthin geführt wurde, hatte er das Gefühl, zu Hause im ARRC zu sein. Hier waren die Wachhunde allerdings Rottweiler. Die brütenden Vogelpaare wurden wie in seiner Heimat mit Video überwacht und ständig mit Musik berieselt, um sie an einen gewissen Geräuschpegel, der sie weniger schreckhaft macht, zu gewöhnen. In der Krankenstation lag ein Wanderfalke unter einer Rotlichtlampe.

Am frühen Abend, als der Regen nachgelassen hatte, schlug Horst Niesters den hohen Gästen einen Gang durch das angrenzende Wildfreigehege vor, wo die Herren einen wohlgefälligen Blick auf Wildschweine, Dam- und Rotwild, Luchse, Wildpferde, Bären und Mufflons werfen sollten.

Pünktlich um zwanzig Uhr – nach einer langatmigen Verabschiedungszeremonie – entließ man sie nur ungern zum Flughafen. Dem Angebot einer offiziellen Eskorte zum Flughafen konnten sie knapp entgehen.

Schweigend traten Karim und Sharaf den Rückweg an. In Karim wuchs die Anspannung. Ob er die Stelle, die ihm bei der Hinreise so geeignet vorgekommen war, wiederfinden würde? Und würde Sharaf ihm im entscheidenden Moment gehorchen? Eigentlich hatte er keine andere Wahl mehr. Aber wer konnte schon wissen, was sich in Sharafs Gehirn abspielte?

Als sie nach drei Kilometern die Hochebene erreichten und die entscheidende Kreuzung, an der Sharaf, der Frauenstimme aus dem Navigationsgerät folgend, sich weiter Richtung Dahlem halten sollte, ließ Karim ein deutliches, lautes und sehr herrisches »*La*« aus dem Fond vernehmen.

Irritiert trat Sharaf auf die Bremse, fuhr an den Straßenrand und drehte sich zu ihm um. »Was ist los? Das ist der Weg!«

»Ich will einmal noch aussteigen.«

»Wir sind spät.«

»Nur kurz.« Karim stand schon neben dem Jeep, zog die Sonnenbrille ab und genoss den weiten Ausblick über das hellgrüne Weideland bis zum dunkelgrünen Waldrand am Horizont.

»Hier bleibe ich«, sagte er leise und fast ohne die Lippen zu bewegen zu sich selbst. Er breitete die Arme aus und schloss die Augen. Amir zappelte auf seiner Linken.

»Wir bleiben«, wiederholte er dann laut und bestimmt.

»Was?«

»Wir bleiben.«

»Du spielst mit meinem Leben«, murmelte Sharaf.

»Nicht, wenn wir bleiben«, sagte Karim lächelnd und wies mit der offenen Hand auf die Straße, in die Sharaf gefälligst einzubiegen hatte und wo eine Fülle kleiner Orte auf sie wartete, deren Namen Karim nun in aller Ruhe lesen konnte: Büschem, Hönningen, Blumenthal, Reifferscheid.

War nicht einer verlockender als der andere?

Die Frau im Navigationsgerät warnte ebenfalls, sie müssten unbedingt wenden. Unbedingt, falsche Richtung. Unbedingt. Die Stimme überschlug sich fast, warnte dringend vor der Weiterfahrt, als rase man direkt auf einen Abgrund zu. Aber sie hatten noch nie gern auf eine Frau gehört.

Dann überlegte sich die Frauenstimme eine Ersatzroute, auf der sie über einen Umweg noch Dahlem erreichen konnten, aber Karim wedelte mit der Hand, und Sharaf würgte sie ab.

»Du musst zu essen einkaufen«, befahl Karim. »Und du wirst tanken müssen.«

Sharaf nickte, schaltete das GPS erneut ein, hackte mit zwei Fingern darauf herum, um zur nächsten Tankstelle geleitet zu werden. Abgesehen von der blechernen Stimme war es still im Landrover.

Auch die Zeit schien stillzustehen. Was geschah, war von tiefer Bedeutung. Die beiden Männer mit den weißen *ghutras* kehrten nicht nur Dahlem, sondern Abu Dhabi den Rücken, ihrem bisherigen Leben. Die Entscheidung bei Hönningen war richtungweisend.

Es war der *point of no return.*

Als es wieder zu regnen begann, nahm Karim das als Zeichen Allahs. Er war auf ihrer Seite. Er meinte es gut mit ihnen. Die Tropfen auf den Scheiben landeten erst vereinzelt und klein. Karim steckte den Kopf zum Fenster hinaus.

»Bist du noch nicht nass genug?«, rief Sharaf.

»Ist das nicht herrlich?« Er würde nie genug davon bekommen können.

8. Kapitel

In Ermangelung einer Tageszeitung hörte Sonja beim Frühstück aufmerksam Radio. Sie summte die Melodien zwischen den lokalen Nachrichten mit, hielt aber erschreckt inne, als von einem Familienvater berichtete wurde, der Frau und Tochter erschlagen und dann sich selbst in den Mund geschossen hatte. Häusliche Gewalt sei auf dem Vormarsch, hieß es lapidar.

Nicht nur die, murmelte Sonja, auch die Gewalt auf den Straßen, und dachte an Wesselings fingierte Autounfälle.

Um die Schulen dieses Landes war es nicht besser bestellt, denn kurz darauf war die Rede von einer Bande, die eine Grundschule in Schach gehalten hatte. Die Kleinen hatten alles abgeben müssen, Handys, Gameboys, Taschengeld, sie mussten sogar ihre Markenschuhe ausziehen und auf bloßen Füßen nach Hause gehen.

Selbst in den Supermärkten hatte die Gewalt Einzug gehalten. Dort hatte es gestern Morgen eine Massenschlägerei gegeben, weil sich jemand an der Kasse vordrängen wollte.

Eher absurd klang dagegen der Bericht, dass die Greifvogelstation Hellenthal für heute hohen Besuch aus den Vereinigten Arabischen Emiraten erwarte. Sonja stellte sich eine schwer beladene Kamelkarawane vor, die über die grünen Hügel der Eifel zockelte, sich an einem Stausee niederließ und ihre Zelte aufschlug, für den Scheich, seinen Harem, die Leibwächter, den Koch ...

Der anschließende Wetterbericht verhieß nichts Gutes, es sei denn, man liebte den Regen oder hatte vor, den Tag im Auto zu verbringen, wie Sonja Senger in ihrem neuen Beruf als Privatdetektivin.

Davis saß bereits auf dem Beifahrersitz und blickte von dort hochnäsig hinüber zu West, der auf der obersten Treppenstufe ruhte. Das Kündigungsschreiben für den Vermieter lag auf dem Armaturenbrett. Auf der Rückbank lag Jeromes alte Lederjacke für den Rest des Lebens.

So wie Eva sagte, verließ ihr Vater nicht vor zehn Uhr das Haus. Sonja stand viel zu früh davor. Die Arensbergstraße war eine Seitenstraße der Durchgangsstraße. Sie fand eine halblegale Parkmöglichkeit schräg gegenüber dem Hauseingang und marschierte zur neuen Poststelle, wo sie den Brief an den Trierer Vermieter aufgab und ein Briefmarkenheft erstand.

Den Polo fand sie danach zugeparkt vor, Stoßstange an Stoßstange. Sie wollte das Radio einschalten, um sich die Zeit zu vertreiben. Es klackte und rauschte auf allen Kanälen. Als sie nach der Antenne Ausschau hielt, stellte sie fest, dass sie abhandengekommen war. Eine Enttäuschung nach der anderen. So war das Leben der Detektive.

Zwei geschlagene Stunden später, und ein Mann, der dem Foto, das in ihrem Schoß lag, einigermaßen ähnlich sah, die Zielperson also, verließ das Haus. Sonja war schon mit den Nerven am Ende. Er trug das erwähnte schwarze Käppi, mit der Schnalle über der Stirn und dem Schirm im Nacken. Er war braun gebrannt. Sein Schnauzer grau. Unter einen Arm hatte er einen gelben Plastikbeutel geklemmt. Er überquerte die Straße und stieg in ein Auto, das zwar auf gleicher Höhe wie der Polo stand, aber in entgegengesetzter Fahrtrichtung.

Ohne Servolenkung brauchte Sonja fast vier Anläufe, ehe sie der Parklücke entkam, wendete, Frank Lommersheim war auch nicht viel schneller, er stand vor einer Ampel. Er saß in einem ziemlich alten, klapprigen, dunkelroten Opel.

Als die Ampel grün zeigte, schaltete er den Blinker nach links, bog ab, schaltete den Blinker nach rechts und fuhr direkt in die nächste Straße ein. Am Holgenbach. An der Ecke hatte Vera Rumberg gewohnt, die Immobilienmaklerin, die Sonja das Forsthaus verkauft hatte und die ermordet worden war. Die Welt war klein.

Direkt vor der stillgelegten Bahnlinie fuhr Frank auf einen Parkplatz vor ein chinesisches Restaurant. Darüber befanden sich Wohnungen mit Balkonen. Frank verschwand im Hauseingang.

Eine Stunde später kam er wieder heraus. Oben auf dem Balkon stand eine jüngere Blondine, die ihm nachwinkte. Warum auch nicht? Was soll der arme Mann sonst den ganzen Tag machen? Die eigene Frau seit Jahrzehnten krank. Waren die zwei im Bett gewesen? Junge Frauen nehmen sich zwar manchmal alte Männer, aber dann haben letztere immer Geld, oder nicht?

Dann tauchte ein kleiner Junge neben der Blondine auf, der ebenfalls winkte. Hatte Frank sich eine nette Ersatzfamilie angeschafft? Vor Aufregung vergaß Sonja, ein Foto zu machen, obwohl die Kamera griffbereit auf dem Beifahrersitz lag.

Nun fuhr Frank seines Weges, kreuz und quer, etwas unentschlossen, wie Sonja schien. Neugierig nahm sie die Verfolgung auf. Sie wusste, wie man das machte. Sie verlor die Zielperson kein einziges Mal aus den Augen, und er bemerkte sie auch nicht, da war sie sicher, es lag immer ein ausreichender Abstand zwischen ihnen.

Erst folgte er ewig einem silbernen Mercedes A140 mit Euskirchener Kennzeichen, bis dieser nach etlichen Umwegen und Einkaufsstopps am Ortsausgang von Schleiden mitten auf der Luxemburger Straße parkte. Frank fuhr langsam an ihm vorbei und sah in das Auto hinein. Dann gab er Gas. Wahrscheinlich handelte es sich um eine Verwechslung. Sonja machte ein Beleg-Foto für ihre Arbeitgeberin.

Dann nahm er einen weiteren silbernen A140 aufs Korn, bis dessen Fahrt in einer Einfamilienhaussiedlung vor einer Toreinfahrt endete. Als die Fahrerin ausstieg, legte die Zielperson den Rückwärtsgang ein.

Von wegen, er hat eine Arbeit gefunden, da lag Eva schief. Er suchte nicht einmal eine. Er fuhr spazieren. Zwischendurch sah Sonja ihn zum Handy greifen und verbotenerweise während der Fahrt telefonieren.

Dann war ihm wohl nach einer Pause. Er nahm die Blankenheimer Straße stadtauswärts, hielt am nächsten Parkplatz auf der linken Seite und spazierte in den Wald hinein. Auf dem Parkplatz stand eine Telefonzelle, in der Sonja vorgeben konnte zu telefonieren, so lange, bis er zurückkam. So gelang ihr auch ein Schnappschuss.

Wenig später geriet ein weiterer silberner A140 in Franks Blickfeld, der vor der Realschule geparkt wurde, und zwar günstig verdeckt durch einen Busch, sodass er von den Fenstern des Schulgebäudes nicht gesehen werden konnte.

Der Fahrer verschwand im Schulgebäude, aber Frank musste ihn erkannt haben. Das war er also. Der Gesuchte. Ein Lehrer, der Überstunden machte. Es war Nachmittag. Wer hätte das gedacht?

Kurz darauf kam Sonja zu der Auffassung, dass ihre Zielperson ein schnöder Autodieb sein könnte.

Frank machte sich an dem A140 zu schaffen und schien das Schloss knacken zu wollen. Gerade wollte Sonja das auf ihrer Kamera festhalten, als sie beide gestört wurden. Das Schultor schlug dumpf zu, und der fleißige Lehrer kreuzte schon wieder laut pfeifend auf. Er hielt einen Aktenordner in der

Hand. Frank tauchte im Gebüsch unter, Sonja ließ die Kamera sinken. Der Lehrer blätterte mit der einen Hand in den Akten und fummelte mit der anderen Hand mit seinem Schlüssel herum. Es fiel ihm gar nicht auf, dass sein Auto nicht mehr abgeschlossen war.

Sonja war ratlos. Zweifel kamen auf, ob der Detektivberuf der richtige für sie war. Das Geheime und Selbstständige daran hatte seinen Reiz, konnte aber auch nervtötend sein. Observieren hatte sie in der ersten Zeit ihrer Polizeiarbeit müssen, das war Anfängerarbeit. Damals konnte man wenigstens dabei Radio hören.

Vermutlich auf der Suche nach seinem nächsten silbernen A140 verließ Frank die Stadt in Richtung Gemünd. Dort parkte er auf dem Marienplatz direkt vor dem Amtsgericht. Passt ja, dachte Sonja. Im Gebäude herrschte allerdings die Leere nach Büroschluss, während auf dem Parkplatz die ewigen Touristen ihre Spuren hinterließen. Vor allem niederländische. Frank hatte Mühe, einen Platz für sein Auto zu finden. Sonja lauerte ihm in der zweiten Reihe auf. Er schloss sein Auto ab und sah sich um.

Sonja fotografierte, wie er mit einem gelben Plastikbeutel in der Hand auf die Pizzeria *Da Sergio* zusteuerte und sie betrat. Er wurde begrüßt und setzte sich an einen Tisch am Fenster. Er bestellte etwas. Angestrengt spähte er durch die Gardine hinaus. Er sah aus, als wäre er gern woanders, fand Sonja.

Ein Paar schlenderte direkt an ihm vorbei, Arm in Arm. Kinder kreuzten ihren Weg, in ihre Handys vertieft. Eine Frau führte ihren Hund an der Leine aus. Ein kleines, strubbeliges Tier, dessen Beine blitzschnell liefen wie eine Nähmaschine.

Der Himmel über allem zog sich zu. In der Pizzeria wurde Licht gemacht.

Es war sechs Uhr abends, als Sonja von ihrer Zielperson abließ. Eva hatte um diese Zeit mit ihrer Putzarbeit im Geschäft begonnen, die kranke Martina Lommersheim war nun allein zu Hause. Hoffentlich konnte sie die Türe öffnen.

Sie konnte, tat es auch nach dem dritten Klingeln und sah mit trägem Schlafzimmerblick in Sonjas Richtung. Sie trug einen gesteppten, glänzenden Morgenmantel, den sie nicht schließen konnte, weil er drei Nummern zu klein war. Das geblümte Nachthemd darunter spannte über einem beachtlichen Busen. Sie stand weit nach vorne gebeugt, als kippe sie jeden Moment um.

»Sind Sie Frau Martina Lommersheim?«, fragte Sonja.

Sie nickte feierlich. Schweißperlen standen auf ihrer Stirn.

»Darf ich hereinkommen? Ich arbeite für Ihre Tochter.«

Sie schüttelte langsam den Kopf, als habe sie Angst, sonst schwindelig zu werden. »Keiner da«, presste sie hervor und drückte die Tür zu. Sonja hörte, wie sich ihre schlurfenden Schritte entfernten.

Läuft doch super, der neue Job, dachte Sonja. Könnte gar nicht besser sein.

9. Kapitel

Währenddessen hatte Frank in der Pizzeria *Da Sergio* in Gemünd längst sein Pils und seine Pizza Margherita bestellt. »Nein, keinen Salat. Bloß keine Vitamine«, scherzte er mit der Bedienung. »Nur Pizza und Pils.«

Angestrengt spähte er durch die Gardine. Das fehlte gerade noch, dachte er missmutig. Regen. Gleich musste er wieder an der Tankstelle stehen. Und sicher stundenlang. Und sicher wieder umsonst!

Ein alter weißer Polo verließ den Parkplatz, auf dem er auch seinen Opel abgestellt hatte. Am Steuer saß eine ältere Dame, die in seine Richtung blickte, zufällig sicher, eigentlich konnte es nur David sein, der ihn verfolgte, falls er sich das nicht einbildete. Eben als er ausstieg, hatte er es deutlich gefühlt. Aber auch diesen Polo hatte er heute schon irgendwo gesehen. So ein altes Modell, das gab es doch nicht mehr oft.

In der Pizzeria wurde Licht gemacht. Länger als nötig hielt Frank sich mit dem Essen auf.

Erst kurz vor zwanzig Uhr setzte er sich auf der Kölner Straße direkt hinter der Aral-Tankstelle auf ein Mäuerchen und legte den gelben Plastikbeutel neben sich. Ein strategisch günstiger Platz für eine Tankstelle. Prompt begann es zu nieseln. Ein Holunder, dessen Zweige über ihm wippten, schützte ihn wenig. Frank zog den Schirm seines schwarzen Käppis tief in die Stirn, kreuzte die Arme über der Brust, ließ die Beine baumeln und machte sich auf eine längere Wartezeit gefasst.

Reichlich Zeit, sich über die Benzinpreise aufzuregen, die seit Erfindung des Euros ins Unermessliche zu steigen schienen. Er nahm die Waschanlage und den Shop unter die Lupe, beobachtete die Autofahrer und ihre Tankgewohnheiten. Nachdem er das eine Weile in allen Einzelheiten getan hatte, ohne dabei Weltbewegendes festzustellen, begann die große Langeweile. Der Benzingeruch ging ihm auf die Nerven. Gesund konnte das nicht sein. Das Geräusch der Motoren, das Knallen der Türen, das Quietschen der Reifen, das alles hatte ihn früher nie gestört. Es hatte eine Zeit gegeben, da war er regelrecht süchtig danach gewesen. Er war eben älter geworden.

Linker Hand begann das Industriegebiet Mauel, mit der für ihre Bierdeckel bekannten Firma Marienthaler, einigen anderen, kleineren Druckereien, einer Firma für Straßenbau und noch einer für Fenster- und Türenbau. Alle hatten großzügige Toreinfahrten und leere Parkplätze, bis auf das Auto eines Pförtners, einen abgestellten Lkw-Hänger, einen Stapel Paletten. Das hatte er schon alles erkundet. Auf einen dieser Fabrikhöfe würde er nachher fahren, im Fall eines Falles, an den er schon nicht mehr glaubte.

Ein paar A140er zogen an ihm vorbei, keiner tankte. Spricht für Mercedes, dachte er wütend, als sich sein Handy um Punkt zwanzig Uhr meldete. David erkundigte sich nach dem Stand der Dinge. Da gab es nicht viel zu berichten.

»Es regnet.«

»Denk an die Knete, Mann. Ich meld mich wieder. In einer Stunde.«

Als David um einundzwanzig Uhr prompt wieder anrief, schrie Frank ins Telefon. »Du kannst mich. Ich brech jetzt hier meine Zelte ab. Ich bin klatschnass. Weißt du was, sieh doch zu, wie du an deinen blöden A140 kommst ... eh, warte mal.«

»Was ist denn?«

»Warte!«

»Was denn? Hast du einen?«

»Hier fährt gerade ein supergeiles Auto an die Zapfsäule. Ein Landrover Defender Station Wagon mit allen Schikanen. Weiß wie die Wüste. Mein absolutes Traumauto, brandneu, Mann, Leichtmetallfelgen, Frontbügel, Dachgepäckträger, wetten, dass er auch Funk, 'nen Compi und ein Navi hat? Und es sitzt nur ein einziger Typ drin!«

»Und wenn schon. Lass die Finger bloß davon. Vergiss es.«

»Das ist kein Traumauto, das ist ein Traumschiff.«

»Von mir aus ein anderes Mal. Du weißt, was wir brauchen, hörst du?«

Frank hörte nichts mehr.

»Frank!«

Frank hatte das Handy längst sinken lassen. Davids Stimme darin rief in weiter Ferne nach ihm. Vergebens. Es war ihm völlig egal, was David ihm noch zu sagen hatte. Für so einen Landrover würden sie dreimal so viel bekommen wie für einen blöden A140. David hatte ja keine Ahnung.

Die Fahrertür des Landrover öffnete sich, eine kleine, gebückte Gestalt huschte in den Aral-Shop und verschwand dort hinter den Regalen. Frank blinzelte, schüttelte den Kopf und riss dann die Augen auf. Was war das? Die Weiße Frau?

Er war nicht abergläubisch. Mit Geschichten über Gespenster konnte man bei ihm nicht landen. Weibergewäsch. Das war was für Martina. Die glaubte natürlich an so was. Angeblich hatte sie selber schon mal eine Weiße Frau gesehen. Das würde er auch, hatte er zu ihr gesagt, wenn er den ganzen Tag auf der Couch läge, jede Menge Weiße Frauen sogar, Herden. Martina glaubte ja auch, dass alles, was ihnen widerfuhr, Bestimmung war. Die Krankheit, die Arbeitslosigkeit. Und wer bestimmte das, bitte schön? Den würde Frank sich mal gern zur Brust nehmen. Und wenn schon, dann war der Landrover hier Bestimmung. Wenn der Landrover eine Bestimmung war, dann liebte er ab sofort Bestimmungen und glaubte auch daran.

Er presste den gelben Plastikbeutel an sich und ließ sich vom Mäuerchen rutschen. Im Aral-Shop war alles ruhig. Der Tankstellenbesitzer war noch nicht schreiend herausgelaufen, also musste er sich einfach geirrt haben, dachte Frank. Wahrscheinlich war der Fahrer eine Frau, die ein weißes Kopftuch trug. Die Tür des Traumschiffes stand offen. Sicher steckte sogar der Schlüssel noch. Frauen machen so was.

Er musste sich entscheiden, jetzt, sofort, er hatte noch eine Sekunde oder weniger.

Jetzt.

Der Schlüssel steckte tatsächlich. Frank zog die Türe leise zu, als er auf dem Fahrersitz saß, löste die Handbremse und rollte langsam aus der Tankstelle, schaltete den Motor ein und konnte sofort nach links abbiegen. Er trat das Gaspedal durch und war weg.

Obwohl die Fenster geschlossen waren, glaubte er einen Schrei zu hören, den Schrei eines Vogels. Der Stress, sagte er sich. So fängt es an.

Drei Torausfahrten weiter bog er scharf links ab auf einen der Fabrikhöfe. Er parkte den Landrover hinter einem Stapel Paletten, nahm den gelben Plastikbeutel vom Beifahrersitz, sprang aus dem Auto und wechselte eilig die Nummernschilder.

David hatte ihm das nötige Werkzeug und zwei rote Werkstattschilder eingepackt, die für den silbernen A140 gedacht waren, den er ihm beschaffen sollte, aber dem Landrover standen sie auch. Besser noch. David würde Augen machen! Frank strich versonnen über den Frontbügel des Traumschiffes. Dagegen war ein A140 ja wohl Hühnerkacke. Wenn David ihn nicht wollte, würde er ihn selbst behalten.

Wieder hinter dem Steuer hätte er am liebsten erst einmal in Ruhe alle Knöpfe ausprobiert, vor allem den Bordcomputer und das Navigationsgerät. Aber das musste warten, das konnte er in Davids Versteck noch machen. Erst mal musste er dieses Baby hier in Sicherheit bringen.

Er tippte Davids Nummer in sein Handy.

»Spricht da Deiwid? Deiwid Pietsch?«, fragte er übermütig.

»Was soll das?«, knurrte David.

»Ich hab einen«, brüllte er plötzlich los. »Tralala.«

»Einen A140?«

»Jawoll, silber und brandneu«, sagte Frank und strich über das Armaturenbrett. Chrom, soweit das Auge reichte, und Lederausstattung hatte das Traumschiff, wie eine zweite Haut. »Und wohin hätten der Herr ihn nun gerne?«

»Super, Frank. Na, siehst du, hat doch noch geklappt. Was ist mit dem Fahrer?«

»Abgehängt.«

»Gut. Wo bist du jetzt?«

»Gemünd, Gewerbegebiet Mauel, hab gerade die Nummernschilder gewechselt.«

»Und die alten?«

»Liegen neben mir, bin doch kein Stümper.«

»Gut. Pass genau auf. Ich erkläre es dir nur einmal.«

Davids Geheimversteck war leicht zu finden. Frank war in der Gegend zu Hause. »Alles paletti.«

»Gut. Ich komme in etwa einer Stunde auch dahin«, sagte David. »Ich will erst unserem Kunden die frohe Nachricht überbringen und muss noch was klären. Mach keinen Blödsinn.«

»Ich und Blödsinn?« Frank schaltete das Handy aus und grinste sich im Rückspiegel an.

»O Gott!«

Die Weiße Frau! Sie war direkt im Rückspiegel! Sie saß hinter ihm. Noch eine?!

Frank krümmte sich und schlug die Hände vor die Augen. Und das Krächzen war auch wieder da. Direkt hinter ihm. Was würde sie jetzt mit ihm machen? Ihn mitnehmen? Wohin? In den Tod? War das die Strafe für seinen Übermut? So schnell ging das?

Zwischen zwei Fingern hindurch spähte er vorsichtig in den Rückspiegel. Es gab sie, eindeutig. Sie trug eine große, schwarze Sonnenbrille und verzog keine Miene. Sie krächzte, ohne den Mund zu bewegen.

»Guten Tag«, wünschte Frank dem Rückspiegel. Er wagte nicht, sich umzudrehen. »Wie geht es Ihnen?«

Keine Reaktion.

Er wischte über den Rückspiegel, sie war immer noch da.

Für den Bruchteil einer Sekunde drehte er sich um, sie saß wirklich da. Würdevoll und ein bisschen eingebildet, fand er. Ganz in Weiß. Ohne Blumenstrauß. Sie sah aus, als wäre sie nass geworden. Es gab sie, wahrhaftig, keine Frage. Er hatte eine echte Weiße Frau auf seinem Rücksitz sitzen, wenn das Martina wüsste! Da würde sie von der Couch springen!

Vielleicht war das da eine Nonne. Ja, natürlich, Frank, ruhig Blut, sie musste eine Nonne sein. Eine Nonne mit Sonnenbrille, warum nicht? Die andere auch. Es gab also zwei davon. Die Frage war, wie kommen Nonnen an so ein Auto? Sollten sie nicht ein Leben in Armut führen? Oder war das nur früher so?

Frank wartete. Sie schien keinen Plan zu haben. Sollte er sie höflich bitten auszusteigen? Oder einfach mit in Davids Versteck nehmen, nach der Devise: Die gehört zum Auto dazu? David würde sich bedanken, nicht nur für das falsche Auto.

Frank machte das Warten wahnsinnig. Er riss das Handschuhfach auf und knallte es sofort wieder zu. Er saß auf heißen Kohlen. Was sollte er tun?

»Bitte steigen Sie aus«, sagte er leise, höflich und ein wenig feierlich, als säßen sie in einer Kirche.

Keine Reaktion. Das war eine sehr unfreundliche Nonne. Sie könnte wenigstens lächeln.

»Nun gehen Sie schon!« Er betonte jedes einzelne Wort und rang verzweifelt die Hände.

Keine Antwort. Vielleicht hatte sie das Schweigegelübde abgelegt.

»Raus mit Ihnen!«, schrie er und wedelte mit den Händen dazu. Vielleicht sprach sie gar kein Deutsch. Aber wenn er schrie und gestikulierte, musste sie merken, dass sie hier nicht willkommen war.

Sie verstand es nicht oder wollte es nicht verstehen. Vielleicht fürchtete sie, noch nasser zu werden, wenn sie ausstieg, denn das Nieseln hatte sich in der Zwischenzeit in einen Landregen verwandelt. Aber darauf konnte er keine Rücksicht nehmen.

»Raus!«, donnerte er. Jetzt wurde er langsam wieder der alte Frank Lommersheim, der keine Auseinandersetzung scheute. »Raus! Sind Sie taub! Ich kann hier keine Nonnen gebrauchen!«

Er sprang heraus, rannte einmal um den Landrover herum, riss die Tür auf, zerrte am weißen Gewand, so lange, bis die Nonne mehr herausfiel als -stieg. Sie fing sich, berappelte sich, reckte sich, wurde groß und größer, größer als Frank. Erschrocken ließ er sie los.

»Ich werd verrückt!«

Endlich ging ihm ein Licht auf. Er hatte sich einen Scheich eingeheimst, auf dessen linker Hand auch noch ein Vogel saß. Ein großer weißer Vogel mit einer Kappe über dem Kopf, sodass er nichts sehen konnte. Krächzen konnte er dafür umso besser. Sein Schnabel sah gefährlich aus. Ein Raubvogel.

Frank trat respektvoll einen Schritt zurück und hob abwehrend die Hände, nein, mit einem Scheich und seinem abgerichteten Kampfvogel würde er sich nicht anlegen. Niemals. Nichts wie weg hier.

Er rannte wieder um den Landrover herum, sprang hinein, ließ den Motor an und fuhr bis an die Kölner Straße heran. Dort musste er warten, bevor er einbiegen konnte, es hatte sich eine Autoschlange gebildet.

Ein letzter Blick in den rechten Seitenspiegel. Da standen sie, der Scheich und sein Vogel. Unbeweglich wie ein Denkmal. Der Regen platschte auf ihn herab und tropfte auf seine nackten Füße, die nur in Sandalen steckten. Sein weißes Gewand klebte an ihm, sein Kopftuch hing ihm ins Gesicht. Und er trug immer noch die Sonnenbrille und den Vogel, der sich das Wasser aus den Federn schüttelte. Hoffentlich entdeckte ihn so bald keiner. Und wenn, wer würde schon wegen eines Scheichs anhalten?

Jetzt kam eine Lücke. Frank wollte sich gerade einfädeln, als ihm einfiel, dass der Scheich alles mit angehört hatte. Hatte er in seiner Begeisterung nicht alles, was David ihm gesagt hatte, lauthals wiederholt? Dann wusste er, wohin er fuhr, wenn er Deutsch verstand. Ob er es tat? Wer konnte das wissen?

Frank setzte zurück, hielt neben dem Scheich, rannte wieder um den Landrover herum, riss die Tür auf und schob ihn unsanft mitsamt Vogel in einem Überraschungsangriff hinein, knallte die Tür hinter ihm zu, rannte wieder um den Landrover herum, stieg ein, ließ den Motor an.

Puh! Im Rückspiegel sah er, wie der Scheich die Seitenscheibe herunterließ und den Vogel hinauswarf. Was soll das denn werden? Der Vogel trug nicht mehr die Kappe, landete auf dem Boden, torkelte, lief ein paar Meter, stolperte, fiel zur Seite, breitete dann die Flügel aus und stieg auf. Frank spähte ihm nach, zwischen den Scheibenwischern seiner Windschutzscheibe. Noch kreiste er über dem Landrover. Was würde er als Nächstes tun? Egal. Frank hatte keine Zeit für so was.

Wieder Warten am Straßenrand, dann konnte er endlich Gas geben und in Davids Geheimversteck fahren.

Fangen wir klein an, hatte David gesagt, ich brauche erst einmal einen silbernen A140. Ha! Und nun bekam er einen Defender Station Wagon von Landrover mit allen Schikanen. David musste noch viel lernen. Sie würden schon einen Abnehmer finden.

10. Kapitel

Am nächsten Tag erschien Eva Lommersheim wie versprochen pünktlich, aber völlig aufgelöst zum Putzen. »Mein Vater ist gestern Abend nicht nach Hause gekommen.«

»Als ich ihn zuletzt gesehen habe, saß er friedlich in einer Pizzeria und sah aus dem Fenster«, sagte Sonja.

»Wann war das?«

»Gestern, gegen achtzehn Uhr.«

»Und was machen wir jetzt?«

»Nichts. Er ist ein erwachsener Mann, er wird schon wissen, was er tut. Warum hat mich Ihre Mutter nicht in die Wohnung gelassen?«

»Ich weiß, dass Sie da waren. Sie hat es mir gesagt. Sie lässt niemanden hinein, wenn sie allein ist. Sollte ich nicht zur richtigen Polizei gehen?«

Richtige Polizei? Was sollte das denn heißen? Sonja winkte ab. »Die sucht einen erwachsenen Vermissten erst nach zweiundsiebzig Stunden. Hier, sehen Sie sich das an.«

Sie ließ die Fotos auf dem Display ihrer Kamera durchlaufen und erstattete Bericht von Franks Exkursion von der Arensbergstraße in Schleiden bis zur Pizzeria *Da Sergio* in Gemünd.

»Er suchte entweder jemanden, der einen silbernen A140 fährt, oder einen silbernen A140 selbst.«

»Ist das alles, was Sie herausgefunden haben?«, fragte Eva unzufrieden und schwang den Putzlappen.

Was hatte sie sich vorgestellt? Einen Mord? Einen Banküberfall? Eine Flugzeugentführung?

Eva beteuerte, dass ihr Vater niemanden kannte, der einen A140 besaß. Viel eher konnte sie sich vorstellen, was auch

Sonja befürchtete, dass er ein Dieb war, der entweder aus Autos klaute oder sogar die Autos selbst.

Über die Blondine und den kleinen Jungen auf dem Balkon Am Holgenbach regte sie sich am meisten auf. Eine Ersatzfamilie fand sie nicht gerade cool.

»Vielleicht ist er jetzt bei ihr. Wo wohnen die denn?« Der Putzlappen kreiste drohend.

»Das kann ich Ihnen nicht sagen«, behauptete Sonja in alter Polizistenmanier. Sie fürchtete, Eva könnte das Haus stürmen. Sie schien zur Selbstjustiz zu neigen.

»Werden Sie sie aufsuchen?«

»Auf jeden Fall.«

Danach hatte Eva sich auf das Forsthaus gestürzt, als wollte sie es wegputzen. Sie schrubbte sauber, was sie ansonsten nicht sauber bekam, ihr Leben. Sie schickte Sonja mit einem Korb voll Wäsche nach Gemünd, und West und Davis vertrieb sie von ihren urgemütlich müffelnden Schlafplätzen. Damit verdarb sie es sich mit ihnen für immer und ewig.

Am frühen Nachmittag kam sie die Stiege herunter und sagte erschöpft: »So.«

Sonja war inzwischen zurückgekehrt und wartete draußen mit Hund und Katze das Unwetter ab, das durch ihr Forsthaus zog.

»Es ist nicht wiederzuerkennen«, sagte sie.

Eva empfand das als Kompliment und lächelte. »Das dürfte vorerst reichen. Wenn Sie wieder etwas über meinen Vater herausgefunden haben, komme ich wieder.«

Lieber nicht. Sonja fürchtete, dass ihr Forsthaus eine weitere Reinigungsaktion nicht überleben würde. Es sah zwar sauber, aber auch mitgenommen aus, wie jemand, der zu lange gebadet hatte. West und Davis nahmen es misstrauisch schnuppernd wieder in Beschlag. Keine Krümel mehr, die man auflecken, und keine Fliegen und Spinnen mehr, die man jagen konnte. Es roch nicht gemütlich, sondern penetrant nach Essigreiniger. Steril nach Hochsicherheitstrakt.

Vorsichtig benutzte Sonja die Küche und bereitete sich eine Tütensuppe zu. Köstliche Zwiebelsuppe, deren herber Duft durchs Haus zog und sich mit dem Essigreiniger vermischte. Dazu öffnete Sonja einen Roten. Sie achtete darauf, nicht zu kleckern. Auch die Tiere schienen auf Zehenspitzen zu gehen und sich zu bemühen, nicht zu haaren.

Tags darauf war alle Umsicht vergessen. Für West und Davis nahm der Stress kein Ende. Misstrauisch beobachteten sie von ihren sterilisierten Schlafplätzen, was nun geschah. Sonja räumte das Forsthaus um. Morgen früh kam der Spediteur aus Trier, aber das konnten sie nicht wissen.

Vor dem mittleren Sprossenfenster machte Sonja Platz für den Ohrensessel mitsamt Fußbänkchen, hängte für den Kronleuchter die alte Esszimmerlampe ab, die Eva umsonst abgestaubt hatte, und trug sie in den Abstellraum.

Die Bücher, die morgen kamen, würden ein Problem darstellen. Sie musste sich in Kürze Regale anschaffen. Bis dahin konnte sie sie vielleicht auf den Fensterbänken stapeln.

Zuletzt schob sie die Ofenbank nach draußen, sodass sie in Zukunft nicht mehr auf den kalten Steinstufen sitzen musste. Sie platzierte sie so, dass sie weiterhin den Feldweg unter Kontrolle hatte, sich aber anlehnen konnte. Sie probierte diesen Luxus sofort aus. Wunderbar. Sie ließ die Beine baumeln.

Niemand kam.

Es gab viel zu viele Klingeln, in Schleiden, Am Holgenbach, über dem China Restaurant *Xing Huo*, die auch den Wohnungen nicht zuzuordnen waren. Ein Dilemma.

Sonja betrat das Restaurant. Chinesisches Musikgebimmel und ein Duft nach Reis und Ente und Jasmin empfingen sie. Sie setzte sich an einen Fenstertisch und studierte die Karte. Bei dem jungen, dünnen, blassen Kellner, der zu ihr kam, bestellte sie eine Frühlingsrolle und fragte ihn, ob die blonde, hübsche Frau, die oben im Haus wohnte, auch manchmal mit ihrem kleinen Sohn und ihrem Mann hier essen würde.

Er zog die Stirn kraus. »Pietsch?«

Sonja nickte.

»Ja, Pietsch kommen öfter. Kaufen manchmal nur und essen oben. Rufen vorher an.«

»Und wie alt ist Herr Pietsch?«

Er musterte sie misstrauisch. Sonja zeigte ihren Ausweis. Er wurde noch misstrauischer. »So wie ich?«

»Danke. Ich möchte nun doch lieber keine Frühlingsrolle. Auf Wiedersehen.«

David Pietsch stand auf der Klingel. Der Türöffner wurde betätigt, Sonja kletterte in den zweiten Stock. Die Blondine stand in der Tür. Sonja hielt ihr den Ausweis entgegen.

»Huch!«, sagte die Blondine.

»Und Sie sind?«

»Anja Pietsch. Hat David wieder Blödsinn gemacht?«

»Macht er das öfter?«

»Weiß ich nicht.«

»Darf ich hereinkommen?«

»Aber ich bin allein. Mein Mann und mein Sohn sind über Pfingsten verreist.«

»Ich tue Ihnen nichts.«

Sie ließ Sonja die schmale, kahle Diele betreten und vergaß, Licht zu machen.

»Wohin sind sie denn verreist?«

»So ein Pfingstlager irgendwo.«

»Wo?«

»Hat er mir nicht gesagt.«

»Mit seinem eigenen Auto?«

»Natürlich.«

»Und das ist ein ...?«

»Ein silberner BMW Kombi.«

»Kennzeichen?«

Anja wusste es auswendig, und Sonja notierte es.

»Kennen Sie einen Frank Lommersheim?«

»Frank? Lommersheim?«, überlegte die Pietsch und blickte zur Decke, an der eine futuristische Lampenkonstruktion hing. »Möglich. Ein Freund von David?«

»Ich weiß es nicht«, sagte Sonja und zog das Foto heraus, das Eva ihr von ihrem Vater überlassen hatte.

»Das ist er.«

»Ach, der«, sagte die Pietsch abfällig. »Ich weiß nicht, was Sie denken, er ist nur ein Mitarbeiter von David. Schickt Sie seine Frau?«

Sonja schüttelte den Kopf. »Um welche Arbeit handelt es sich?«

»Mein Mann ist selbstständig«, behauptete die Pietsch.

»Das bedeutet?«

»Import, Export.«

»Hat Ihr Mann Ihnen gesagt, dass Sie das sagen sollen, wenn einer fragt?«

»Hm«, machte die Pietsch und lächelte verlegen.

»Was exportiert er? Autos?«

»Nein«, lachte die Pietsch. »Um Gottes willen, nein. Irgendwelche Kleinartikel.«

»Darf ich die mal sehen?«

»Ich weiß nicht, haben Sie denn einen ...?«

»Einen Durchsuchungsbeschluss? Nein. Ich bin nur die Vorhut. Der Staatsanwalt kommt nach, wenn ich nicht alle Informationen bekomme.«

»Der Staatsanwalt?«

»Ja, ja«, behauptete Sonja wie nebenbei. »Aus Aachen. Und das wird nicht schön, das sage ich Ihnen gleich. Ich kenne ihn.«

Das Arbeitszimmer des David Pietsch war abgeschlossen, und Anja Pietsch behauptete allen Ernstes, keinen Schlüssel zu besitzen. Lahmer Versuch. Es handelte sich um ein normales Zimmertürschloss.

»Hat Ihr Mann so wenig Vertrauen zu Ihnen?«

Sonja lieh sich den Schlüssel von einer Nachbartür. Die Pietsch lächelte mit einer gewissen Genugtuung, als er nicht passte. Werkzeug befände sich ebenfalls hinter dieser Tür, fügte sie ungefragt hinzu.

Sonja wusste, wie man Türschlösser öffnet, sie war schließlich Privatdetektivin. Forsch ging sie ans Werk. Unter dem Einsatz diverser Küchengeräte kam sie auch zu einem guten Ergebnis. Wenn sie hinter der Tür finden würde, was sie suchte, gingen die Kosten der Reparatur zu Lasten der Staatskasse.

Die Pietsch lehnte die Zeit über an der Wand und sah Sonja interessiert zu, als sei das nicht ihre Wohnung und erst recht nicht ihre Tür. Sie drückte auf einen Lichtschalter und setzte eine summende Neonleuchte in Betrieb.

Das Arbeitszimmer war fensterlos und vielleicht acht Quadratmeter groß. Es stank nach kaltem Rauch. Auf dem Boden lagen große und kleine Pappkartons verstreut, teilweise gefaltet, teilweise gestapelt. Auf einem Schreibtisch stand ein PC. In einem Wandregal lagen Waren. Elektronisches, vom Autoradio bis zum Handy, aber auch Mechanisches, Kleinteile, Spiegel, Griffe ... Autoersatzteile.

»Hat Frank Lommersheim Ihrem Mann beim Packen geholfen?«

Die Pietsch grinste, pflanzte sich hinter den Schreibtisch und legte die Füße hoch. Unter ihren Pantoletten ragten mörderhohe Absätze in die Gegend. »Der größte Teil steht in der Garage«, sagte sie stolz.

»Und um was geht's denn jetzt nun hier?«, drängelte Sonja. Sie bekam kaum Luft in diesem Loch.

»Mein Mann hat einen großen Kundenstamm, für den er Ware eh ... besorgt.«

»Klaut, meinen Sie?«

Die Pietsch grinste wieder, dieses Mal breiter. Sie war sich keiner Schuld bewusst.

»Und seit wann hat Frank ihm dabei geholfen?«

»Noch nicht lange.«

Sonja hatte so eine dumpfe Vorahnung in der Magengegend, als sie fragte: »Und wer hat es vorher getan?«

»Das weiß ich nicht.«

»Ach, nee?«

»Ich müsste ihn fragen. Ich kann mir Namen so schlecht merken.«

»Das waren also mehrere?«

»Ja.«

Sonjas dumpfes Gefühl verwandelte sich in ein Kribbeln. »Gut. Rufen Sie ihn an.«

»Das geht nicht. Er hat sein Handy abgestellt. Er wollte mal richtig seine Ruhe haben.« Die Pietsch machte es spannend.

»Und warum haben die beiden anderen aufgehört?«

»Sie haben David einfach sitzen lassen.«

»Haben sie was Besseres gefunden?«

»Nehme ich an. Sie sind einfach nicht mehr gekommen.«

»Sie wissen, dass das hier alles absolut illegal ist.«

»Na ja.«

»Nix, na ja. Ich müsste das alles beschlagnahmen. Wenn Ihr Mann morgen zurückkommt, soll er sich sofort in der Polizeiwache melden. Wenn er das nicht tut, werden Sie wieder Besuch von der Polizei bekommen.«

Die Pietsch nickte gelangweilt. »Er kommt bestimmt erst spät in der Nacht.«

»Das macht nichts. Da ist immer einer.«

Sonja schoss noch drei Fotos vom Arbeitszimmer, ehe sie das Dreckloch verlassen konnte.

Zu Hause gab sie bei Eva Lommersheim telefonisch Entwarnung.

»Also, die Ersatzfamilie, das war ein Irrtum. Er arbeitet für den Ehemann dieser Blondine. Der betreibt einen blühenden, leider illegalen Internethandel, sonst nichts. Ist Ihr Vater inzwischen wieder aufgekreuzt?«

»Nein.«

»David Pietsch war auch nicht da. Vielleicht sind die beiden dienstlich unterwegs oder aufgehalten worden.«

»Wenn Sie das sagen.«

»Warten Sie es einfach ab.«

Es war Samstagmorgen, und Sonja saß vor einem blitzblank geputzten Forsthaus auf der Ofenbank und beobachtete wieder einmal den Feldweg. Wenn sie lang genug darauf starrte, verschwamm er vor ihren Augen, hatte sie herausgefunden, und andere Dinge nahmen seinen Platz ein. Erinnerungen, Orte, Düfte, Töne, Gesten, Gesichter ...

In dieses Privatkino platzte gegen Mittag der Lkw aus Trier. Man habe sie erst woanders gesucht, weil man sich nicht habe vorstellen können, dass jemand am Ende dieses Feldweges wohnen könne.

Sonja ging nicht darauf ein, da die Herren nach Stunden bezahlt wurden.

Sie trugen die Möbel an die gewünschten Plätze und montierten sogar den Kronleuchter. Sonja unterschrieb den Lieferschein und die Rechnung und verschenkte einen Roten als Trinkgeld. Die Herren verschwanden dankend in ihrem Lkw und dieser am Horizont. Die Prozedur hatte keine halbe Stunde gedauert und doch alles verändert.

Auf dem ovalen Tisch in der guten Stube türmten sich Bücher. Der Kronleuchter darüber sah ein bisschen deplatziert aus. Der Ohrensessel stand vor dem mittleren Sprossenfenster wie gemalt. Das würde ihr Winter-Lieblingsplatz werden. Keine Diskussion.

Nur das rote Sofa und der grüne Kachelofen vertrugen sich nicht, das sah man auf den ersten Blick. Eine Decke würde Abhilfe schaffen. Sie brauchte also eine Decke und Bücherregale. Die neue Antenne fürs Autoradio nicht zu vergessen. Observation ohne musikalische Untermalung oder flotte Moderatorensprüche war schrecklich eintönig.

Die Bücher und Fotoalben verteilte sie auf fünf der sechs Stühle, auf die Fensterbänke und oben auf die Anrichte und geriet dabei ins Blättern und Stöbern, und ehe sie sich's versah, ertönte im Forsthaus der Miss-Marple-Song.

Erst als West und Davis das Handy auf der Anrichte hypnotisierten, erinnerte sich Sonja. Sie legte das Album beiseite, in dem sie gerade noch versucht hatte, Gesichter ehemaliger Kollegen von diversen Polizeifeiern Namen zuzuordnen. Es hatte eine Zeit gegeben, da hatte sie Fotos eingeklebt und sogar untertitelt. Damals war ihre Welt noch in Ordnung gewesen.

»Jetzt haben wir den Salat«, sagte Wesseling. Das machte er gerne. Ohne eine Begrüßung, zack, in medias res.

»Bei mir gibt's nur Tütensuppen.«

Er schien nicht zu Scherzen aufgelegt. »Und du bist schuld.« Gut, wenn man einen hat, dem man die Schuld geben konnte. »Du hast sie mir geradezu gewünscht; wenn du gekonnt hättest, hättest du sie extra für mich inszeniert, du hast sie beschworen, du ...«

»Wen, sie?«

»Die Serie.«

»Ich habe eben magische Kräfte.« Sonja tat cool. Wunderbar. Eine Serie kam genau richtig. Eva und ihr Vater und David Pietsch gaben nicht viel her. Sie kam schließlich von der Mordkommission. Natürlich wünschte sie keiner Menschenseele etwas Ungesundes. Aber manchmal musste man eben auch an sich denken. »Zu einer Serie gehören mindestens drei.«

»Wir haben heute Morgen den Dritten gefunden.«

»Moment! Und du hast jetzt schon das Ergebnis der Rechtsmedizin?«

»Hab ich nicht, aber ich ahne es.«

»Voreilig, voreilig«, bemerkte Sonja.

»Das finde ich nicht. Wetten, dass man wieder Benzodiazepine in seinem Blut und Urin finden wird?«

»Willst du wetten?«

Wesseling schwieg. Er war kein Spieler und viel zu brav, um zu wetten. Erst recht nicht um Dinge wie diese. Das tat man einfach nicht.

»Er ist wieder in diesem Zustand mit Vollgas gegen einen Baum gefahren.«

»Wo?«

»Gleiche Stelle. Es war aber nicht sein eigenes Auto.«

»Aha! Also liegt der Fall anders?«

»Nein, nein!«, rief Wesseling aufgeregt. »Das ist nur eine Variante. Das Typische an jeder Serie ist doch auch die kleine

Variante und die Tatsache, dass die Abstände zwischen den Taten kürzer werden. Dezember 2005, Mai 2006, Juni 2006.«

»Ja. Aus Monaten werden Wochen«, ergänzte Sonja. »Und aus Wochen Tage. Er kann es nicht mehr abwarten, wieder dieses gute Gefühl zu erleben.«

»Hm.«

»Und aus Tagen werden Stunden«, prophezeite sie.

»Er ist ein Psycho.«

»Mal sehen. Er ist auf jeden Fall ein Mann.«

»Ich weiß selbst, dass es kaum weibliche Serientäter gibt.«

»Hattest du eine Fortbildung?«, lästerte Sonja.

»Wie auch immer«, murmelte er, »da es nun eine Serie ist, dachte ich ...«

»Willst du mich einweihen?«

»Je nun.«

»Willst du vorbeikommen?«, half sie ihm weiter, ehe er sich auf die Zunge biss.

»Hm.«

»Heißt das, ja?«

»Es ist keine direkte Gefahr im Verzug im Moment, soweit ich das beurteilen kann, und außerdem Samstagnachmittag, Pfingstsamstagnachmittag sogar.«

Sonja war völlig entgangen, dass Feiertage nahten.

»Hilde ...«

»Ach so, Hilde, klar. Das geht natürlich vor. Also, dann. Schönes Fest.«

Ende des Gesprächs. Warum hatte er angerufen, wenn die Serie noch gar nicht feststand? Und er lieber mit Hilde Pfingsten feiern wollte?

Sie legte das Handy zurück auf die Anrichte, wo es hingehörte, und blieb in der Nähe. Sie war sicher, dass er gleich zurückrufen würde. Aber Wesseling machte sich die ganze Nacht rar.

11. Kapitel

Noch vor dem Frühstück machte Sonja einen Hundespaziergang mit Rad und ihrer persönlichen Gewitterwolke über dem Kopf. Sie war noch immer sauer auf Wesseling. Das schlug ihr aufs Gemüt. Sie versuchte, sich gut zuzureden und sich trübe Gedanken zu verbieten.

Ihr Leben war doch auf dem Wege der Besserung, Trier so gut wie abgeschlossen, der Polo wieder da, dem Forsthaus war es nie besser gegangen, und sie selbst war wie durch ein Wunder an einen neuen und vielversprechenden Job gekommen.

Darauf sollte sie sich konzentrieren, auf nichts anderes. Sie sollte es professionell angehen, Werbung für sich machen, inserieren in einer Zeitung, zum Beispiel. Hinz und Kunz hatte heutzutage eine Homepage. Sie konnte auch Visitenkarten selbst herstellen und an geeigneten Stellen fallen lassen.

Wenn sie Frank allerdings gesund und munter wiederfände und Eva Lommersheim dies überall herumerzählen würde, wie gut, schnell, diskret und sensationell preiswert die Privatdetektivin Sonja Senger aus Wolfgarten ist, wäre das besser als jede Eigenwerbung.

»Davis!« Der Hund war im Unterholz verschwunden, sie hatte es eben noch knacken und krachen gehört. So ein kleiner Hund und so ein Lärm. Er galoppierte gern parallel zum Weg durchs Gestrüpp über Stock und Stein. Jetzt war es aber ruhig um ihn geworden. »Davis!« Sie versuchte es mit seinem alten Namen. »Voltaire!« Die Taufe lag nicht lange zurück. Der Weg vor und hinter ihr lag still. Sie blieb stehen und hielt den Atem an. Wie still es hier war! So still, dass es in ihren Ohren rauschte.

In der Ferne hupte ein Auto. In der Ferne bellte ein Hund. In der Ferne krächzte ein Vogel. In der Ferne?

Nein, das Krächzen schien nicht fern zu sein, klang dumpf, fast zum Greifen nah. Sonja drehte sich vorsichtig um die eigene Achse, ehe sie es orten konnte. Sie legte das Rad ab, bückte sich, schob Zweige am Wegesrand beiseite, trat leise auf, immer den kleinen, zaghaft ausgestoßenen Tönen nach. Brennnesseln und Brombeersträucher stachen ihr in die Hände, ein Ast streifte ihre Stirn, sie stolperte in ein Loch. Dann erspähte sie etwas Weißes in Bodennähe, das durch die Blätter und den braunen Modder schimmerte.

Davis war ein weißer Jack Russel mit schwarzen Flecken. »Davis«, rief sie leise, sie wollte ihn nicht erschrecken. Vielleicht saß er fest. Dieser stumme Hund konnte durchaus Geräusche machen wie Krächzen. Alle möglichen Geräusche. Außer Bellen.

Davis kam auf sie zugeschlichen, robbte über den Boden. Und er gab keinen einzigen Ton von sich. Aber an der Stelle, von der er kam, krächzte es weiter, und da war immer noch das Weiße. Sonja war nur eine gute Armeslänge davon entfernt. Sie ging auf die Knie, streckte sich und linste ins Gehölz.

Ein Vogel.

Ein ziemlich großer Vogel sogar. Er lag auf der Seite und öffnete und schloss den Schnabel, als ringe er um Luft. Seine dunklen runden Augen blickten voller Zorn. Der Flügel, der eher grau war, stand ein wenig ab und bebte. Das Herz unter der weißen Brust klopfte schnell. Füße und Beine zitterten.

An einem Bein entdeckte Sonja einen Metallring, in den Buchstaben und eine lange Nummer eingestanzt waren. Am Schwanz war ein kleines schwarzes Kistchen befestigt, das etwa zwei mal zwei Zentimeter groß war und aussah wie eine Batterie.

Sie wagte nicht, ihn zu berühren. Sein Schnabel war spitz und hakenartig. Wenn er Schmerzen hatte, würde er ihn in ihre Hand rammen, sie würde das auch tun, wenn sie ein Vogel wäre.

»Du bleibst hier«, befahl sie Davis flüsternd, der den Vogel respektvoll bestaunte. »Ich komme sofort zurück. Rühr dich nicht vom Fleck.«

Sie radelte ins Forsthaus, ließ sich mit so großem Anlauf gegen die Haustür fallen, dass sie sich schon beim zweiten Mal öffnete, stolperte in die Wohnküche, bremste vor der Anrichte, auf der das Handy lag, und nahm sich vor, es von nun an immer in ihrer Schultertasche mitzuführen. Sie drückte den Notruf.

Die Polizeidienststelle gab ihr die Telefonnummer einer Greifvogelstation in der Nähe von Hellenthal. »Die kümmern sich!«, versprach der Kollege.

»Sie müssen kommen. Ich habe einen großen weißen Vogel gefunden«, rief Sonja noch atemlos, als sich dort endlich jemand meldete.

»Alles klar!«

Warum lachte die Männerstimme sich am anderen Ende der Leitung halbtot? Wo war der Witz?

»Er ist nummeriert.« Ob er es überhaupt gehört hatte? »Ich glaube, es ist ein Raubvogel!«

»Wenn schon, heißt das Greifvogel«, wurde sie unter fröhlichem Prusten verbessert.

»Egal. Sie müssen trotzdem kommen. Wer weiß, wie lange der da schon liegt.«

»Wir versorgen ihn, wenn Sie ihn uns bringen.«

»Sie kommen nicht hierher?«

»Wie stellen Sie sich das vor? Wissen Sie, wie oft wir angerufen werden, wegen irgendwelcher verletzter Vögel?«

»Und wenn es einer von Ihren ist?«

»Wir haben keine großen weißen Vögel.« Wieder munteres Kichern.

»Nein? Das hier ist nicht irgendeiner.«

»Das sagen alle. Stecken Sie ihn in einen Topf, und bringen Sie ihn her.«

»In einen Topf?«

»Sie werden doch einen Kochtopf haben.«

»Nein.«

»Einen Blumentopf.«

»Auch nicht.«

»Wie ist es mit einem Eimer?«

»Ja«, rief Sonja erleichtert. Eva war mit einem Putzeimer umhergelaufen. Er musste im Abstellraum stehen.

»Jedenfalls nicht in einen Karton, den tritt er durch. Legen Sie ihm einen Lappen über die Augen, das beruhigt ihn.«

»Wohin ...?«

»Hellenthal, Greifvogelstation, weltbekannt. Wenden Sie sich an Herrn Fischer. Seien Sie vorsichtig, die Krallen und der Schnabel ... man unterschätzt das leicht ... ziehen Sie sich dicke Handschuhe an.«

Klick. Sonja wollte ihm nicht sagen, dass sie keine dicken Handschuhe besaß. Er schien schon jetzt nicht besonders viel von ihr zu halten.

Im Abstellraum fanden sich der Eimer, ein vergammeltes, olivenfarbenes T-Shirt von Jerome und nach eifrigem Suchen sogar eine Ansammlung einzelner Arbeitshandschuhe aus dem Baumarkt. Drei linke und zwei rechte. Sie füllte eine alte Weinflasche mit Leitungswasser, verschloss sie mit einem Korken. Vielleicht konnte sie dem großen weißen Vogel etwas einflößen.

Zweimal kroch sie an der falschen Stelle ins Unterholz.

»Brav«, lobte Sonja Davis, als sie endlich mit dem beladenen Eimer zu ihm stieß. Das Krächzen war leiser, fast lautlos geworden, der Hals überdehnt. Die Augenlider trugen Halbmast. Die Füße waren zusammengerollt. Das Herz klopfte langsamer. Er war auf Sparflamme gestellt.

Vorsichtig ließ Sonja ein paar Tropfen Wasser über den offenen Schnabel laufen, sodass vielleicht ein einziger sich in die Kehle verirren konnte. Der Vogel protestierte nicht, war aber auch nicht begeistert, reckte den Hals noch mehr, kam ihr fast entgegen. Es musste ein handzahmer Vogel sein, der einen Menschen nicht als Bedrohung empfand.

Mit der freien Hand strich sie ihm tröstend über die zitternde Brust, ehe sie sich mehrere Arbeitshandschuhe übereinander zog, das T-Shirt ausbreitete und es behutsam zuerst über seine Augen legte. Von dort zog sie es weiter über den Kopf, den Hals, den Brustkorb, die Flügel, die Füße, den Schwanz.

Dann hob sie ihn an. Ein schwerer Brocken. Zwei Kilo bestimmt. Sie ließ ihn langsam von ihren Händen in den Eimer gleiten. Er trappelte etwas auf dem Boden, duckte sich dann und gab gleich Ruhe unter dem T-Shirt. Sonja hängte den Eimer an die Lenkstange und redete mit ihm.

Was bist du für einer? Bist du ein Bussard? Ein Adler? Ein Habicht? Ein Falke? Ein Sperber? Was gibt es noch? Die Farbe Weiß muss selten sein in Greifvogelfamilien. Du bist etwas Besonderes, nicht wahr? Wem bist du abgehauen? Irgendjemand wird dich suchen ... oder suchst du jemanden?

Am Forsthaus blieb sie kurz neben dem Polo stehen; anstatt sofort einzusteigen und nach Hellenthal zu fahren, setzte sie den großen weißen Vogel in seinem Eimer auf den Küchentisch, sperrte West vor die Tür, der sich verdächtig intensiv für den Besuch interessierte, breitete eine Decke auf dem Boden aus, legte den Eimer in die Waagerechte und nahm das T-Shirt beiseite.

Sie schaltete den PC ein, surfte herum und verlor sich auf den vielen, teils irreführenden Seiten so lange, bis sie alles über die Greifvogelstation Hellenthal und die Greifvögel selbst erfahren hatte, was sie immer schon hatte wissen wollen. Vor allem, dass sie ihren Vogel nicht behalten durfte, was sie normalerweise mit Tieren tat, die sie fand.

Schade, er hätte gut ins Forsthaus gepasst. Und zwangsläufig fiel ihr Jerome ein, dem ihre aufgesammelten Tiere ein Dorn im Auge gewesen waren. Ein Greifvogel hätte die Grenzen seiner Toleranz garantiert endgültig überschritten.

Sonja war nun sicher, mit wem sie es zu tun hatte: mit einem weißen Ger, dem König unter den Gerfalken. Sie sind die größten und schnellsten und stärksten Falken und können eine Spannweite von über einem Meter erreichen.

Die Idee mit dem Wasser war unsinnig gewesen. Wie sie nun ebenfalls wusste, nahmen die Greifvögel das Wasser mit dem Futter auf. Sie fraßen am liebsten rohes Geflügelfleisch. Sonja hatte keines im Haus und wagte nicht, ihm etwas anderes zu geben. Sie bückte sich und sah in den Eimer. Der König hatte die Recherche verschlafen.

Sie rutschte auf den Ohrensessel. Sie musste noch Eva Lommersheim anrufen und sich nach Frank erkundigen. Sobald der Vogel in Hellenthal war, würde sie sich auch wieder intensiv um die beiden und ihre Karriere kümmern. Ein wenig Zeit wollte sie mit ihm verbringen, nur um zu sehen, was der König so als Nächstes tat. Ein paar Minuten.

Geschrei ließ sie auffahren. Die Quelle dieser Disharmonie aus Fauchen, Krächzen, Zischen, Flattern, Kratzen befand sich direkt unter dem Esszimmertisch. Sie musste eingenickt sein. Und der König war offensichtlich dem Putzeimer entstiegen und torkelte orientierungslos durch eine Staubwolke. Eva Lommersheim hatte also nicht überall geputzt. So pingelig war sie nun auch nicht. Das gab Abzüge.

Sonja ging mit Arbeitshandschuhen und T-Shirt ausgerüstet auf die Knie, schaffte es ihn zuzudecken, ans Tageslicht zu ziehen und ihn wieder in seinen Eimer zu bugsieren.

Einmal krächzte er noch aus Protest und guckte sie zornig an, dann plusterte er sich auf, machte es sich gemütlich und setzte die Augenlider auf Halbmast. Er war schachmatt, der König.

Als der Miss-Marple-Song unheilschwanger durchs Forsthaus drang, da saßen Sonja und der König schon längst im Polo.

Nach einem Blick in den Eimer konnte die Kassiererin im Wildgehege Hellenthal den Fund wohl sofort einordnen. Sonja hatte das Gefühl, sie erschrak, ließ das T-Shirt ein wenig zu schnell wieder auf ihn fallen und lenkte vom Thema ab. »Da bin ich aber froh, dass Sie uns keinen Jungvogel bringen.«

»Warum sollte ich?«

»Sie glauben gar nicht, wie viele übereifrige Tierfreunde uns Nestlinge bringen, in dem festen Glauben, dass ihre Eltern sie nicht mehr versorgen.«

»Das würde ich nie tun. Ich weiß sehr wohl, dass man das nicht darf. Dass die Eltern meistens in der Nähe sind und sich blicken lassen, sobald die Menschen sich entfernt haben.«

»Sie sind gut informiert.«

»Unter uns«, Sonja zwinkerte ihr zu. »Das weiß ich erst seit einer Stunde. Hab mich schlaugemacht. Wozu gibt es das Internet?«

»Ich wünschte, das würden alle machen.«

»Ich weiß noch mehr. Das in dem Eimer hier ist ein seltener wertvoller weißer Ger, stimmt's?«

Die Kassiererin errötete und winkte etwas zu heftig ab. »Nein. Nein. Das da ist ein weißer Saker.«

»Nein«, protestierte Sonja. »Ich habe keinen weißen Saker da. Sondern einen weißen Ger!«

»Nein, glauben Sie mir, ich kenne mich da aus, das ist ein weißer Sakerfalke. Es stimmt, sie ähneln den Gers. Aber Gers gibt es hier nicht. Weiße schon gar nicht. Stand das nicht im Internet?«

»Ich möchte zu Herrn Fischer.«

»Kein Problem. Immer geradeaus. Er ist im Hause.«

Sie telefonierte, als Sonja sich nach ihr umsah.

Obwohl bekennende Tierfreundin, konnte Sonja sich im Augenblick leider nicht auf die Tiere in den Gehegen rechts und links ihres Weges konzentrieren, sondern eilte im Laufschritt zur Greifvogelstation, nur noch gebremst durch den Wunsch, der Vogel möge nicht aus dem Eimer fallen. Vor einem kleinen Holzhauskomplex wurde sie mit einem energischen, fröhlichen »Guten Morgen!« erwartet.

Der Mann, der sie von der obersten Stufe aus begrüßte, steckte in der typischen Kleidung des Falkners. Rot und oliv. Rot waren die Kniestrümpfe, das Hemd oder Shirt, oliv Bundhose und Weste. Er musste Karl Fischer sein, einer der beiden Leiter und Betreiber der Greifvogelstation, ein kräftiger, resoluter Mann, dem Sonja ohne Weiteres zutraute, den Weißkopfseeadler, für dessen Zuchtprogramm Hellenthal berühmt geworden war, mit links auf seinem Falknerhandschuh aus dem freien Flug aufzufangen.

»Wir werden sehen, ob das ein guter Morgen wird. Ich habe noch nicht gefrühstückt.«

»Kein Problem. Ich kann Ihnen nachher einen Kaffee anbieten. Aber zuerst ist der Vogel dran. Wen haben wir denn da?«

»Einen weißen Gerfalken. Hat Ihre Kassiererin mich nicht angekündigt?«

Er führte sie zwischen den Holzhäusern, an einigen bewohnten Volieren vorbei zu einem kleinen, leeren Exemplar, in dessen Tür ein Schlüssel steckte. Unsichtbare Hunde bellten furchterregend, je tiefer sie vordrangen.

»Zeigen Sie mal«, sagte Fischer, zog dicke Lederhandschuhe über, nahm den Eimer an sich, stellte ihn auf den Boden und lupfte das Tuch. Er langte hinein, zog den Vogel heraus, hielt ihn mit ausgestreckten Armen vor sich in Augenhöhe und betrachtete ihn von allen Seiten.

Und Sonja betrachtete Fischer. Und sie fand, dass er ungläubig aussah und sich ausgesprochen viel Zeit mit der Begutachtung ließ.

»Nun?«

Er zuckte zusammen, ohne zu antworten.

»Was ist denn nun mit ihm? Hat er etwa eine ansteckende Krankheit?«

Keine Antwort. Wo war er mit seinen Gedanken? Kreisten sie wirklich nur um diesen Vogel?

»Also, jetzt reicht's mir aber.« Sonja stampfte mit dem Fuß auf.

»Schuldigung.«

»Also?«

Fischer steckte den Falken wieder in den Eimer und deckte ihn zu. »Ich habe mich gar nicht vorgestellt. Mein Name ist Fischer.«

»Ich weiß, das steht im Internet. Mein Name ist Senger, Sonja Senger«, und nach einem Zögern fügte sie hinzu: »Privatdetektivin.«

»Oh«, sagte Fischer und schien irritiert. »Danke, dass Sie ihn so schnell gebracht haben. Er hat keine deutlich sichtbaren Wunden. Ich werde sofort unseren Tierarzt rufen, und der wird ihn untersuchen. Nochmals vielen Dank. Wir werden uns um alles kümmern.«

»Und was ist jetzt mit dem Vogel?«

»Das kann, wie gesagt, nur der Tierarzt entscheiden.«

»Ich meine, ist er ein Ger oder nicht?«

»Nein. Nein. Frau Hilgers, unsere Kassiererin, hat schon recht. Das ist ein weißer Sakerfalke. Der Laie kann ihn schnell mit einem weißen Ger verwechseln.«

»Und was trägt er da für ein Kistchen am Schwanz?«

»Was für ein Kistchen?«

»Meinen Sie, ich bin blind?«

»Ach, das ... das ist ein Peilsender.«

»Echt?«

»Das haben alle Falken, die für die Jagd eingesetzt werden«, sagte Fischer etwas zu schnell. »Also. Nochmals vielen Dank und einen schönen Tag noch.«

»Und was ist mit meinem Kaffee?«

»Ach ja, natürlich.« Er schlug sich an die Stirn. »Er müsste schon fertig sein. Kommen Sie!«

Er legte den Eimer um, ließ ihn in der Voliere zurück und schloss diese sorgfältig ab. Er ließ den Schlüssel nicht stecken, sondern schob ihn in seine Hosentasche.

Im Aufenthaltsraum schenkte er Kaffee ein, reichte Zucker und Milch und einen Löffel dazu. Sonjas Blicke erfassten den Raum. Ein Tisch mit blauer Wachstuchdecke, eine Bank und Stühle, Kommoden und Glasschränke, in denen Falknerzubehör ausgestellt war. Die Wände hingen voller Erinnerungsfotos.

»Wir reisen mit unseren Vögeln durch halb Europa«, begann Fischer, während Sonja Milch in ihren Kaffee goss.

»Von der Burg Vogelsang zur Kölner Zoo-Nacht, zum Grugapark in Essen, zum Kölner Mongolenfest, zur Eifelhöhenklinik oder zu einem Auftritt in der ARD bei Johannes B. Kerner.«

Wer ist Johannes B. Kerner?, fragte sich Sonja.

»Wir sind ein privater Betrieb. Wir leben davon. Das ist unsere Einnahmequelle. Ebenso die Patenschaften, die Gutscheine für einen ›Tag unter Adlern und Geiern‹. Einnahmen, die dringend benötigt werden, um unserer Hauptaufgabe gerecht zu werden, die wir in der Zucht sehen, der Nachzucht der gefährdeten Arten und dem Auswilderungsprogramm. Hier leben etwa hundertachtzig Vögel, jedes Jahr kommen vierzig neue Vögel hinzu. Bei unserem Tierarzt in Schleiden stehen die Brutapparate ...«

Telefonklingeln unterbrach seinen Vortrag. Er gab ein paar Anweisungen durch und setzte sich wieder an den Tisch.

»Wo haben Sie denn nun den Saker gefunden?«

»Den Ger? In der Nähe meines Hauses.«

»Und wo wohnen Sie?«

»In Wolfgarten. Er lag auf dem Boden im Gestrüpp und krächzte vor sich hin. Mein Hund hat ihn gefunden.«

»Das war gefährlich.«

»Für meinen Hund?«

»Für beide.«

»Sie kennen meinen Hund nicht.«

»Und was haben Sie dann gemacht?«

»Sie angerufen, was sonst?«

»Das war gut. Man muss sofort handeln, das ist wichtig. Greifvögel können binnen vierundzwanzig Stunden verhungern.«

»Er hat sogar etwas von dem Wasser getrunken, das ich ihm angeboten habe, ehe ich wusste, dass das nicht nötig war.«

»Geschöpft hat er, nennt man das in der Falknersprache.«

»Von mir aus. Essen habe ich ihm aber keines angeboten.«

»Atzung, meinen Sie. Keine Atzung, das war gut. Da werden die meisten Fehler gemacht. Manche füttern dann Katzen- und Hundefutter und so was.«

»Getröpft hat er aber nicht«, sagte Sonja.

Fischer zog fragend die Augenbrauen hoch.

»Oder wie nennen Sie das, wenn er sich seiner Nahrung wieder entledigt?«

Fischer lächelte gequält und trommelte nervös mit den Fingern auf den Tisch.

»Und wann rufen Sie nun den Tierarzt?«

»So früh ist er nicht in seiner Praxis.«

»Hat er kein Handy?«

»Doch.«

»Na und?«

»Schmeckt Ihnen der Kaffee?«

Sonja hatte verstanden. Aber so schnell wurde er sie nicht los.

Eine junge Falknerin stand plötzlich in der Tür: »Der Vogel da hinten in dem Eimer, der sieht genauso, aber haargenau wie dieser, wie hieß er noch, ich könnte wetten, von dem ...«

Fischer ging im letzten Augenblick dazwischen, drehte Sonja den Rücken zu, gestikulierte herum und dirigierte sie hinaus. »Claudia! Endlich! Man sucht dich schon drüben im Büro.«

Rückwärts verließ sie den Aufenthaltsraum und vergaß die Tür zu schließen. Fischer knallte sie zu.

»Um was wollte denn Claudia wetten?«

»Ach, keine Ahnung, Claudia ist meine Tochter, die jungen Leute von heute ... Wollen Sie Ihren Eimer wiederhaben?«

»Ja.«

»Moment. Warten Sie hier.«

Fischer war nach einer halben Minute zurück und stellte den Eimer auf den Tisch. »Hier!«

Sonja sah hinein. »Oh!« Ein großer, grünlicher, stinkender Vogelschiss klebte auf dem Boden zusammen mit einigen Flaumfedern und einer großen, schönen, grau-weißen Feder. »Er hat getröpft.«

»Das tut mir leid. Ich mache ihn sofort sauber.«

»Das kann ich auch«, sagte Sonja und ließ den Henkel nicht mehr los. Kaum hatte sie ihren Kaffeebecher geleert, räumte Fischer ihn weg und versuchte sie hinauszukomplimentieren. Das ließ sie zwar zu, holte sich aber im Kaffeebüdchen ein belegtes Brötchen und einen weiteren Kaffee und setzte sich damit auf das Holzgeländer vor der Flugwiese direkt gegenüber dem Holzhaus. Der Eimer mit dem Vogelschiss stand neben ihr. Sie konnte unerbittlich sein.

Auch wenn es so aussehen musste, als sei es ihre Leidenschaft, Greifvögel zu beobachten, so ließ sie doch die Türen nicht aus den Augen. Als sie Fischer nach einigen Minuten mit einer Transportbox davonlaufen sah, kippte sie den Kaffee in die Wiese, warf das angebissene Brötchen in den Eimer und folgte ihm.

12. Kapitel

In Schleiden, direkt hinter der Haltestelle der nostalgischen Schienenbuslinie, lag ein grünes Türmchenhaus, mit von Pflanzen zugewachsenen Fenstern, in einem trotz der Verkehrsdichte idyllisch verwilderten Garten, aus dem es piepste und krächzte.

Sonja wartete am Straßenrand, während Fischer sein Auto auf dem kleinen Parkplatz vor dem Praxiseingang abstellte. Laut Hinweisschild war er außerhalb der Sprechstundenzeit da. Mit der Transportbox in der Hand lief er ein paar Stufen zu einem Anbau im Halbsouterrain herunter und verschwand aus Sonjas Blickfeld.

Wenig später näherte sich ein Streifenwagen und hielt mit reichlichem Abstand neben Fischers Auto. Als PHK Gregor und POK Geschwind von der Polizeiwache Schleiden ausstiegen, hielt Sonja nichts mehr. Sie rollte ebenfalls auf den Parkplatz und setzte sich genau zwischen die beiden Autos.

Man begrüßte sich, man kannte sich, man kam ins Erzählen, man schweifte ab – »Wissen Sie noch ...?« – und näherte sich währenddessen unauffällig dem Eingang.

»Frau Senger!« Fischer versperrte breitbeinig den Treppenabgang. »Ich muss doch sehr bitten. So aufdringlich ist normalerweise nur die Presse!«

»Und die Polizei«, unterbrach PHK Gregor ihn lachend.

»Ich rede ausnahmsweise nicht mit Ihnen, Gregor!«, schimpfte Fischer.

»Ich weiß, aber sie«, Gregor zeigte auf Sonja, »sie ist auch von der Polizei. Mordkommission, mein lieber Fischer. Hauptkommissarin sogar, passen Sie auf, was Sie sagen, sie verwendet alles gegen Sie.«

Entsetzt trat Fischer einen Schritt zurück und wäre beinah die Treppe hinuntergefallen. Jetzt schien ihm einiges klar zu werden. »Ich denke, Sie sind Detektivin.«

»Ach! Das bin ich doch nur in meiner Freizeit.« Senger wühlte in ihrer Schultertasche und tat, als wolle sie ihren Ausweis zücken.

»Lassen Sie mal stecken«, sagte Geschwind. »Man kennt sich.«

»Man kennt sich?« Fischer konnte es immer noch nicht fassen.

»Wie geht's dem Ger?«, fragte Senger, verschaffte sich Platz, um die Treppe hinabzusteigen. Geschwind war an ihrer Seite und hielt ihr die Glastür auf, indem er sie nach außen aufzog.

»Hier war früher das Straßenverkehrsamt. In Behörden gehen die Türen grundsätzlich nach außen auf. Keiner weiß, warum.«

»Damit man den Schlange stehenden Bürgern die Tür nicht in den Rücken stößt, nehme ich mal an.«

Das Wartezimmer war lichtdurchflutet, ein Aquarium gurgelte leise, in einem Zimmer, auf dessen Tür *Labor* stand, arbeitete eine junge Frau, die dem Besuch freundlich zunickte, die Tür zum Behandlungszimmer stand offen.

»Der Falke wird gerade geröntgt«, erklärte Fischer.

In diesem Moment kehrte Dr. Böttcher mit dem weißen Vogel zurück und legte ihn auf den Behandlungstisch.

»Er brauchte nicht mal eine Narkose«, erklärte er. Er trug einen schlohweißen Vollbart und wunderte sich über den Zuwachs in seiner Praxis. Die Polizisten kannte er, auf Sonja blieb sein Blick so lange ruhen, bis sie sich vorstellte.

»Senger, Sonja Senger. Ich war es, die diesen Sakerfalken gefunden hat«, sagte sie und hörte, wie Fischer sich hinter ihr räusperte.

»Das ist kein Saker«, verbesserte Dr. Böttcher sie, »das ist ein Ger. Das hätte Ihnen der Herr Fischer auch sagen können.«

»Hat er aber nicht.«

Fischer räusperte sich wieder. Sonja wusste, dass er hinter ihrem Rücken Zeichen machte. Sie spürte den leichten Wind, den seine Gesten verursachten.

»Wann haben Sie ihn gefunden?«

»Heute Morgen.«

»Wie hat er sich verhalten?«

»Unkoordiniert, würde ich sagen. Er torkelte.«

»Ja. Ja, das dachte ich mir. Das tut er immer noch. Das spricht für eine Gehirnerschütterung. Gebrochen ist nichts. Das ist schon einmal gut. Aber er hat eine Prellung im Schulterbereich. Es wird ein paar Tage dauern, bis er wieder fliegen kann. Er braucht vor allem Ruhe.«

»Wie konnte das passieren?«, fragte Sonja.

Dr. Böttcher seufzte. »Die meisten Unfälle sind Autounfälle, wenn die Vögel versuchen, die überfahrenen Mäuse als leichte Beute von der Fahrbahn einzusammeln. Oft fliegen sie auch gegen Stromleitungen. Wenn sie am Boden liegen und niemand sie findet, holt sie der Fuchs.« Er bedachte sein Publikum mit einem gewitzten Blick durch seine Brillengläser, ehe er aus seiner Hemdtasche ein kleines, schwarzes Kistchen zog. »Diesen Peilsender hier habe ich vom Schwanz entfernt. Die Batterie ist längst leer. Die Kennnummer auf dem Metallring am Fuß und der Mikrochip, der in der Brust eingesetzt worden ist, weisen ihn eindeutig als einen Vogel aus dem Herkunftsland V.A.E. aus. Außerdem gibt es eine Handynummer, mit der man den Besitzer erreichen könnte. Ich hab es schon versucht. Keine Verbindung ... aber es besteht kein Zweifel. Das hier ist Amir, der Lieblingsfalke des

Scheichs. Sehen Sie den Fleck über seinem Nasenloch. Ich war schließlich beim Empfang in Hellenthal dabei ...«

»Wir auch«, sagten Gregor und Geschwind im Chor.

»V.A.E.?«, fragte Sonja ratlos.

»Vereinigte Arabische Emirate«, erklärte Gregor.

»Ach, nee.« Sonja wandte sich an Fischer. »Ich verstehe aber nicht, was haben Sie mit den Emiraten zu tun?«

Dr. Böttcher, Gregor und Geschwind winkten ab. Sie wussten, dass nun eine längere Geschichte kam. Und sie kannten sie.

»Jetzt nichts mehr«, sagte Fischer und stemmte die Hände in die Hüften. »Das Kapitel war abgeschlossen. Dachte ich jedenfalls bis zu diesem seltsamen Schreiben. Wir hatten lange nichts mehr aus Abu Dhabi gehört. Das war bis in die Achtzigerjahre anders gewesen.«

Kern seiner Ausführungen war die Tatsache, dass die Emiraties seit Jahrtausenden Falkennarren waren, aber dennoch hinter dem Know-how der deutschen Falkner und vor allem deutscher Tierärzte in Brut, Aufzucht und Krankenpflege meilenweit zurücklagen. Deswegen wurde 1976 die Greifvogelstation Hellenthal, die einen weltweiten Ruf genoss und damals noch in argentinischem Besitz war, einfach aufgekauft. Geld hatte noch nie eine Rolle in den Vereinigten Arabischen Emiraten gespielt, zumindest nicht, seitdem man dort das erste Öl gefunden hatte. Was man haben wollte, kaufte man. Fertig. Vorher wurde natürlich gehandelt.

Neuer Besitzer war nun der arabische Geschäftsmann Salem Ebrahim Al-Saman aus Abu Dhabi, der aber, nachdem man sich mit deutschem Wissen eingedeckt hatte, die Lust an dem Objekt in Deutschland wieder verlor und die Greifvogelstation 1996 zunächst verpachtete und 1998 an Horst Niesters und Karl Fischer verkaufte.

»Seitdem ist es ruhig geworden«, beendete Fischer seinen Bericht. »Gott sei Dank. Früher ist fast einmal im Jahr hoher Besuch mit riesigem Gefolge aus den Vereinigten Arabischen Emiraten in Hellenthal erschienen und hat uns die ganze Anlage durcheinandergebracht.«

»Was war das für ein Schreiben?«, fragte Sonja.

»Es stammte von Salem Ebrahim Al-Saman.«

»Dem früheren Besitzer?«

Fischer nickte. »Für zwanzigtausend Dollar bat er uns, einen kleinen Empfang auszurichten und den Bruder des Emirs, Karim bin Zayed Al-Nahyan, dazu einzuladen.«

»Für zwanzigtausend Dollar? Das ist ziemlich viel Geld, oder?«

Fischer lacht. »Nicht für die Emiraties.«

»Aber warum?«

»Angeblich damit er uns, den Fachleuten, seinen Falken Amir, der aus einer deutschen Zucht stammt, vorstellen konnte.«

»War das normal?«

»Überhaupt nicht. Ich sag ja, das war von Anfang an alles nicht normal. Auch der Empfang selbst nicht. Keine Kamele, keine weißen Pullman Limousinen, kein Tross an Personal, keine Bodyguards, keine Hotelräumungen wie früher, als wir für schlappe hunderttausend Dollar das komplette *Interconti* in Köln oder den *Quellenhof* in Aachen räumen lassen mussten. Nein, nichts davon, nur diese beiden Männer und der weiße Ger. Nur für einen einzigen Tag und sie konnten nicht schnell genug wieder wegkommen. Sie wollten keine Eskorte. Auf keinen Fall.«

»Und wann war dieser Empfang?«

»Sie lesen doch Zeitung, oder?«

»Natürlich. Nicht jeden Tag, aber ...«

»Am 31.5. Die Blätter waren doch voll davon.«

Sonja erinnerte sich schwach, beim Frühstück davon im Radio gehört zu haben. Der 31. Mai war der Tag ihres ersten Auftrages als Privatdetektivin gewesen. Aber das behielt sie für sich. »Ich habe der Sache keine Bedeutung beigemessen. Mein Interesse an Scheichs ist eher gering, aus dem Alter bin ich raus, und zu einer Massenveranstaltung würde ich sowieso niemals gehen. Außerdem war ich beruflich den ganzen Tag im Auto unterwegs. Man hatte mir die Antenne abgebrochen, ich konnte nicht einmal Radio hören.«

Die Herren schüttelten bedauernd die Köpfe. Anstatt, dass einer sagte, er montiere ihr eine neue.

Dr. Böttcher verfrachtete Amir in die Transportbox und schob sie zu Fischer hinüber.

»Können wir also davon ausgehen«, nahm Sonja den Faden wieder auf, »dass sie gewaltsam getrennt wurden, der Scheich und dieser Falke hier? Und der Scheich eventuell auch noch im Lande ist?«

Die anwesenden Herren nickten entschlossen.

»Glauben Sie nicht, man würde den Scheich in Abu Dhabi vermissen?«

»Ach«, winkte Fischer ab, »der Emir hat fünfzig Brüder, meinen Sie, da kommt es ihm auf einen an?« Und auf die verwunderten Blicke der anderen fügte er hinzu. »Natürlich wird er vermisst. Das war ein Scherz. Aber fünfzig Brüder hat er wirklich.«

»Warum rufen wir nicht einfach dort an oder auf dem Flughafen oder bei der Mietwagenfirma oder ...«

»Das werden *wir* auch tun, keine Sorge. Wir! Sie selbst sind von der Mordkommission, sagte Gregor, nicht wahr?«

»Ja.«

»Dann freut es mich, Ihre Bekanntschaft gemacht zu haben«, versuchte Fischer sie schon wieder loszuwerden,

»wenn wir einen Todesfall haben sollten – was Gott verhüten möge – melden wir uns.«

»Ich bin hier gar nicht zuständig. Sondern Bonn. Kriminalkommissariat Bonn. Aber das wissen die beiden Kollegen ja auch.«

»Und wo sind Sie zuständig, wenn ich fragen darf?«

»Tja, das wüssten Sie gern, nicht wahr?«

Fischer nickte.

Sonja strich dem müden Ger ein letztes Mal zaghaft über die weiße Brust, flüsterte ihm Worte zu, die sich so ähnlich anhörten wie: »Mach's gut, mein König«, steckte POK Geschwind beiläufig ihre Visitenkarte zu, die er mit einem Auge zwinkernd annahm, und rauschte mit einem möglichst arroganten »Meine Herren!« hinaus.

»Wir sollten sie nicht so gehen lassen«, hörte sie Geschwind im letzten Moment sagen. Sie hielt die Tür offen und lauschte. »Sie ist ganz nett, solange man ihr nicht auf die Füße tritt.«

»Wer ist das nicht?«, verteidigte Gregor sie ebenfalls. »Sie hat es jedenfalls drauf. Sie arbeitet für Köln, soweit ich weiß. Vor zwei Jahren, als hier die Hölle los war, wegen dieser toten Frauen, war sie es, die den Fall letztendlich gelöst hat. Das muss man ihr lassen.«

Sonja lächelte die Tür an.

»Aha«, brummte Fischer.

»Deswegen ...«

»Wie Sie meinen.«

Das war für Sonja der Startschuss zum Wiederauftauchen.

»Wer hat denn die Telefonnummer von Abu Dhabi?«, fragte sie in die verdutzte Runde.

Fischer zückte ein Notizbuch.

»Nehmen Sie meinen Apparat«, schlug Dr. Böttcher vor. »Den kann man auf Lautsprecher schalten.«

Ehe Fischer nach dem Hörer greifen konnte, hatte Sonja ihn in der Hand und wartete darauf, dass Fischer ihr die Nummer nannte.

Nach einigen Umleitungen drang sie bis zum Büro des Sekretärs Mohammed Aziz im königlichen Palast von Abu Dhabi vor und erkundigte sich in ihrem besten Englisch im Namen der Greifvogelstation Hellenthal höflichst nach dem Befinden des jungen Reisenden Scheich Karim bin Zayed Al-Nahyan. Zu ihrem großen Erstaunen teilte man ihr allen Ernstes mit, dass dieser am 1. Juni bei Sonnenaufgang zusammen mit seinem Lieblingsfalken Amir wohlbehalten in Abu Dhabi gelandet sei. Es sei ein wunderbarer Tag für ihn gewesen, ein unvergessliches Erlebnis. Tausend Dank. Nie könne man das wieder gutmachen ...

Die Antwort war so stereotyp vorgeleiert, dass Sonja nicht die Einzige war, der arge Zweifel kamen, die sich bestätigten, als sie kurz darauf im Tower des Flugplatzes Dahlemer Binz anrief und sich nach der Privatmaschine des Emirs von Abu Dhabi erkundigte.

»Die steht hier. Wieso?«

»Wie bitte?«

»Ja. Die steht hier.«

»Und Sie sagen das keinem?«

»Wieso? Ist was nicht in Ordnung? Die steht seit Mittwoch in der Sammelhalle. Die Gebühren sind für einen ganzen Monat im Voraus bezahlt. Wo ist das Problem?«

»Und der weiße Jeep?«

»Der Jeep? Ach so. Nee, der nicht. Wieso?«

»Und die Piloten?«

»Die sind noch da. Sie sind eigentlich ganz nett. Man versteht sie nur so schlecht. Sie spielen den ganzen Tag ein seltsames Würfelspiel. Kommt der Scheich denn heute oder was? Ich glaube, denen wird es bald langweilig.«

»Abu Dhabi«, sagte Sonja, nachdem sie den Hörer aufgelegt hatte. »Abu Dhabi. Wir haben ein Problem!«

Der Scheich befand sich also angeblich samt Vogel sicher in Abu Dhabi. Während sein Jet in Dahlem stand und sein Falke vor ihnen auf dem Tisch lag und keinen Mucks tat.

Obwohl keine Vermisstenanzeige existierte und die deutsche Polizei in solchen Fällen normalerweise gar nichts unternimmt, entschieden POK Geschwind und PHK Gregor, um den Weltfrieden gar nicht erst zu gefährden, sofort mit der systematischen Suche nach dem Scheich, seiner Begleitperson und seinem Jeep zu beginnen.

Wenn man in den Peilsender, den Dr. Böttcher entfernt hatte, eine neue Batterie einlegte, schlugen sie vor, konnte man Signale an den Empfänger senden. Wenn der Empfänger in den richtigen Händen war, konnte es sehr schnell gehen. Wenn nicht, auch.

Da Sonja die Einzige in der Runde war, die dem Scheich und seinem Leibwächter noch nicht von Angesicht zu Angesicht gegenübergestanden hatte, wurden sie ihr von Fischer beschrieben. Der Scheich, jung, groß, schlank, von Kopf bis Fuß in diesem weißen Gewand, ein Gesicht mit Hakennase und Sonnenbrille, aber mit untypisch heller Haut. Er ging nicht wie jedermann, sondern schritt angeblich einher. »Wie ein König, schön und stolz«, meinte Fischer.

Sein Leibwächter, untersetzt und kräftig, trug eine Khaki-Uniform, Stiefel mit weiten Schäften und nur das weiße Kopftuch.

Dr. Böttcher kramte zusätzlich einen Zeitungsausschnitt mit einem Foto vom Empfang in Hellenthal heraus. Man einigte sich auf Geheimhaltung, auf strikte Geheimhaltung gegenüber der Öffentlichkeit.

»Und«, sagte Fischer abschließend. »Falls jemand fragt, der weiße Ger ist ab sofort *nur* ein weißer Sakerfalke, der auf jeden Fall nicht Amir heißt.«

»Wie denn?«, fragte Sonja.

Den Herren fiel so schnell kein neuer Name ein.

»Nennen wir ihn doch Whity«, schlug Sonja vor. »Nicht besonders originell, aber passend, auch zu seinem Besitzer. Nennen wir doch gleich die ganze Operation Whity.«

Als Sonja gegen Mittag von der Arztpraxis zurück ins Forsthaus kam, fand sie auf ihrem Handy einen Berg Anrufe in Abwesenheit vor. Wie begehrt sie auf einmal war! Miss Marple musste sich heiser gebimmelt haben.

Zwei stammten von Wesseling, das musste seine Privatnummer sein. Der Arme durfte immer noch nicht ins Büro. Keine Zeit, entschied sie, ich habe zu tun, und löschte beide Einträge.

Drei Anrufe schließlich hatte Eva Lommersheim getätigt, ohne auf die Mailbox zu sprechen. Es konnte nichts allzu Wichtiges gewesen sein, dachte Sonja, und sie wusste nichts Neues über Frank.

Nach einem ausgiebigen Brunch entsorgte Sonja aus dem Putzeimer das angebissene Brötchen vom Kaffeebüdchen, kratzte den Vogelschiss mit Federn ab und füllte ihn in eine kleine Plastiktüte. Sie hatte eine Ahnung, dass man ihn irgendwann noch einmal brauchen würde. Dann reinigte sie den Eimer gründlich für den nächsten Einsatz ihrer pingeligen Perle.

Den Nachmittag über versuchte sie, weiter Bücher und Alben zu sortieren, die noch überall in der guten Stube herumlagen, sie fand kein System, und immer wieder landete sie mit einem Fotoalbum im Ohrensessel und vergaß die Zeit.

Erst am Abend zog sie mit einer Strickjacke, einem Zigarillo und einem Roten nach draußen auf die Ofenbank um und rief von dort Eva zurück. Niemand hob ab. Sie legte die Beine hoch und ließ die letzten Tage Revue passieren. Feucht stieg die Luft vom Feld auf.

Amir, der weiße König der Falken, hatte ihr neues Leben auf den Kopf gestellt. Nun war er in erfahrenen Händen. Nach einer gewissen Zeit auf der Krankenstation in Hellenthal konnte er wieder fliegen, hatte es geheißen. Aber wohin?

Wenn es stimmte, dass die Beziehung eines Falken zu seinem Herren lebenslang und unerschütterlich war, dann würde er sich auf die Suche nach ihm machen, sobald er konnte.

Und wenn die Beziehung eines Herrn zu seinem Falken ebenso bedingungslos war, lag es auf der Hand, dass dieser nicht freiwillig seinen Falken hergegeben hatte. Er musste sich also in einer unerfreulichen Situation befinden.

Die widersprüchlichen Aussagen aus Abu Dhabi und Dahlem machten den Fall unnötig kompliziert. Es gab verschiedene Möglichkeiten.

Entweder ging es dem Täter oder den Tätern um den kostbaren Ger, der laut Internet angeblich den Wert eines Einfamilienhauses darstellte. Das war kein Pappenstiel. Auf dem Schwarzmarkt würden solche wertvollen Tiere noch mehr bringen.

Zweitens konnten der Täter oder die Täter Interesse am Scheich selbst haben. Kidnapping also, Entführung, Erpressung, Lösegeld. Und in Unkenntnis seines Wertes war der Ger einfach davongejagt worden, weil er bei ihren finsteren Machenschaften störte.

In beiden Fällen konnte die Lassie-Variante zum Zuge kommen: Der Ger wollte Hilfe holen und war dabei gestürzt.

Weder das eine noch das andere würde sich Abu Dhabi gefallen lassen. Nichts gegen PHK Gregor und POK Geschwind. Das konnte der Auslöser einer politischen Krise sein. Die Emiraties waren sicher nicht zimperlich. Zartgefühl konnte man bei der Entführung des Bruders ihres Emirs nicht erwarten, was verständlich war.

Was Wesseling wohl dazu sagen würde? Morgen war immer noch Pfingsten. Spießer. An Pfingsten wird kein Krieg begonnen. Hoffentlich hielt sich Abu Dhabi daran.

Früh am nächsten Morgen, Sonja lag noch im Bett, ertönte der Miss-Marple-Song aus der guten Stube. Schlaftrunken wankte sie die Stiege hinunter. Sie könnte Davis beibringen, ihr das Handy zu bringen, anstatt es gemeinsam mit West anzustarren wie ein außerirdisches Wesen, das komische Töne von sich gab.

Aber jetzt war nicht der richtige Moment für eine Dressur, denn es klang nach schlechten Nachrichten. Ehe sie den grünen Knopf drückte, fiel ihr auf, dass sie einen Anruf von Jerome gar nicht mehr erwartete. Na, ja. Vorbei ist vorbei.

»Sie sind schuld!«, rief ihr eine schluchzende, weibliche Stimme entgegen. Eva Lommersheim.

Schon wieder einer, der behauptete, sie sei schuld. Nur zu. Ich habe ein breites Kreuz, dachte Sonja.

»Sie haben es versaut!«

»Guten Morgen«, sagte Sonja und fühlte sich ein wenig unwohl in ihrer Haut.

»Mein Vater ... ist ... ist ... tot.«

»Was?«

»Mein Vater ist tot«, schrie sie, »und Sie sind schuld!«

Sonja schloss die Augen und holte tief Luft. Sie ließ Eva reden, was sie auch tat, ohne Punkt und Komma, untermalt von heftigen Weinattacken. Sonja konnte kaum fassen, was sie hörte.

»Die Polizei hat ihn am Samstagmorgen gefunden. Meine Mutter liegt mit einem Schock im Krankenhaus. Ich hab gestern dauernd versucht, Sie anzurufen, aber Sie waren ja nicht zu erreichen. Es gab so viel zu regeln. Ich musste sogar mit einem Staatsanwalt sprechen. Ich musste meinen Vater identifizieren. Ich weiß nicht mehr, wo mir der Kopf steht.«

»Wie ist es passiert?«

»Die Polizei sagt, er soll bewusstlos gewesen sein, das wird noch untersucht ... aber wie soll das denn gehen? Ich versteh das alles nicht. Er ist bewusstlos Auto gefahren! Wie kann das sein?«

»Wo hat man ihn gefunden?«

»Auf der Landstraße nach Schwammenauel! Er saß aber gar nicht in seinem eigenen Auto.«

»In einem A140?«

»Nein, auch nicht. Ich weiß gar nicht, wo seines jetzt steht!«

»Ich finde es für Sie heraus«, versprach Sonja kleinlaut.

Am Samstag hatte sie mit Wesseling also über niemand anderen als Frank Lommersheim gesprochen. Er war es, der seine Serie komplett gemacht hatte. Ihr erster eigener Fall. Sonja sah Frank noch vor sich, wie er in der Pizzeria saß und hinaus in den Regen sah. Wann war das gewesen? Mittwoch erst. An dem Tag, an dem dieser unsägliche Scheich verloren gegangen war. Danach hatte sie sich um Frank nicht mehr gekümmert. Wenn sie ihm nur auf den Fersen geblieben wäre!

Und gestern war sie nichts ahnend wegen Amir in Hellenthal und Schleiden unterwegs gewesen.

»Das tut mir so leid, Eva.«

Eva schluchzte. »Ich putze nie wieder bei Ihnen, das können Sie vergessen ...«

»Sie haben völlig recht, Eva, ich habe es versaut. Aber an dem Tag, als ich ihn beschattet habe, sah alles ganz harmlos aus. Ein kleiner Dieb, mehr ist er nicht, dachte ich, verstehen Sie? Ich habe den Fall nicht ernst genug genommen.«

»Ja. Ja.«

»Eva?«

Klick.

Das schlechte Gewissen nahm Sonja fest in den Griff und sang ihr dieses uralte Lied in die Ohren: Nicht gut genug, nicht klug genug, nicht fair genug, nicht schnell genug, nicht teamfähig genug, nicht geduldig genug ... nicht genug. Ich muss etwas tun, ich muss retten, was zu retten ist, wehrte sie sich fieberhaft.

Zuerst suchte sie die Polizeiwache Schleiden auf und verlangte dort PHK Gregor oder POK Geschwind zu sprechen. Sie waren beide unterwegs. Die Operation Whity warf ihre Schatten voraus. Sonja bat um dringenden Rückruf.

Von dort aus fuhr sie weiter nach Gemünd auf den Parkplatz vor dem Gerichtsgebäude. Sie schritt die Autoreihen ab, bis sie Franks dunkelroten, ziemlich alten Opel fand.

Und jetzt?

Sie kehrte mutlos heim, teilte Eva den Fundort mit. Als sie Wesseling anrufen wollte, stellte sie fest, dass sie seine Privatnummer gelöscht hatte. In der Anwaltschaft wollte man sie partout mit seiner Vertretung verbinden.

»Nein. Danke.«

In solchen Momenten hätte sie Gott weiß was dafür gegeben, nicht allein zu sein. Vielleicht hätte sie dann nicht zu Jeromes Rotem gegriffen.

13. Kapitel

Nichts ist schwerer zu ertragen als eine Reihe von Feiertagen, sagte Wesseling sich zwischendurch zum Trost. Noch ein Tag, ein einziger Tag, dann hatte er es überstanden. Nur noch morgen. Das war so ungerecht. Hilde gab sich so viel Mühe. Sie bekochte ihn mit Delikatessen, Spaziergänge waren angesagt und gemütliche Abende ohne Kamin. Sie war stets an seiner Seite.

Wie gerade jetzt auch. Wesseling gab vor zu lesen. Er hielt sich ein Buch vor die Augen, blätterte ab und zu, blickte auf Buchstaben und dachte nach.

Hilde rätselte derweil. Sie hatte vor einiger Zeit das Sudoku entdeckt und war ihm verfallen. Wesseling konnte die Sucht nicht nachvollziehen, aber er liebte es, wie still es dann war im Wohnzimmer. So still, dass seine Gedanken ungehindert fließen konnten. Nur ab und zu ein Juchzer, wenn Hilde eine Lösung gefunden hatte. Sie ahnte nicht, was in ihrem Mann vorging.

Ab und zu gelang es ihm, heimlich von seinem Arbeitszimmer aus im Büro anzurufen. Da war auch nichts los. Leider. Die Ruhe vor dem Sturm, hatte er das Gefühl. Er hatte alles in die Wege geleitet, was die drei angeblichen Autounfälle betraf. Mehr konnte er im Augenblick nicht tun. Er wartete sehnsüchtig auf das Ergebnis der Blutuntersuchung.

Als Hilde am Montagabend ein ausgiebiges Bad nahm, schlich er in sein Arbeitszimmer und rief im Büro an. Alles ruhig, bestätigte ihm die Bereitschaft, bis auf einen Anruf.

»Von wem?«

»Einer gewissen Frau Senger.«

»Wann?«

»Eben erst.«

Auflegen und erneut wählen. An die Decke sehen. Es gurgelte da oben. Hilde schaffte es, eine halbe Stunde in der Wanne zu liegen.

»Sonja?«, flüsterte er wenig später ins Telefon.

»Hm«, brummte sie.

»Wie geht's?«

»Hm.«

Sie schien nicht gut gelaunt. Da hielt Wesseling sich lieber an Fakten: »Die Untersuchung des dritten Autounfalls ist noch nicht ganz abgeschlossen. Morgen früh bekomme ich endlich das Obduktionsergebnis. In meinen Augen reine Formsache. Wir befinden uns bestimmt mitten in einer Serie.«

»Das sagtest du bereits.«

»Der dritte Mann war ohne Papiere unterwegs und saß in einem Auto, das ihm nicht gehörte.«

»Das sagtest du auch bereits«, murmelte Sonja. »Und wo war es dieses Mal? Wieder an der gleichen Stelle im ›Großraum Schleiden‹?«

»Ja, leider. Frag mich bitte nicht nach Einzelheiten.«

»Nein, mach ich nicht.«

»Danke.«

»Ich weiß es nämlich längst.«

»Wie bitte?«

»Ach, nichts.«

Er konnte sich schon denken, woher Sonja ihre Informationen bekommen hatte. Als er Eva Lommersheim, die Tochter des dritten Opfers, anlässlich der Identifizierung in der Rechtsmedizin befragte, hatte er einiges über Sonja erfahren. Beunruhigendes. Unglaubliches. Darauf würde er später noch zu sprechen kommen.

»Korb und Stelter, du erinnerst dich an sie?«, fragte er.

»Natürlich«, sagte sie. »Zwei reizende, zurückhaltende, loyale, äußerst fähige Kollegen.«

»Hm. Jedenfalls haben sie über die Kennzeichen die Halterin dieses typischen, bonbonfarbenen Frauenautos ausgemacht, in dem ...«

»Was für'n Auto?«

Wesseling musste grinsen, er wusste, mit welchen Bemerkungen er sie aus der Reserve holen konnte. »Je nun, so ein mintgrünes Ei. Jedenfalls wurde Frank Lommersheim in diesem mintgrünen Ei gegen diesen Baum gefahren. Diese Hausfrau ...«

»Woher weißt du, dass es eine Hausfrau ist?«

»Weil man sie jederzeit zu Hause erreicht.«

»Du bist so ein Macho.«

»Du verstehst mich nicht, ich meine, wie der Name schon sagt, die Frau des Hauses«, versuchte Wesseling sich herauszureden. Aber er merkte, er verstrickte sich immer mehr, redete sich um Kopf und Kragen.

»Vielleicht ist sie selbstständig.«

»Hausfrauen sind doch auch selbstständig. Wie auch immer, die gute Frau behauptet, man habe ihr Auto am 31. Mai an der Aral-Tankstelle in Gemünd gestohlen. Wenn das stimmte, dann hätte sie das doch längst von selbst der Polizei gemeldet!« Wesseling erschrak. Er war zu laut geworden und hatte vergessen zu horchen. Mit dem Telefon am Ohr stellte er sich in die Tür. Alles in Ordnung. Oben wurde noch geplanscht. »Sonja?«

Stille.

»Hallo! Bist du noch da?«

»Nö.«

»Also, wenn Hilde sich einfach ihr Auto stehlen lassen würde ...«

»Hat sie denn ein eigenes?«

»Je nun.« Senger konnte anstrengend sein. Sie ließ ihn keinen Satz zu Ende sprechen, ohne ihn zu unterbrechen, wegen irgendwelcher Marginalien. Dabei verlor sie das Wichtigste aus den Augen. »Versuch doch mal einen einzigen Moment lang, keine Emanze zu sein.«

»Emanze? Ich? Wenn du nicht den Heiligen Geist ...«

»Was für'n Heiligen Geist?«

»Da sieht man's ja, du weißt noch nicht einmal, warum du tagelang Pfingsten feierst. Jedenfalls wüsstest du sonst längst, dass genau an dem Tag, an dem dein mintgrünes Frauenauto gestohlen wurde, in deinem geliebten ›Großraum Schleiden‹ auch ein veritabler Scheich verloren gegangen ist.«

»Ein Scheich?«

»Ein Scheich«, wiederholte Sonja laut und deutlich.

»Doch nicht der, der letzte Woche bei diesem Empfang in Hellenthal ... in der Zeitung und im Fernsehen ...«, fragte Wesseling irritiert.

»So viele Scheiche wird's im ›Großraum Schleiden‹ wohl nicht geben.«

»Das muss ein Zufall sein.«

»Bestimmt. Das Leben ist voller Zufälle. Tschüss.«

»Moment mal«, hielt Wesseling sie zurück. Das war wieder eines dieser Telefongespräche mit Sonja Senger, deren Verlauf ihm aus den Händen glitt. »Wer ist deine Informationsquelle?«

»Geheim«, brummte Sonja.

»Du behinderst nicht die Ermittlungen?«

»Das würde ich nie tun.«

Das musste er akzeptieren. Vorläufig. »Und sonst?«

»Sonst fliegen die Falken in diesem Sommer ziemlich tief über den ›Großraum Schleiden‹.«

»Hm.«

Wesseling verstand jetzt gar kein Wort mehr. Konnte es vielleicht sein, dass Sonja Senger in ihrem Forsthaus die Decke auf den Kopf gefallen war? Einsamkeit konnte einen Menschen verändern. Er hatte aber keine Zeit, das Thema weiter zu vertiefen. Hilde konnte jeden Moment die Treppe herunterkommen. »Ich bin morgen früh sowieso in der Polizeiwache Schleiden. Sehen wir uns da?«

»Das heißt, wir kooperieren ab sofort?«

Immer wollte sie ihn festlegen. »Weiß ich noch nicht«, wand er sich. Wenn es nach ihm ginge, ja, aber die Entscheidung lag nicht bei ihm. Er musste das mit dem Oberstaatsanwalt klären. Er musste Olaf Spör nicht zum ersten Mal klarmachen, dass diese Frau für seine Ermittlungen leider unabdingbar war. Hauptsache war, es ging wieder los. Ade ihr süßen Feiertage! Endlich! Er hielt sich den Bauch. Sicher hatte er auch noch zugenommen.

»Also gut. Dann bis morgen«, verabschiedete sich Sonja.

Er wusste nicht, ob sie seinen halbherzigen Widerruf noch gehört hatte, denn sein Telefon meldete bereits eine freie Leitung.

Ein sehr unergiebiges Gespräch. Wenn Sonja doch nicht immer alles so persönlich nehmen würde. Aber sie wusste einfach zu viel, als dass man auf sie verzichten konnte, selbst wenn man es wollte. Immer einen Tick mehr als er. Das konnte nicht jeder ertragen.

Vielleicht war ihre neueste berufliche Orientierung gar nicht so unpassend für sie. Obwohl er sich regelrecht erschrocken hatte, als Eva Lommersheim berichtete, dass sie eine Privatdetektivin namens Sonja Senger beauftragt hatte, ihren Vater zu observieren, weil sie eine Ahnung hatte, dass da etwas lief.

Ihre Meinung über Sonja Senger war nicht besonders gut gewesen. Verständlich, so wie die Dinge ausgegangen waren. Das hätte ihr auch als Polizistin widerfahren können. Wesseling schüttelte noch den Kopf, als er zurück ins Wohnzimmer ging. Er wollte sich gerade in seinen Lesesessel setzen, das Buch wieder vor die Augen halten, als sei nichts gewesen, als er eine Stimme hörte. »Stimmt was nicht?«

Er fuhr zusammen. Hilde saß blank und rosa wie ein Baby auf dem Sofa. Ihre Haare waren unter einem Frotteetuch verschwunden. Sicher hatte sie wieder zu heiß gebadet. Wie oft hatte er ihr schon gesagt, das sei nicht gesund.

»Je nun«, sagte Wesseling irritiert. »Das war das Büro.«

»Hast du angerufen, oder haben sie dich angerufen?«

Wesseling zögerte, ehe er sagte: »Sie mich.«

»Ich hab gar nichts gehört.«

»Du warst in der Badewanne und hast geplanscht wie ein Seehund.«

»Gehen wir schlafen?«

»Ja, das könnten wir.« Wesseling war viel zu aufgewühlt, um müde zu sein.

»Wenn es wieder klingelt, geh ich aber dran«, sagte Hilde, raffte ihren Frotteebademantel zusammen und reckte den Hals. »Eine Unverschämtheit so spät am Abend und an Pfingsten. Ich werde dich verleugnen.«

14. Kapitel

Das Erste, was Sonja Senger an Wesseling auffiel, war die rote Kladde, die unter seinem Arm klemmte. Geschäftig lief er in der Eingangshalle der Polizeiwache Schleiden hin und her.

»Da bist du ja endlich.« Ein Schwall seines neuen Herrenduftes überfiel sie.

»Guten Morgen.«

»Es ist bald Mittag. Ich habe in der Zwischenzeit bereits mit Gregor und Geschwind gesprochen. Ich weiß alles.«

»Das wurde auch Zeit.«

Wesseling schluckte. »Du bist immer so pragmatisch.«

»Danke.«

»Ich habe sogar mit meinem Chef gesprochen.«

»Und?«

»Er ist einverstanden.«

»Wie gnädig.«

Wesseling öffnete seine rote Kladde. »Ich schlage vor, dass wir zuerst diese Tankstelle aufsuchen, wo das mintgrüne Frauenauto von der Hausfrau gestohlen wurde.«

Als er aufsah, fing er statt Sonjas bösem ihren gelangweilten Blick auf. »Der Tankwart hat nämlich Geschwind und Gregor gegenüber behauptet, er habe nichts gesehen.«

»Und ich möchte endlich die Stelle sehen, wo die bewusstlosen Männer gegen den Baum gefahren sind.«

»Ich denke, du weißt, wo sie ist.«

»Aber ich will sie sehen«, beharrte Sonja.

»Gut.« Er notierte es.

»Und den Flugplatz Dahlemer Binz.«

»Da waren Korb und Stelter schon. Die Maschine der *Emirates Airline* steht noch da, die Piloten warten und haben keine andere Order als zu warten. Sie würfeln.«

Sonja sah die Kollegen Korb und Stelter vor sich. In ihren Bomberjacken mit weißem Teddyfutter, das sie vielleicht jetzt ausgeknöpft hatten. Der riesige Korb mit einem wüsten, lockigen Pony wie ein Galloway-Rind, Stelter, farblos und kränklich neben ihm. Im Einsatz hatte sich das Gegenteil gezeigt. Korb schrie bei jedem Bakterium »Halt! Hier! Zu mir«. Der kleine Stelter war unverwüstlich, obwohl er Kettenraucher war.

»Und ich möchte noch mal zur Greifvogelstation.«

Wesseling notierte es.

»Und zu Lommersheims.«

»Da waren Korb und Stelter auch schon. Frau Lommersheim liegt im Krankenhaus. Sie hat einen Schock.«

»Ich weiß.«

»Ja, richtig. Ich hab gehört, du bist jetzt Privatdetektivin.«

Hatte Eva ihm auch von der Radgeschichte berichtet, dem schmutzigen Forsthaus, ihrem Irrtum, Frank könne sich eine Ersatzfamilie angeschafft haben, und von der Tatsache, dass sie zu früh aufgehört hatte, Frank zu beschatten, sonst würde er noch leben? Wesseling ließ sich nichts anmerken. »Was dagegen?«

»Bist du wirklich draußen?«, fragte er ungläubig.

»Noch nicht ganz. Man berät noch über mein Schicksal. In der Zwischenzeit baue ich mir ein neues Standbein auf. Für alle Fälle.«

»Je nun.«

»Ist das alles, was du dazu sagst?«

»Privatdetektivin hört sich nach Trenchcoat und roten Pumps an.«

»Echt?« Assoziationen hatte er! Nein, nein, einen Hut brauchte sie. Einen pfiffigen Hut wie Miss Marple.

Gregor und Geschwind trabten zügig den Gang entlang. Sie verabschiedeten Fischer, Niester und Dr. Böttcher. Es hatte wohl eine Konferenz gegeben, aus der Wesseling nervös, wie er war, entwichen war, als er Sonja hatte kommen sehen.

»Wie geht's Amir?«, rief Sonja Fischer über die Schulter zu.

Er zeigte mit dem Daumen nach oben. »Wie geht's dem Scheich?«

Sonja drehte den Daumen nach unten.

»Das hätte ich dir auch sagen können«, kommentierte Wesseling die internationalen Handzeichen.

»Fahren wir?«

Mithilfe einer Straßenkarte des Gebiets entschied Wesseling über die Reihenfolge ihrer Besuche. Warum er trotzdem die Tankstelle in Gemünd als erstes Ziel wählte, war Sonja schleierhaft. Lommersheims wohnten gleich um die Ecke. Und das Krankenhaus war auch nicht weit. Wesselings Audi war mit einem Navigationsgerät nachgerüstet worden, stellte sie voller Neid fest. Aber er benutzte es nicht.

»Wir müssen auch zu Pietschs«, verlangte Sonja.

»Wer ist Pietsch?«

»Das hat dir Eva nicht gesagt? Für den hat Frank nämlich vorher gearbeitet. Er wohnt auch hier in Schleiden, Am Holgenbach.«

»Was du alles weißt.«

»Ich weiß noch mehr«, sagte Sonja und berichtete ihm von ihrem ersten Besuch bei Anja Pietsch. Den Türschaden erwähnte sie nicht. Den würde er noch früh genug sehen. »Kaum zu glauben, es geht bei dem Geschäft nicht um Autos, ich meine um ganze Autos.«

»Das ist allgemein bekannt«, erinnerte Wesseling sie. »Und du bist nicht mehr auf Laufenden.«

»Danke.«

»Tut mir leid, aber dieser Tage klaut niemand mehr ein ganzes Auto. Ersatzteile sind der Renner. Der Markt für Auto-Ersatzteile gerade in Polen läuft auf Hochtouren«, sagte Wesseling.

»So oder so. Dieser Pietsch hat es vermutlich nicht mehr allein geschafft und hat deswegen Frank angeheuert.«

Wesseling nickte.

»Und die anderen beiden Toten vor ihm«, sagte Sonja.

»Vielleicht.«

»Und alle sind ihm irgendwie in die Quere gekommen, als sie noch lebten.«

»In die Quere«, wiederholte Wesseling und parkte neben dem Werkstatt-Tor der Aral-Tankstelle. »Ich guck mal, ob der Tankwart sich für uns freimachen kann.«

Er konnte, obwohl an seiner Tankstelle viel los war. Er kam mit Wesseling und einer Karte heraus und trug das Blau seines Arbeitgebers von Kopf bis Fuß, mit einem gewissen Stolz. Corporate Identity schien ihm kein Fremdwort zu sein.

»Das ist meine Kollegin«, stellte Wesseling Sonja vor. »Kriminalhauptkommissarin Senger. Und das ist Herr Schwengert. Die Vertretung vom Chef. Der Chef ist in Urlaub. Er war es auch schon am 31. Mai.«

Schwengert tippte zur Begrüßung an sein blaues Käppi und rieb sich die Hände. »Ich fürchte, ich kann Ihnen nicht helfen.«

»Warten Sie doch erst mal unsere Fragen ab. Also, an Ihrer Tankstelle wurde einer Kundin am Mittwoch, dem 31.5., ein Auto gestohlen.«

Schwengert zögerte und nickte dann misstrauisch.

»Warum haben Sie das nicht gemeldet?«

»Warum sollte ich? Es war nicht meines.«

»Die Besitzerin hat es auch nicht gemeldet.«

»Nein?«

Wesseling und Sonja schüttelten bedauernd die Köpfe.

»Wir haben ... eh ... Diskretion und Schweigen geschworen.«

»Wem?«

Schwengert fühlte sich bedrängt. Er machte kleine nervöse Schritte hin und her, rieb sich die Hände an der Hose.

»Sie wissen, dass Sie sich schuldig machen, wenn Sie eine Untersuchung behindern?«

Er fuhr sich an den Hals und zog an seinem Adamsapfel. »Also, gut. Ein großer weißer Jeep, ich glaube ein Landrover, hielt am 31.5. gegen einundzwanzig Uhr an der Säule da drüben, an der Nummer drei.«

Sonja und Wesseling hielten den Atem an.

»Ich hab nur den Fahrer gesehen, sonst niemanden. Die Scheiben hinten waren schwarz getönt. Der Fahrer stieg aus und kam direkt zu mir in meinen Shop, ohne zu tanken. Er trug so eine Uniform und so ein weißes Tuch, wie die Araber es tragen, wissen Sie?«

Sonja stieß Wesseling in die Seite. Der stand da mit offenem Mund.

»Er sah auch sonst aus wie ein Araber. Ich meine, im Gesicht. Er suchte ein Haus. Er fragte mich in ziemlich gutem Deutsch, ob ich nicht ein leer stehendes Haus wüsste, das ganz einsam liegt, wo er und sein Herr ein paar Tage ungestört Urlaub machen können. Mit Garage.«

»Sein Herr?«

»Ich nehme an, er meinte diesen Scheich aus der Zeitung.«

Wesseling nickte. »Ich denke, es saß außer ihm niemand in diesem Jeep.«

»Ich hab jedenfalls keinen gesehen. Ich wollte ihm ein paar Ferienwohnungen zeigen. Ich hab so einen Katalog, falls Touristen mal fragen, wissen Sie?«

Wesseling und Sonja nickten.

»Aber so was wollte er nicht. Er wollte ein Haus, das niemand kennt. Da fiel mir eines ein. Das steht seit Jahren leer, das gehört niemandem. Ich hab es ihm auf der Karte eingezeichnet.«

Schwengert entfaltete die Karte umständlich, irrte mit seinem Zeigefinger herum, bis er den Punkt gefunden hatte. »Hier genau. Da! Sehen Sie?«

Sonja und Wesseling beugten sich vor und studierten die Kreuzung zweier dünner Fußwege in einem grünen Farbklecks zwischen Gemünd und Kall.

»Kreuzen Sie uns das auch mal an.«

Schwengert zog einen Kuli aus der Latzhose, legte die Karte auf ein Knie und kritzelte ein X an die betreffende Stelle. »Als er gehen wollte, war der Jeep weg. Wir waren so mit der Karte beschäftigt gewesen, dass ...«

»Und dann?«

»Dann hat er das Auto der Frau genommen, die gerade hereinkam. Er hat es ihr abgekauft, das hab ich genau gesehen«, ereiferte sich Schwengert plötzlich. »Das war mehr Geld, als es wert war. Das hab ich auch genau gesehen.«

»Mehr als Sie selbst bekommen haben?«

Er stutzte, schüttelte irritiert den Kopf und wechselte das Thema: »Ob er jetzt trotzdem noch zu diesem Haus gefahren ist, nachdem der Jeep ja nun weg war, kann ich natürlich nicht sagen.«

»In welche Richtung fuhr er denn von hier aus, links oder rechts?«

Schwengert zeigte in Richtung Gemünd City. »Rechts. Das wäre dann schon die richtige Richtung. Heißt aber nix. Kann aber auch sein, dass er dort immer noch ist. Ich hab nicht nachgeguckt. Oder längst weg ist, was weiß ich. Ich war echt diskret ... bis jetzt. Aber bei einem Staatsanwalt ist das ja wohl was anderes. Ich häng an meinem Leben, wissen Sie?«

»Das tun wir auch«, sagte Wesseling und nahm die Karte an sich.

»Das ist jetzt schon die zweite Karte, die ich praktisch verschenke.«

»Ich denke, Sie sind reichlich belohnt worden?«

Schwengert druckste herum. »Ich hatte natürlich in der Zeitung von dem Scheich gelesen.«

»Wie viel?«

»Das wäre für die Presse ein gefundenes Fressen gewesen.«

»Wie viel?«

Schwengert fuhr sich mit dem Finger quer über die Kehle. »Und was mach ich, wenn er wiederkommt?«

Wesseling und Sonja fuhren sich ebenfalls mit den Fingern die Kehlen entlang und zuckten mit den Schultern.

»Der arme Kerl«, sagte Sonja, als sie zum Auto gingen. »Jetzt hat er Muffensausen.«

»Das hätte ich an seiner Stelle auch. Aber das interessiert uns nicht. Der Mann ist Gold wert. Das alles ist ungeheuerlich. Dein Scheich ...«

»Mein Scheich?«

»Ja, du hast doch davon angefangen. Jedenfalls, wer konnte denn ahnen, dass er in meine Autounfälle verstrickt ist.«

»Verstrickt? Er wurde entführt.«

»In diesem Haus, das niemand kennt, sind sie bestimmt nicht. Jetzt erst recht nicht mehr. Das kann ich mir nicht vorstellen.«

»So blöd kann doch kein Scheich sein?«

»Nein. Zur Sicherheit schicke ich aber Geschwind und Gregor mal hin.«

Wesseling hatte eine Menge in seine rote Kladde einzutragen. Der Besuch in der Tankstelle hatte sich gelohnt. Er kritzelte und steckte dabei, wie ein kleiner Schuljunge, die Zunge zwischen die Zähne. Dann fütterte er mit einem Eingabestift sein Navigationsgerät.

Beim Auswählen der Buchstaben stellte er sich genauso hölzern an, wie Sonja es befürchtet hatte. Vielleicht war er auch nervös, weil sie ihm auf die Finger sah. Sekunden später sagte eine blecherne, weibliche Stimme: »Die Route ist berechnet.«

»Sehr erotisch«, meinte Sonja.

Als sie die Tankstelle verließen, stand der Tankwart noch da, ganz in Blau und ganz verzweifelt. Ein Auto fuhr an eine Zapfsäule heran und ihm beinah über die Füße.

Während der Fahrt durch Herhahn, wo der Motorradfahrer Lars Bentrup arbeitete, der in ihrem ersten gemeinsamen Fall eine tragische Rolle gespielt hatte, meinte Wesseling: »Vogelsang ist jetzt offen. Warst du schon da?«

Sonja schüttelte den Kopf.

»Ich erinnere mich an dein gespaltenes Verhältnis zur Ordensburg.«

Daran erinnerte er sich? »Daran hat sich auch nichts geändert. Ich bin immer noch für das Abreißen.«

»O nein. Das kann man nicht machen«, meinte Wesseling.

»Macht man ja auch nicht. Aber dann sollte man wenigstens versuchen, etwas Unhistorisches, Frisches, Unprätentiöses daraus zu machen, um allen Tendenzen den Wind aus den Segeln zu nehmen und den ganzen braunen Mist gehörig mit Füßen zu treten.«

Wesseling lächelte über ihre flammende Rede. »Woran denkst du?«

»Eine Disco oder so, ich weiß nicht, ein Tierheim oder einen Zoo vielleicht.«

»Du hast Ideen.«

Sie hielten in Morsbach, Morsbacherstraße 59, vor einem weißen Gartentor. Luise Bär war nicht zu Hause. Sonja lehnte sich zufrieden zurück. Von wegen, es liegt in der Natur einer Frau, zu Hause zu sein.

»Sie wird einkaufen sein«, meinte Wesseling und sah sich um.

»Klar, was soll eine Frau sonst machen.«

Luises Zuhause war ein typisches, schmuckloses Eifelhaus, mit grauen Platten verkleidet, die wohl der Dämmung dienen mochten, nicht aber der Schönheit. Wesseling und Sonja standen bestimmt eine halbe Stunde da, ehe ein Bus die Durchgangsstraße entlangfuhr, dem einige Leute entstiegen waren. Unter anderem auch eine etwas zu schick angezogene Frau. Sie trug ein beigefarbenes, hüftumspielendes Kleid und eine Einkaufstasche von Douglas. Schuhe und Handtasche passten zum Kleid. Die Farbe ihrer hochtoupierten Haare auch. Sie erinnerte Sonja an Barbie, nur war sie nicht so klapperdürr. Sie öffnete das weiße Gartentor, ohne dem Audi einen Blick zu schenken.

Barbie und das mintgrüne Auto. Wenn ich Scheich wäre, fragte Sonja sich, würde ich mich dann in sie verlieben? Vielleicht. Wesseling sprang heraus, und Sonja kurbelte die Scheibe herunter, um dem Gespräch folgen zu können.

»Ja«, sagte Barbie auf die Frage, ob sie Luise Bär sei. »Und Sie?«

Wesseling verbeugte sich ansatzweise und behauptete, ohne Beweise vorzulegen, er sei Staatsanwalt. Die Bär nahm es ihm ab. Jeder hätte das getan. Staatsanwalt oder Postbeamter. Er hatte dieses Flair.

»Oh, ich hatte aber schon Besuch von der Polizei. Zwei sehr nette Herren.«

»Die Kommissare Korb und Stelter?«

»Möglich. Ich kann mir Namen schlecht merken.«

Du lügst, dachte Sonja. Die Typen haben dich nicht interessiert. Schlimmer noch, sie haben dich gestört und genervt.

»Können wir noch einmal über Ihr Auto sprechen?«

»Welches Auto?«, fragte sie erstaunt.

»Haben Sie mehrere?«

Die Bär lächelte gekünstelt. Sonja bereute, sie vor Wesseling jemals verteidigt zu haben.

»Ich meine das Auto, das Ihnen gestohlen wurde.«

»Kommen Sie herein, obwohl ich nicht eingerichtet bin auf Besuch.«

Wesseling winkte Sonja herbei.

Die Bär führte sie über einen Fliesenboden ins Wohnzimmer mit einem riesigen Blumenfenster, das sich über die eine Hausseite erstreckte und eine Aussicht ins Tal bot, um die sie zu beneiden war. Sie brachte eine Flasche Wasser und drei zu einem Turm aufgebaute Gläser, ohne nach den Wünschen ihrer Gäste gefragt zu haben. Sie arrangierte alles auf dem Tisch, setzte sich hin, ohne etwas anzubieten oder einzuschenken. Sonja hätte zu einem Kaffee nicht Nein gesagt, es war die richtige Zeit dazu. Kurz vor halb drei.

»Nehmen Sie bitte Platz.«

»Wir stehen lieber«, sagte Wesseling und legte die Hände auf den Rücken. »Sie wissen also, was mit Ihrem Auto passiert ist?«

»Ja«, sagte die Bär und nickte bedauernd.

»Wie war das denn nun am 31.5. an der Tankstelle?«

Sie schlug die Beine übereinander und tat gelangweilt. »Also, ich musste dringend tanken. Ich hatte über die Pfingsttage ein paar Bekannte besucht, mein Tank war quasi leer. Ich fuhr also an die Aral-Tankstelle in Gemünd. Ich glaube, direkt an die erste Zapfsäule. An einer anderen stand ein weißer Jeep, glaube ich.«

Wesseling legte nervös die Fingerspitzen aneinander.

»Nach dem Tanken ...«

»Moment«, unterbrach Sonja sie. »Und während des Tankens?«

»Während des Tankens? Was soll da gewesen sein?«

»Das fragen wir Sie. Dieser weiße Jeep hat sich doch nicht in Luft aufgelöst.«

»Wohl nicht«, sagte die Bär und strich ihr Kleid glatt, obwohl es glatt wie Seide war.

Wesseling ballte die Hände zu Fäusten. »Hören Sie ...«

»Ich habe die ganze Zeit nur auf die Uhr der Zapfsäule gesehen. Ich hatte nur dreißig Euro dabei, ich musste aufpassen, dass ich damit auskam. Das geht ja manchmal so schnell, und schwups ist man drüber.«

»Schwups«, wiederholte Wesseling mit Grabesstimme.

»Und als ich wieder hochsah, war der Jeep weg.«

»Ach, was«, sagte Sonja. »Wollen Sie uns veräppeln?«

»Ich muss doch sehr bitten«, sagte die Bär pikiert und schüttelte ihr Haar.

»Weiter!«, befahl Wesseling.

»Als ich in den Shop ging, um zu zahlen, kam mir ein Scheich entgegen.« Sie wartete die Wirkung ihrer Worte ab. »Also, eigentlich nur ein halber Scheich!«

»Der Mann ohne Unterkörper?«, fragte Sonja.

»Natürlich nicht. Er steckte in einer Uniform, trug Lederstiefel und auf dem Kopf dieses weiße Tuch, keine Ahnung wie das heißt.«

»*Ghutra*«, sagte Wesseling.

»Genau. Er hatte so einen eckig rasierten, schwarzen Bart, eine richtige Hakennase. Er war nicht besonders groß, er sah echt gefährlich aus. Aber auch irgendwie sehr ... männlich.«

»Und der hat Ihr Auto gestohlen?«

»Genau.« Die Bär sah aus dem Fenster.

»Er hat es Ihnen nicht zufällig abgekauft?«

Sie hob die Kinnspitze.

»Sie sind eben Bus gefahren. Haben Sie denn noch kein neues Auto?«, fragte Sonja plötzlich, und Wesseling sah sie verwirrt an.

»Ach, was soll ich lügen, Sie finden es ja doch heraus. Es steht in der Garage. Man bekommt heutzutage so schlecht Parkplätze.«

»Stimmt. Aber mit so einem kleinen geht es doch?«

»Hm.«

»Es ist sicher wieder so ein niedlicher, bunter Ford Ka, nicht wahr?«, fragte Wesseling.

»Nein. Dieses Mal nicht. Ich hab mir was gegönnt.«

»Das sollte man auch ab und zu. Was ist es denn geworden?«

»Ein Porsche«, sagte die Bär leise, als ob es ihr peinlich sei.

»Hui!«

»Tolles Auto!«, rief Sonja. »Leben Sie hier eigentlich ganz allein in dem großen Haus?« Sonja sah, wie Wesseling hinter der Bär seinen Kopf schüttelte. Was soll das nun wieder, fragten seine Augen.

»Ich bin geschieden.«

»Und Sie sind berufstätig, nehme ich mal an.«

»Nein. Bin ich nicht.«

»Dann zahlt Ihr Mann das alles hier?«

»Ich bitte Sie, was sollen diese Fragen? Geht Sie das was an?«

»Ja. Wir fragen uns nämlich, woher Sie das Geld für einen Porsche haben, wenn Sie nicht berufstätig sind. Wir können auch Ihren Mann fragen.«

»Hach!«, sagte die Bär genervt.

Sonja und Wesseling ließen sie nachdenken.

»Ich habe geschworen zu schweigen«, begann sie endlich. »Bei meinem Leben.«

»Das hat der Tankwart auch gesagt«, sagte Wesseling, »bevor er uns alles haarklein erzählte.«

Die Bär räusperte sich. »Er hatte einen ganzen Packen Geldscheine aus einem Brustbeutel gezogen. Dollars! Nachgezählt habe ich erst später. Es war mehr, als das Auto wert war. Weit mehr. Wissen Sie, mein Mann ist ziemlich geizig. Ich konnte das Geld gut gebrauchen.«

»Und da geben Sie alles sofort aus für so einen blöden Schlitten?«, fragte Sonja.

»Nein. Ich habe nicht alles ausgegeben.«

Wesseling und Sonja sahen sich erstaunt an.

»Ich habe dem Scheich die Schlüssel gegeben. Die Papiere habe ich noch. Die wollte er gar nicht. Ich sollte nur alles vergessen.«

Sonja zeigte ihr das Foto, das Eva ihr von Frank Lommersheim überlassen hatte. »War das der Dieb des Jeeps?«

»Ich weiß es wirklich nicht.«

»Das alles hätten Sie auch unseren Kollegen sagen können. Wo war das Problem?«

»Na ja, ich dachte, ich müsste das Geld dann zurückgeben.«

»Wieso? Das war doch Ihr eigenes Auto, nicht wahr?«

Die Bär nickte erleichtert. »Was ist denn nun eigentlich passiert? Man liest ja gar nichts in der Zeitung.«

»Das ist auch gut so«, sagte Wesseling. »Warten Sie es ab. Wenn der Fall geklärt ist, werden die Zeitungen wieder voll davon sein. Zurzeit gibt es eine Kommunikationssperre.«

»Kann mir denn jetzt was passieren, ich meine, weil ich geredet habe?«

»Das wollen wir doch nicht hoffen«, sagte Sonja.

Anja Pietsch war heute deutlich nervöser und fahriger als bei Sonjas Alleingang vor vier Tagen. Was sicher auch an der Tatsache lag, dass nun ein leibhaftiger Staatsanwalt bei ihr aufkreuzte, der von ihrem hübschen Äußeren keine Notiz nahm.

»Wie sieht denn die Tür aus?«, fragte Wesseling, als sie in der schmalen, kahlen Diele vor dem Arbeitszimmer standen.

»Das war diese Frau da«, sagte die Pietsch und zeigte auf Sonja.

Wesseling zog die Augenbrauen hoch.

Sonja gab es achselzuckend zu.

»Je nun«, sagte er. »Ein bisschen Schwund ist immer.«

Nachdem er im Licht der summenden Neonröhre in den Regalen und Paketen vorgefunden hatte, was Sonja ihm auf der Hinfahrt beschrieben hatte, fragte er: »Ist das alles?«

»Nein, in unserer Garage liegen die größeren Sachen.«

»Und wo noch?«

Anja Pietsch schien zu überlegen. »Nirgends.«

Wesseling musterte sie ungläubig. »Wo noch?«

»Also, David hat mal irgendwann billig eine Scheune pachten können, da könnte auch noch was von dem Zeug liegen. Aber ich war noch nie da.«

»Wo ist die Scheune?«

»Ich weiß es nicht genau. Irgendwo zwischen Scheuren und Ettelscheid, hat er gesagt, glaube ich.«

»Aha.« Wesseling setzte sich vor den Schreibtisch, zog sich einen Handschuh über und durchstöberte die Schubladen. Er förderte unter einem Wust von Papieren, Rechnungen, Bestellungen und Kontoauszügen zwei Tablettenpackungen zutage.

Diazepam-ratiopharm zehn Milligramm. Packungsgröße N3. Fünfzig Tabletten. Eine war angebrochen und leer bis auf einen Blister. Sonja und Wesseling tauschten Blicke.

»Leidet Ihr Mann unter Schlafstörungen?«

»Ja«, sagte die Pietsch, legte den Kopf schief, drehte mit einem Finger Locken in ihr Blondhaar und flötete so verführerisch sie konnte. »Manchmal schon.«

»Die machen süchtig«, sagte Sonja, »wissen Sie das auch?«

Die Pietsch zuckte ratlos mit den Schultern.

Wesseling wühlte weiter einhändig. In einem Pappkästchen lagen oben fein säuberlich sehr schöne Briefmarken und unter einem zweiten Pappboden fein säuberlich fünfzehn matt glänzende Patronen. Wesseling maß eine zwischen Daumen und Zeigefinger ab, vermutlich neun Millimeter Parabellum, dachte Sonja. Passt leider zu unzähligen Pistolen-Modellen. Sie wünschte, sie wäre bei ihrem Antrittsbesuch bei Pietsch ebenso weit gegangen. Obwohl sie damals schon das Gefühl hatte, mit der Tür ein bisschen zu weit gegangen zu sein. Sie hatte keinerlei Befugnisse gehabt.

»Hat Ihr Mann eine Waffe?«, fragte Wesseling.

Die Pietsch schüttelte nach kurzer Überlegung den Kopf.

»Hat er einen Waffenbesitzschein?«

»Sie meinen einen Waffenschein?«, fragte die Pietsch zurück.

Wesseling nickte ergeben.

»Nein. Wieso sollte er?«

»Dann wirft er wohl mit Patronen um sich. Frau Pietsch, wir sind nicht dümmer, als die Polizei erlaubt. Das komplette Zimmer betreten Sie ab sofort nicht mehr«, verkündete Wesseling, nachdem er einen letzten Kennerblick über das Inventar hatte schweifen lassen. »Und niemand sonst.«

Er klebte über die beschädigten Stellen der Tür zwei amtliche Polizeisiegel, die er souverän und selbstverständlich aus der Jackentasche zog. Er trug Datum und Unterschrift ein.

Die Pietsch war die Ruhe selbst.

»Machen Sie sich gar keine Sorgen um Ihren Sohn? Müsste Ihr Mann nicht längst zurück sein?«, fragte Sonja ungläubig.

»Heute wollten sie zurückkommen. Jeden Moment, denke ich.«

»Dann können wir ja solange warten«, sagte Sonja prompt.

Anja Pietsch erschrak, sah nervös von ihr zum Staatsanwalt. »Es könnte aber auch sehr spät werden, das weiß man nie. Vielleicht kommt er doch erst morgen.«

»Wir haben Zeit«, behauptete Sonja und fing Wesselings anerkennenden Blick auf. »Können wir uns solange setzen?«

Anja Pietsch hatte die Hand schon Hilfe suchend nach der Haustürklinke ausgestreckt. Nun blieb sie enttäuscht stehen. »In der Küche?«

»Auch gut.«

Als sie alle drei um den Küchentisch herumsaßen, sah Wesseling sich um, wohl in der Hoffnung auf Familienbilder. »Haben Sie ein Foto von Ihrem Sohn für uns?«

Sie stand schwerfällig auf. Das Album war gar nicht weit. Es lag auf einer Reihe von Kochbüchern auf der Mikrowelle. Sie legte es geschlossen vor Wesseling hin. Er begann zu blättern. David von seiner Geburt bis heutzutage. Wesseling ließ sich Zeit.

Sie schienen diese Fotos nicht sonderlich aufzuwühlen, was sie sicher getan hätten, wenn sie sich Sorgen um seinen Aufenthalt gemacht hätte. David war öfter mit einer alten Dame zu sehen, im Garten, an einem aufblasbaren Swimmingpool, neben einer Schaukel, auf der Bank ...

»Das ist sicher die Oma?«

Anja Pietsch nickte.

»Ihre Mutter?«

»Nein, Davids!«

»Kinder brauchen Großeltern«, verkündete Wesseling theatralisch und schob das Album zu Sonja herüber. »Meine haben leider viel zu weit weg gewohnt. Die einen an der Nordsee, die anderen in Bayern. Hab sie nur in den Ferien zu Gesicht bekommen.«

»Das ist aber schade«, fiel Sonja ein. »David sieht seine Oma sicher öfter.«

Anja Pietsch zögerte.

»Wo wohnt sie?«

»In Hellenthal. Wieso?«

»Dann hat er's ja gut.«

Wesseling sah auf die Uhr. »Ich glaube, wir müssen gehen, wir können doch nicht warten. Wir wollen Sie auch nicht länger stören. Wenn Ihr Mann kommt, soll er sich gleich bei uns melden.«

Anja Pietsch klappte erleichtert das Album zu und eilte wieder zur Haustür. Verständlich. Die Polizei zu Besuch haben, wer will das schon? Sonja kannte das. Alle waren immer froh, sie los zu sein.

Im Auto telefonierte Wesseling mit der Polizeiwache Schleiden und gab seine Wünsche durch, die eher wie Befehle klangen. Es gab wohl Protest am anderen Ende der Leitung.

»So viele Pietsches kann es doch in Hellenthal nicht geben. Eine muss eine alte Dame sein. Seht nach, ob sie einen Jungen hütet. Aber schnell. Es ist jetzt achtzehn Uhr.« Er legte auf, hielt das Telefonat und die neuesten Erkenntnisse aus dem Arbeitszimmer in seiner rote Kladde fest.

Sonja sah, wie er deutlich die Wörter *Ettelscheid* und *Scheuren* hineinschrieb.

»Und nun zu dir.«

Irritiert sah sie ihn an.

»War das nötig mit der Tür?«

»Ach so, die Tür. Wenn du sie geöffnet hättest, sähe sie auch nicht besser aus.«

»Je nun.« Entschlossen warf er den Motor und das Radio an und leistete sich einen Kavalierstart. Ohne Navigationsgerät ging es zurück nach Gemünd, von dort in Richtung Wolfgarten. Im Radio dudelte etwas Klassisches.

»Bei mir ist frisch geputzt«, sagte Sonja, »du würdest dich wundern.«

»Ich weiß. Eva. Hunger hätte ich auch, aber mir ist jetzt nicht nach Tütensuppen.«

»Und neue, alte Möbel aus Trier sind eingetroffen. Und all meine Bücher. Ich brauche nur noch ein paar Regale.«

»Schön«, sagte er nur, als traue er sich nicht weiterzufragen.

»Trier ist nämlich jetzt Vergangenheit«, erklärte sie ihm stolz.

Er nickte und fixierte die Straße.

»Monsieur auch.«

Sie passierten Gemünd und Wolfgarten und den Abzweig nach Heimbach.

»Da bin ich neulich erst langgefahren«, sagte sie und dachte an die mühselige Strampelei.

»Gefahren? Wanderst du nicht mehr?«

»Ich habe jetzt ein Fahrrad.«

»Ein Geländerad?«

»Nein, ein normales Damenrad.«

»Das war ein Fehler. Du hättest dir ein Geländerad kaufen sollen.«

Sonja hüstelte und wechselte das Thema. »Du kommst da unter anderem auch an der Abtei Mariawald vorbei. Geh da nie hin«, warnte sie ihn.

»Wir waren schon ein paarmal da. Hilde mag die Erbsensuppe sehr.«

Hilde, dachte Sonja, du Verräterin, das hätte ich mir denken können.

Dann kamen keine Häuser mehr. Der Wald zu beiden Seiten der Straße wurde größer und schwärzer und tiefer. Sie folgten der Straße nach Schwammenauel. Hinweisschilder folgten in knappen Abständen. Wildschweinpest, Geschwindigkeitsbegrenzung auf fünfzig Stundenkilometer, Überholverbot für Pkw, Gefälle von acht Prozent und schließlich ein übergroßes, weißes Schild *Unfallhäufige Stelle*, auf dem zwei gefährliche Kurven rot markiert waren. Vor ihnen lag ein gerades, steiles Stück Straße, das in eine Rechtskurve mündete. Links eine Birke, rechts eine Gruppe Fichten, dazwischen ein kleiner Abhang, der ebenfalls an einer Baumreihe endete. Keine Seitenplanken säumten die Krümmung der Straße.

Wesseling fuhr auf den befestigten Seitenstreifen und schaltete das Radio aus.

Vor der Fichtengruppe standen ein kleines Holzkreuz, eine Kerze, die flackerte, und ein frischer Blumenstrauß in einer Plastikvase.

Eine Gänsehaut kroch Sonja den Rücken hinauf. Wesseling schnäuzte sich lautstark. Sie saßen schweigend nebeneinander. Es gab nichts zu sagen. Sonja wollte gar nicht wissen, wem der drei Männer das Kreuz gewidmet war. War das nicht egal? Es stand da für alle drei.

14. Kapitel

Je nun«, sagte Wesseling irgendwann mit belegter Stimme und ließ sein Auto langsam die Straße hinabrollen. Er suchte lange nach einer Wendemöglichkeit.

»Was für Sorten hast du denn da?«, fragte er übergangslos, als er in den Ort hineinfuhr, in dem Sonja ihre neue Heimat gefunden hatte. Im Gastraum der Kermeterschänke brannte Licht. Dort konnte man gut essen. »Ich könnte welche mischen. Und ich habe noch Roten aus Frankreich.«

»Aber nur ein Glas.«

»Ich habe noch eine ganze Kiste voll.«

Wesseling wusste noch, dass man sich dreimal gegen die Haustüre fallen lassen musste. Die Begrüßung durch die Haustiere fiel unauffällig aus. Sie waren beleidigt, weil sie den Tag allein hatten verbringen müssen. Wesseling besah sich die Neuerungen im Forsthaus, als sei er in einem Museum für zusammengewürfelte Kunst.

»Soll ich ehrlich sein?«

»Wenn es sein muss.«

Er fand es in der guten Stube zu voll und zu unaufgeräumt. Die Bücher, die sich auf den Stühlen stapelten, störten ihn.

»Ich hab noch ein paar alte Regale im Keller«, bot er ihr an. »Die müssten aber aufgehängt werden.«

»Kein Problem«, meinte Sonja und ging davon aus, dass er das übernehmen würde.

Den Kronleuchter fand er überdimensioniert, das rote Sofa deplatziert und den Ohrensessel zwischen den Sprossenfenstern zu ... auf die Schnelle fiel ihm kein Wort ein.

»Konstruiert?«, half Sonja nach.

»Ja, genau.«

»Jetzt ist es aber gut.«

»Aber die Ofenbank vorm Haus gefällt mir.«

Sonja holte einen Roten aus dem Abstellraum, strich bei der Gelegenheit ihrem Rad kurz über den Sattel, drückte die Flasche samt Korkenzieher und zwei Gläsern Wesseling in die Hand und schickte ihn hinaus. West und Davis folgten ihm sicherheitshalber.

»Ich koche in der Zwischenzeit«, rief sie ihm nach.

»Aber nicht, dass du mir wieder den ganzen Abend in der Küche stehst!«

Durch die Fenster sah sie ihn mit dem Wein hantieren und auf den Knien in seine rote Kladde schreiben. Als Denkzettel für seinen Snobismus mischte sie ihm zwei teuflisch inkompatible Suppen. Sie hoffte wenigstens, dass es so sein würde, denn sie griff, ohne den Titel zu lesen, nach den beiden erstbesten Tüten, riss sie auf und schüttete sie ins Wasser. Das Papier zerstückelte sie und knallte es in den Abfalleimer. So!

»Schmeckt interessant«, meinte Wesseling später und löffelte brav seinen Teller leer, musste aber hinterher kräftig mit Rotem nachspülen.

»Und was war das nun?«

Sonja zündete sich einen Zigarillo an. »Keine Ahnung.«

West und Davis leckten die Teller blank. Sonja paffte. »Mein Auto steht noch in Schleiden. Vor der Polizeiwache.«

»Da steht es gut. Morgen früh muss ich auch hin. Ins Krankenhaus. Martina Lommersheim befragen. Soll ich dich abholen? Wir könnten danach die Scheune suchen.«

Sonja nickte. »Zeichnest du manchmal noch?«

»Ja. Nein. Mir fehlt die Zeit, normalerweise. Im nächsten Urlaub bestimmt wieder.«

Sonja zeigte auf seine rote Kladde. »Und wie sieht es aus mit der Operation Whity?«

Wesseling blätterte ratlos vor und zurück. »Ich versteh das nicht. Was ist bloß los in der Eifel? Scheiche und ihre Leibwächter verschwinden spurlos. Bewusstlose fahren in Autos gegen Bäume. Falken fliegen tief. Arabische Flugzeuge stehen auf deutschen Flughäfen herum ... ist das noch normal?«

»Nein.«

»Drei Tote haben wir bis jetzt gefunden.«

»Das ist doch schon mal was«, sagte Sonja und rieb sich die Hände, als habe sie nicht eben noch vor dem Holzkreuz am Waldrand mit den Tränen gekämpft. »Und einen Falken. Verloren haben wir dafür im Gegenzug einen Scheich und dessen Leibwächter.«

»Diese Fälle überschneiden sich aufgrund eines mintgrünen Frauenautos.«

»Nicht schon wieder.«

»Nimm nicht immer alles so persönlich. Es ist nun einmal so. Und weißt du was? Ich bin froh darüber. So haben wir wenigstens einen Schnittpunkt. Sonst sähen wir ganz schön alt aus.«

»Du vielleicht. Ich nicht.«

Wesseling winkte ab. »Ich frage mich zum Beispiel, inwieweit Luisa Bär noch in den Fall verwickelt ist.«

Barbie und der Scheich? Sonja hatte auch schon daran gedacht. Wer kannte sich schon im Geschmack eines Scheichs aus?

»Hast du mal überlegt, ob sie diesem Karim bin Dingsbums und seinem Leibwächter in ihrem schönen großen Haus Unterschlupf gewährt hat? Für Geld selbstverständlich?«

»Ja.«

»Siehst du!« Wesseling leerte sein Glas, überreichte es Sonja demonstrativ. Er stand auf und kündigte an, als hätte er gerade eine Meisterleistung vollbracht: »Ich fahr dann mal.«

»Ich frage mich«, sagte Sonja, »ob unser Täter weitermachen wird. Dann müsste er sich dem Gesetz der Serie nach beeilen.«

»Dann müsste er es in den nächsten Tagen machen.«

»Lässt du die Unfallstelle eigentlich bewachen?«

Verwundert sah er auf sie herunter. »Du hast recht. Ich sollte jemanden abstellen.« Er setzte sich wieder und notierte sich das. »Jetzt aber.«

Davis und West brachten ihn zum Auto, um sicherzugehen, dass er auch verschwand.

Er gab wie gewöhnlich viel zu viel Gas. Wehe, er überfuhr ihren Igel.

Als Sonja schon lange die Beine hoch hatte, auf ihrem Bett den Abendhimmel beobachtete und Ruhe im Forsthaus eingekehrt war, schloss Wesseling gerade erst seine Privatwohnung in Aachen auf.

Er hörte das Telefon in seinem Arbeitszimmer klingeln, stellte seine Aktentasche auf die Schuhkommode, das war sicher Sonja, der noch etwas eingefallen war. Er wollte schon hinlaufen.

»Ich geh schon«, rief Hilde von der Küche aus.

Wesseling hängte sein Jackett auf den Bügel und diesen an die Garderobe und ließ sich in den Korbsessel fallen. Er zog die Schultern hoch. Gleich würden sie auf ihn herunterprasseln, erneute enttäuschte Vorwürfe, bittere Strafpredigten, letzte Platzverweise: Du warst den ganzen Tag mit *ihr* zusammen ...

»Ja, danke, das werde ich ihm mitteilen, sobald er nach Hause kommt«, hörte er Hildes Stimme geradezu perlen. Er war erleichtert. Aber auch verwundert, er wusste gar nicht, wie leicht ihr das Lügen über die Lippen kam.

»Nun, was war?«, fragte er, als Hilde wieder vor ihm stand. Sie hatte sich hübsch gemacht. War das nicht ein bisschen zu jugendlich, dieses Lila?

»Die Polizeiwache Schleiden teilt mit, dass ein gewisser David Pietsch, vier Jahre alt, wohlbehalten bei seiner Oma in Hellenthal im Bettchen liegt.«

»Oh, danke«, rief Wesseling. »Das sind gute Neuigkeiten.« Sonja würde diese Nachricht freuen. Er kannte sie, bei Kindern setzten all ihr Zynismus und alles Verständnis für die Täter aus.

»Wieso rufen die nicht im Büro an?«, fragte Hilde.

»Weil es sehr wichtig war. Wie war dein Tag, meine Liebe?«

Da läutete es schon wieder.

»Hier ist was los!« Hilde verdrehte die Augen und eilte ins Arbeitszimmer.

Aber dieses Mal musste es Sonja sein, jetzt kam das Unwetter doch noch!

»Schon wieder?«, hörte er Hilde rufen. »Wissen Sie eigentlich, wie viel Uhr es ist? Stimmt. Es ist wichtig? Das sagen Sie immer. Also gut. Bernd! Wie bitte? Natürlich ist er da. Was für eine Frage. Bernd! Kommst du mal?«

Als er neben ihr stand, flüsterte er: »Eben hast du mich noch verleugnet.«

Hilde störten solche Nebensächlichkeiten nicht, sie stellte das Telefon auf Lautsprecher und sagte: »Er hört zu.« Dann legte sie den Hörer beiseite.

»Herr Staatsanwalt? Entschuldigen Sie die Störung. Gerade erst nach Hause gekommen, wie? Hier ist noch mal Gregor. Wir haben gerade einen sehr seltsamen Anruf bekommen.«

»Na und? Ich bekomme ständig seltsame Anrufe.« Wesseling war extra forsch und zwinkerte Hilde dabei zu.

»Wollen Sie den Inhalt nun hören oder nicht?«

»Warum sonst haben Sie mich schon wieder angerufen?«

Hilde zwinkerte zurück.

»Es ist nämlich so, der Flugplatz Dahlemer Binz rief eben an. Die sollten sich ja melden, wenn was ist. Das war ja so vereinbart, nicht wahr?«

»Ja. Ja.«

»Also, der Tower hat heute Morgen eine Anfrage aus den Vereinigten Arabischen Emiraten bekommen, und zwar aus Abu Dhabi, ob eine Privatmaschine des Emirs heute wohl gegen 22.30 Uhr MEZ eine Landeerlaubnis für Dahlem bekäme.«

»Und da melden sie sich erst jetzt?«

»Tut mir leid. Sie haben natürlich zugesagt, abends ist da ja nix los. Keine Sportflieger und so, wenn Sie wissen, was ich meine.«

»Ich weiß.«

»Das war's schon. Ich wollte, dass Sie es wissen, weil, da steht ja schon, oder besser immer noch, eine Maschine aus Abu Dhabi, das wären dann ja gewissermaßen dann schon zwei, nicht wahr?«

»Exakt.«

»Ich nehme an, man kommt nun selbst, um den Scheich zu holen.«

»Danke für den Anruf. Ich kümmere mich drum, nein halt, stopp, warten Sie, ich denke, wir sollten alle bei der Landung dabei sein. Können Sie Korb und Stelter informieren und Ihren Kollegen Geschwind?«

»Selbstverständlich. Und die KHK Senger?«

»Was geht die das an?« Wesseling vermied es, Hilde anzusehen. »Und schicken Sie bloß sofort zwei Leute an die

Unfallstelle bei Schwammenauel. Sie wissen, welche ich meine?«

»Ich denke, ja.«

»Sie denken?«

»Da, wo die drei Autos verunglückt sind.«

»Gut. Aber natürlich verdeckt.«

»In Ordnung, verdeckt.«

»Alle anderen treffen sich vor Ort um, sagen wir, Punkt zweiundzwanzig Uhr. Vorher schaff ich das nicht.«

Ohne eine Antwort abzuwarten, legte Wesseling den Hörer auf. »Ich muss los. Du hast gehört, was gleich passiert. Ich muss mich beeilen.«

»Du bist doch kein Polizist, sondern der Staatsanwalt persönlich.«

»Trotzdem. Ich muss dabei sein.« Wie sollte er ihr das erklären? Er brannte geradezu darauf.

»Wie du meinst. Was immer auch passiert, Bernd, denk dran, am nächsten Freitag beginnt unser Tanzkurs.«

Was immer auch passiert? Hilde hatte gut reden. Bis dahin war er vielleicht schon tot. Zwischen den Fronten arabischer Einzelkämpfer zerrieben wie ein Wurm. Dann musste er wenigstens nicht in diesen Tanzkurs, tröstete er sich.

Kaum saß er in seinem Auto, rief er Sonja an.

Vom Tower aus durften Wesseling und Sonja beobachten, wie die kleine Maschine der *Emirates Airline* zur Landung ansetzte, beidrehte und ausrollte.

Korb und Stelter, Gregor und Geschwind harrten außerhalb des Geländes in ihren Autos. Eines in der Nähe des Besucherparkplatzes, eines in der Nähe der Gokartbahn, beide getarnt mit Gestrüpp. Wesselings Auto stand auf dem Personalparkplatz. Das Auto, das aus den Emiraten bestellt worden war, ein Mietwagen, wartete innerhalb des Flugplatzes auf einem Parkstreifen.

Die Zeit war zu knapp gewesen, um noch mit den Piloten der anderen Maschine, die seit dem 31. Mai in der Sammelhalle stand, zu sprechen. Sich auf dem weitläufigen, übersichtlichen Flughafengelände unauffällig zu bewegen, war praktisch unmöglich.

Bodenpersonal karrte eine Treppe zur gelandeten Maschine. Die Tür wurde aufgeschoben. Nach einer unerträglich langen Weile stiegen drei Männer die Stufen herunter. Schwarze Gestalten, von Kopf bis Fuß, jede mit einem Koffer in der Hand, keinem Reisekoffer, eher einem Aktenkoffer, überquerten forschen Schrittes das Gelände.

Wesseling und Sonja beeilten sich, in ihr Auto zu kommen. Mit knapper Not gelang es ihnen, die Verfolgung aufzunehmen. Die beiden Autos der Polizisten schlossen auf. Ein Konvoi, der den Arabern nicht gefallen konnte, deswegen befahl Wesseling, dass man sich öfter gegenseitig unauffällig überholen sollte.

So kam es, dass Geschwind und Gregor den Konvoi gerade anführten, als der Mietwagen in Schleiden links auf die Monschauer Straße bog.

»Wohin geht's denn hier, außer nach Monschau?«, fragte Sonja in Wesselings Telefon.

»Ach, nach Harperscheidt, Scheuren, Berescheid, Ettelscheid, dann kommt ...«

»Was haben Sie gesagt?« Sonja wusste nicht, ob es Geschwind oder Gregor war, der mit ihr sprach, aber sie wusste, dass sie zumindest zwei dieser Ortsnamen erst vor Kurzem gehört hatte. Sie fing Wesselings Blick auf, als sie die Worte wiederholte: »Scheuren und Ettelscheid?«

»Ja, sag ich doch.«

»Die Scheune!«, rief Wesseling dazwischen. »Wir sind auf dem Weg zu Davids Scheune!«

Die Araber ließen den Abzweig nach Scheuren rechts liegen.

»Wie sieht es in Ettelscheid aus?«, fragte Sonja ins Telefon.

»Lange vor dem Ort kommt ein großer Parkplatz mit Grillhütte und einer ... oh ... Scheune ... mein Gott!« Jetzt hatte es auch Gregor erfasst.

»Wo können wir da parken?«

»Folgen Sie uns.«

Die Araber fuhren tatsächlich rechts ab. Direkt an der Straßengabelung befand sich eine kleine Haltebucht einer ehemaligen Bushaltestelle, die mit einiger Mühe drei Autos aufnahm.

Die Autotüren klackten leise. Die Stimmen flüsterten. Zu beiden Seiten des Parkplatzes erhob sich eine steile Böschung. Wesseling verteilte seine Leute per Fingerzeig. Sie liefen in geduckter Haltung auf halber Höhe zwischen den Baumstämmen Slalom.

Unten rollte der Mietwagen über Schotter. Ein Teil des sehr großen Parkplatzes war für Straßenbaufahrzeuge und deren Material abgesperrt, am hinteren Ende war eine Grillhütte errichtet worden, sechseckig, zur Straße hin offen. Das Ziel der Araber?

Neben der Grillhütte begann ein Wanderweg, der an einer Lichtung vorbei in den Wald hineinführte. Am Waldrand, in gut fünfzig Metern Entfernung, stand sie, Davids Scheune mit geschlossenem Tor.

Sonja kam neben Wesseling zum Stehen.

»Ich kann mir absolut nicht vorstellen, dass diese Araber scharf auf geklaute Autoersatzteile sind«, flüsterte Sonja atemlos.

»Psst«, machte Wesseling. »Die haben Ohren wie die Luchse.«

»Nichts als Vorurteile.«

Wesseling stieß sie unsanft in die Seite. »Sei froh, dass wir vorhin nicht mehr als ein Glas Roten getrunken haben.«

Sonja hatte das Gefühl, es wäre besser gewesen, sie hätte die Flasche leer gemacht, denn die Angst war ein ungebetener und unangenehmer Begleiter.

15. Kapitel

Sharaf Jaziri hatte sicherheitshalber schon eine gute halbe Stunde vor der verabredeten Zeit in der Grillhütte Stellung bezogen. Der Mann aus Abu Dhabi konnte auch früher eintreffen. Es konnte auch sein, dass er nicht allein war, trotz seiner ausdrücklichen Forderung. Auf jeden Fall würde er bis an die Zähne bewaffnet sein.

Sharaf kannte diese Sorte Männer, Kampfmaschinen besser gesagt, Roboter, Einzelkämpfer. Ihre Ausbildung war hart, gnadenlos und bestialisch. Gedrillt auf Mord.

Ein bisschen wie er selbst. Heute trug er nur den Dolch und die Markarov in seinen Stiefelschäften und Davids Feuerzeug in der Hand, damit der nicht in Versuchung käme zu rauchen und die Scheune in Brand zu setzen.

Es war eine Stunde vor Mitternacht. Vierzehn Tage vor der Sonnenwende war in Deutschland um diese Stunde die Dämmerung gerade so weit fortgeschritten, dass man noch einigermaßen sehen konnte, ohne unbedingt gesehen zu werden. Es war eine gute Zeit. Die beginnende Nacht. Die Zeit der Schatten und Ahnungen, des Zwielichts.

In der Grillhütte hatte er freie Sicht auf die Durchgangsstraße. Es war ein sechseckiger Bau aus Holzpfählen, einem Dach mit Rauchabzug und einem Betonfußboden. In der Mitte befand sich eine runde Feuerstelle mit einem verrosteten Grillrost. An den hochgezogenen hinteren Seitenwänden waren Tische und Bänke fest montiert. Die drei Seiten, die zur Straße zeigten, waren halbhoch und ließen etwa ab Bauchhöhe die Sicht frei.

Mit jedem Licht, das heller wurde, und jedem Motorengeräusch, das lauter wurde, wuchs Sharafs Anspannung. Er hielt den Atem an und stieß ihn mit geblähten Wangen wieder aus, sobald ein Auto nur vorbeigefahren war. Es kam nicht oft vor.

Es war eine kühle, leicht windige Nacht voller fremder Geräusche, das Rascheln der Blätter und das Knacken der Bäume beunruhigten ihn. Tagsüber hatte es geregnet. In Deutschland schien es immer zu regnen, dachte Sharaf wütend. Er hasste dieses Land. Und alles, was dazugehörte, die Enge, die Temperaturen, die Hektik der Europäer, keinen Tag länger als nötig würde er hierbleiben. Was Karim hierher gezogen hatte, hatte er nie verstanden. Das musste das Blut sein. Basmah hatte ihn damit verseucht.

Nach Abu Dhabi konnte er nach allem, was geschehen war, nicht mehr zurück. Aber mit zehn Millionen Dollar in der Hand würde ihm die ganze Welt offen stehen.

Er wusste gar nicht mehr genau, wann das angefangen hatte, dass er es nicht mehr ertragen konnte, in der zweiten Reihe hinter Karim zu stehen.

Was Karim gern als Freundschaft bezeichnete, war in Wirklichkeit nur ein Name für seine praktizierte Rücksichtslosigkeit, für Arroganz und Willkür. Karim hatte ihn immer nur benutzt, um seine eigenen Wünsche durchzusetzen. Er war für ihn ein ständiger Begleiter, Seelentröster, Prügelknabe, jemand, hinter dem er sich jederzeit verstecken konnte.

Im Gegensatz dazu stand Karims verdammtes hochherrschaftliches Getue, das Sharaf schon lange aufstieß und ihm wie ein dicker Kloß im Hals saß.

Karim, die Lichtgestalt! Sein Gang, dieses gemessene Einherschreiten, als sei er der König selbst. Seine sanfte Stimme. So leise, dass alle zwangsläufig verstummen mussten, um seine Befehle hören zu können. Die Wortwahl, bizarr und verschroben. Seine Bewegungen, träge wie die eines satten Löwen, der es nicht nötig hatte, sich zu bewegen. Als sei es eine Gnade für den, der ihn dabei erleben durfte. Der schöne Schein.

Sharaf allein wusste, was sich dahinter verbarg. Eine kaum zu überbietende Schüchternheit und Furcht vor allem und jedem. In Wirklichkeit schritt er wie ein Fremder durch sein eigenes Leben.

Aber Sharaf hatte sich arrangiert. Er hatte gelernt, damit zu leben. Und er hätte es noch viele Jahre lang gekonnt. Irgendwie hätte er es ausgehalten. Man gewöhnt sich an alles, wenn es keine Alternativen gibt.

Aber mit dieser Deutschlandreise hatte Karim den Bogen überspannt. Sharaf spürte die Wut wieder wie eine Hitzewelle, seine Zähne knirschten vor Zorn, und seine Nasenflügel bebten, wenn er nur daran dachte, wie sie zustande gekommen war, wie groß seine Mitschuld war.

Getreu Karims Devise »Geld spielt keine Rolle« hatte Sharaf diese Einladung aus Hellenthal selbst eingefädelt. Sich sein Grab also selbst geschaufelt. Er hatte Karim eine Freude machen wollen, aber auch das tägliche Wehklagen nicht mehr hören können. Yousif Al-Dosssary, der persönliche Assistent des Salem Ebrahim Al-Saman, war ihm dabei eine hilfreiche und kluge Hand gewesen. Damit hatte das Unglück seinen Lauf genommen.

Noch in Abu Dhabi hatte Karim ihm kurzerhand befohlen, dafür zu sorgen, dass die beiden Bodyguards nicht mitfliegen konnten. Sharaf hatte sie in die Wüste geschickt, was hätte er sonst mit ihnen machen sollen? Nicht die Tat an sich, die nichts anderes als den sicheren, qualvollen Tod für die beiden Männer bedeutete, machte Sharaf zu schaffen, er war nicht übersensibel oder zimperlich. Die Folgen waren sein Problem. Sheikh Farouq war sein Problem.

Hatte Karim daran gedacht? Natürlich nicht. Warum auch?

Als er wie ein Kind mit leuchtend blauen Augen im Flugzeug leise vor sich hinmurmelte: »Das wird mein Wildflug«, da wusste Sharaf endgültig, was die Uhr geschlagen hatte. Karim hatte vor, die Zelte hinter sich abzubrechen. Zumindest für eine Weile.

Natürlich war es ihm völlig gleichgültig, dass er damit das Leben seines angeblichen Freundes mit einem Handstreich, aus einer Lust und Laune heraus, verwirkte. Puh, ein Licht ausgeblasen! Na und! Auf eines mehr oder weniger kam es nicht an. Solange es nicht seines war.

Sein Bruder Farouq würde ein wenig zornig auf ihn sein, er würde sogar grollen, wenn er eines Tages zurückkehrte, aber Karim war der Sohn seines Vaters. Was sollte ihm schon passieren?

Und als wäre das alles nicht schon schicksalhaft genug, nein, während er, Sharaf, sich in diesem unsäglichen Tankstellen-Shop aufhielt, um wieder einmal Karims absurde Wünsche zu erfüllen, war dieser mitsamt Amir und Jeep auf und davon gefahren. Im ersten Augenblick hatte er noch geglaubt, Karim spiele ihm einen Streich. Dann aber wurde ihm klar, dass Karim versuchte, ihn abzuhängen, um sein Glück allein zu suchen.

Hätte er ihn ziehen lassen sollen? Ja! Hätte er es nur getan! Aber er konnte nicht. Er funktionierte einfach automatisch, so tief war in ihm die lebenslange Pflicht verwurzelt, seinen Herrn zu beschützen. Was immer er auch tat. Es war ein Reflex. Und allein dem Willen Allahs, dem winzigen Auto einer Frau und der Auffälligkeit des weißen Landrovers zu verdanken, dass er Karim wiedergefunden hatte.

Und erst als der alte Europäer vor der Scheune aus dem Jeep sprang, wusste er, dass der Fall völlig anders lag: Karim wollte nicht fliehen, er wurde entführt.

Keine schlechte Idee, war sein erster Gedanke.

Sharaf sah jetzt auf seine Uhr. Noch eine Viertelstunde. Auf der Durchgangsstraße war lange kein Auto mehr vorbeigefahren.

Der alte Europäer war kurz hinter der Scheune verschwunden, Sharaf hatte schon die Hand am Türgriff, als er wieder auftauchte, das Tor, das groß und zweiflügelig war, öffnete, beide Seiten weit aufsperrte und Steine dagegenschob. Als der Jeep hineinrollte, machte Sharaf in seinem winzigen Modellauto einfach einen Satz, stoppte erst Stoßstange an Stoßstange. Der Boden war weich wie Stroh. Oder Heu. Das Modellauto verschwand fast völlig hinter dem hohen Landrover. Aber sicher war es dem Europäer nicht entgangen. Allein wegen dieser albernen Farbe, diesem grellen, metallischen Grün.

Sharaf zog seinen kleinen Dolch aus dem rechten Stiefelschaft und schob ihn in den Ärmel. Er lehnte sich zurück. Dunkelheit fiel wie ein Schatten über sein Gesicht, er verschränkte die Arme vor der Brust. Die Wischer hatten die Scheiben verschmiert. Kommen lassen. Immer kommen lassen. Und der Europäer kam.

Von Weitem hielt er Sharaf für einen gewissen »Deiwid« und palaverte herum. Ob er ein neues Auto habe, was er von dem Jeep halte und so weiter. Als er sich bückte, um durch das Seitenfenster zu sehen, stieß Sharaf die Tür mit einem Ruck auf, der Griff knallte gegen den Kopf des Mannes, er stürzte, fiel auf den Rücken wie ein Käfer und hielt sich die Stirn.

Erst als er hochblickte zu Sharaf, der sich breitbeinig halb über ihm postiert hatte und seine Klinge kurz aufblitzen ließ, stieß er einen Schrei aus. Endlich hatte er kapiert. Einem Sharaf Jaziri kam man nicht in die Quere. Sharaf platzierte einen Fuß im schweren Lederstiefel auf seine Brust und rief nach Karim.

Keine Antwort. Natürlich! Seine Hoheit hatten es nicht nötig, dem Ruf des Dieners zu folgen. Sharafs Stimme wurde schärfer. Die Klinge in seiner Hand malte wütende Achten. Sein Stiefel rammte sich tiefer in den Europäer hinein. Ein Aufschrei, ein Winden, ein Würgen, ein langes, gedehntes Stöhnen.

Dann glaubte er, über das Gejammer des Europäers hinweg ein Motorengeräusch zu vernehmen. Sharafs Gehör war fast so scharf wie seine Augen und sein Verstand.

Hinter sich durch das hohe, eckige Loch, das die Türen einrahmten, sah er tatsächlich zwei wacklige Scheinwerfer größer werden. An Holzstämmen glitten sie vorbei, die Fahrspur entlang. Keine Frage. Man bekam Besuch. Vermutlich kam nun dieser »Deiwid«.

Sharaf zerrte den Europäer mit einer Hand über den Boden zum Jeep. Er langte mit der anderen durch die offene Tür nach dem Schlüssel, entdeckte bei der Gelegenheit Karim auf seinem Stammplatz, hinten rechts.

Er schien noch nasser geworden zu sein. Seine *ghutra* hing schlaff an seinem versteinerten Gesicht herab, diese hochmütige, maskenhafte Visage, die Sharaf in diesem Augenblick bis aufs Blut provozierte.

»*Mar-haba,* mein Freund«, zwang er sich zu sagen, um ihn in Sicherheit zu wiegen. »*Mar-haba,* mein Freund, sei ruhig, ich hole dich hier schon raus. Vertrau mir!«

Wo Karim war, war normalerweise auch Amir. Aber seine Suche nach dem Falken blieb vergebens. Verdammt! Er war davon ausgegangen, der Vogel hatte sich unsichtbar gemacht, hockte auf dem Boden des Jeep oder in seiner Box im Kofferraum.

Sharaf stieß den Europäer mit einem Tritt in den Hintern auf den Fahrersitz und schloss ab.

Gerade noch rechtzeitig, denn der Besuch setzte gerade einen Fuß auf den weichen Boden aus Stroh. Als Sharaf in das Gesicht des Mannes blickte, der in seinem Alter sein mochte, wusste er sofort, dass sie sich verstehen würden. Auf ihre Weise. Und er hatte recht behalten. Sie waren sich schnell einig geworden.

Im Augenblick hockte dieser Deiwid nun hinten in der Scheune und wartete, dass Sharaf das Geld kontrollieren und sein Okay zur Übergabe der Geisel geben würde. Sie standen in Telefonkontakt.

Sharaf würde ihm Rückendeckung geben, der weiße Landrover und der BMW, den Deiwid in Erwartung des großen Geldes gerne opferte, dienten als Schutzschilder, und die Dunkelheit in der Scheune würde ihr Übriges tun.

Fernes Motorengeräusch schreckte Sharaf aus seinen Gedanken. Er spähte in den Himmel. Aber keine Eskorte kreiste dort, alles ruhig da oben. Abu Dhabi hielt sich scheinbar an seine Forderungen. Zumindest was die Luft anging. Sharaf sah auf die Uhr. Jetzt war es endlich soweit. Dreiundzwanzig Uhr.

Lange tunnelartige Lichtkegel schwenkten herum. Im nächsten Augenblick war die Grillhütte illuminiert wie ein Denkmal. Sharaf duckte sich, kroch hinaus, presste sich an die Rückwand und spähte durch die Ritzen der Planken.

»Er kommt«, flüsterte er in sein Handy und ließ die Verbindung zu David stehen.

Reifen knirschten auf dem sandigen Weg. Das Auto kam vor der Grillhütte zum Stehen, das Motorengeräusch verstummte. Das Licht der Scheinwerfer verdunkelte sich ein wenig. Die Fahrertür wurde aufgestoßen. Ein Mann stieg aus. Breitschultrig und breitbeinig, ganz in Schwarz. Er stellte sich vor das Auto. Das runde, pralle Licht einer Taschenlampe suchte kreisend die Umgebung ab, traf auf Motten und Mücken, nackte Baumstämme, verholztes Gestrüpp, die Fahrspur, die leere Grillhütte, die hohe Scheune dahinter.

Der Mann holte einen dunklen Koffer vom Rücksitz, nahm ihn in die Hand mit der Taschenlampe, in der freien Hand lag jetzt schemenhaft ein Gewehr. Die metallenen Kofferschlösser blinkten auf. Im Zeitlupentempo bewegte er sich auf die Grillhütte zu.

Sharaf konnte erkennen, wie er den ersten Fuß in die Grillhütte setzte. Unschlüssig blickte er sich um, seine Schritte schlurften über den Beton. Er legte den Koffer auf einen der Tische und trat wieder nach draußen. So wie es verabredet war.

Sharaf tastete sich an der Wand der Grillhütte entlang, schlüpfte in das Innere und stürzte sich auf den Koffer. Klack, klack. Die Schlösser schnappten auf. Der Koffer war randvoll. Seine Hände griffen in die Scheine. Seine Finger prüften das Papier zwischen den Fingern. Einen Schein hob er hoch und hielt ihn kurz an die offene Flamme des Feuerzeugs. Hundert Dollar lächelten ihn an. Er küsste sie. Er machte Stichproben. Es schien alles in Ordnung zu sein. Er drückte den Deckel zu. Das Feuerzeug ging aus.

»Alles okay«, flüsterte Sharaf ins Handy.

»Du gibst mir Schützenhilfe?«

»*Na'jan*«, sagte Sharaf. Ja. Aber er wusste nicht einmal, was das war.

Er schob eine Hand unter den Koffergriff, wandte sich zum Gehen. Im gleichen Moment hörte er ein metallisches Geräusch. Der Mann stand vor ihm. Seine Taschenlampe blendete ihn. Der Lauf eines Gewehrs näherte sich ihm.

»*Ahlan-Wa-Sahlan*«, begrüßte er den Mann, ohne dessen Gesicht erkennen zu können. »Ich bin's nur, Sharaf Jaziri.«

Die Spitze des Laufs stieß gegen seine Brust. Eine knurrende Stimme fragte: »Sharaf Jaziri?«

»*Na'jan*. Wer bist du?«

»Latif«, knurrte die Stimme.

»Dich hat Sheikh Farouq also geschickt. Eine gute Wahl.«

»Was machst du da?«

»Ich trage den Koffer bis zur Scheune. Mit dir. Karim geht es schlecht. Er ist verletzt. Wir sollten uns beeilen. Gehen wir. Lass es uns hinter uns bringen.«

»*Na'jan*.«

Es läuft glatt, jubilierte Sharaf im Inneren. Nur ein einziger Mann! Unglaublich. Und das Geld war echt. Abu Dhabi schien nicht viel an Karim zu liegen. Am Geld sowieso nicht. Man hatte genug davon. Noch hundert Meter, und er war ein reicher, freier Mann.

Allahu Akhbar!

15. Kapitel

Sie sollten nur beobachten, sie sollten und konnten den Ablauf keinesfalls stören, jedenfalls nicht bis zu dem Moment, in dem Wesseling das Kommando geben würde, das da lautete: »Zugriff«. Auf jeden Fall sollte der Scheich heil aus der Sache herauskommen.

»Auf jeden Fall dieser Karim bin Dingsbums, es steht einiges auf dem Spiel«, hatte Wesseling seinen Leuten eingeschärft. Er stand unter hohem Druck.

Wegen der diplomatischen Beziehungen und wegen der unübersichtlichen politischen Folgen, vor denen er eine Heidenangst hatte, die ihm wiederum sein Chef eingejagt hatte, der unbedingt vermeiden wollte, den Fall an das Bundeskriminalamt weiterzureichen.

Verständlich, dass Olaf Spör seinen Entschluss nicht bereuen wollte. Viel lieber würde er ein Lob des Innenministers einstreichen. Dazu waren ihm einige Mittel recht, sogar die Beteiligung einer umstrittenen Kriminalhauptkommissarin.

»Und der Leibwächter am besten auch lebend und, wenn es geht, der Geiselnehmer noch und diese Araber«, hatte Wesseling nervös hinzugefügt.

»Also einfach alle«, hatte Sonja resümiert.

Wesseling hatte sie daraufhin angesehen, als habe sie gerade das Rad erfunden.

»Operation Whity läuft«, sagte er zum Schluss.

Sie waren alle mit Taschenlampen ausgestattet und durch Funkgeräte miteinander verknüpft. Sonja und Wesseling hockten nicht weit voneinander entfernt auf einem Baumstamm. Sie waren zu spät in Höhe der Grillhütte angekommen. Sie wussten nicht, wer sich inzwischen alles darin befand. Es sah aber so aus, als ob mindestens noch eine Person im Auto saß.

Da trat eine der schwarzen Gestalten mit einer Taschenlampe und einem Gewehr im Anschlag heraus. Ein zweiter Mann, untersetzt und kräftig, mit Stiefeln mit weiten Schäften an den Füßen und einer weißen *ghutra* auf dem Kopf, trug einen Koffer.

»Das muss der Leibwächter sein«, flüsterte Sonja, die sich daran erinnerte, wie Fischer, der Tankwart und die Hausfrau ihn beschrieben hatten.

Wesseling neben ihr nickte bestätigend. Auch wenn er in diesem Licht nicht genau erkennen konnte, ob der Leibwächter eine Uniform trug.

»Und das war gerade eine Geldübergabe«, sagte sie.

Wesseling nickte immer noch.

»Und deswegen hat Abu Dhabi auch stillgehalten.«

Einen Augenblick blieben die beiden Männer breitbeinig in der offenen Grillhütte stehen, direkt gegenüber dem Mietwagen. Also mussten noch zwei Personen im Auto sitzen. Sonja fragte sich, wann sie aussteigen würden.

Der Leibwächter mit dem Koffer und der Geldbote begaben sich auf den kurzen Weg zur Scheune. Sie gingen nebeneinander her.

Unterwegs, auf der Hälfte der Strecke, blieb der Leibwächter Zentimeter für Zentimeter fast einen halben Schritt hinter dem Geldboten zurück, leicht schräg, wie im Windschatten ließ er sich unmerklich zurückfallen.

Aber jemand hatte es doch gemerkt. Wie aus dem Nichts sprangen zwei Schattenrisse auf den Weg. Zwei schwarze Gestalten, mit Gewehren im Anschlag, die bei ihrer Ankunft in Dahlem in ihren Koffern gelegen haben mussten. Einer rammte den Lauf seiner Waffe in den Rücken des Leibwächters und stieß ihn nach vorne. Wildes arabisches Gebrabbel folgte. Der Leibwächter stolperte, fing sich wieder und reihte sich brav ein, hielt sich weiterhin links.

Im gleichen Moment, als der Geldbote das Scheunentor aufzog, setzte ein ohrenbetäubendes Feuerwerk ein, das nicht enden wollte. Ein Blitzgewitter, ein Vulkanausbruch, eine Sprengung, eine Explosion, eine Schießerei, ein Geballere wie im wildesten Westen.

Dann lag eine lauernde Stille über dem Gelände. Die Zeit stand still. Dann fiel ein einzelner, letzter Schuss. Hart und kurz. Sein Echo surrte über den Parkplatz hinweg.

Ein Schatten verschwand mit langen Schritten zwischen den Bäumen. Der Schatten trug ein flatterndes Kopftuch.

Sonja war wie gelähmt.

Wesseling hatte keinen Zugriff befohlen. Er hatte nichts gesagt. Und nichts getan.

Gerade gelang es Korb und Stelter, aus ihren Verstecken zu springen, die Böschung herunterzujagen und den Schatten zu verfolgen, während Wesseling und Sonja, Gregor und Geschwind verstört oberhalb des Tatortes zurückblieben.

»Hat's dich erwischt?«, flüsterte Sonja.

»Nein.« Sein Tonfall war zum Sterben eisig.

»Wolltest du nicht ...?«

»Nein.«

Sonja schälte sich aus dem Gestrüpp aus Dornen, Unkraut und Schlingpflanzen heraus. Was war los mit ihm?

Sie entschied, dass es Zeit hätte, sein Problem herauszufinden. Gregor und Geschwind stießen zu ihr mit betretenen Gesichtern.

Vor dem offenen Scheunentor lagen zwei auf dem Rücken mit ausgestreckten Armen und absurd verrenkten Beinen. Einer lag auf dem Bauch mit dem Gesicht im Sand. Die

Gewehre lagen verstreut. Sturmgewehre. Kalaschnikows, oder zumindest baugleiche Modelle. Kalaschnikows! War Kalaschnikow nicht auch der Name eines guten Wodkas, fragte sich Sonja, als sie in die Gesichter der drei leuchtete. Nicht, dass sie Wodka mochte, aber es lenkte ab. Alles Araber, und sie waren nicht friedlich gestorben. Blut sickerte aus Nasen und Mündern. Einer war mitten in die Stirn getroffen, einer in Bauch und Brust. Sie drückte vier Augen zu.

Den dritten Mann, den in der Bauchlage, rührte sie nicht an. Seinen Rücken zierte ein blutendes Loch zwischen den Schulterblättern.

Und der Leibwächter Sharaf Jaziri war tatsächlich nicht unter ihnen. Keiner von ihnen war untersetzt, keiner trug eine Khaki-Uniform.

Geschwind und Gregor sicherten die Scheune von außen, während Sonja über die Toten stieg, den Boden ableuchtete und eintrat. Er war mit Stroh ausgelegt.

Ein großer, weißer Jeep und ein silberner BMW Kombi standen auf der rechten Seite versetzt nebeneinander. Der BMW hatte Pietschs Kennzeichen.

»Schönes Pfingstlager hier«, murmelte Sonja. Gut, dass der kleine David bei seiner Oma in Hellenthal geblieben war. Die Einschusslöcher in den beiden Autos waren nicht zu übersehen. Ganze Nester hatten die Kalaschnikows eingebrannt. Kein Wunder, sie waren sicher auf Dauerfeuer geschaltet gewesen. Es roch verbrannt.

Auch die Autoersatzteile, die feinsäuberlich und im großen Stile gestapelt gewesen waren, hatte es erwischt. Die wollte auch auf dem Schwarzmarkt keiner mehr. Auch nicht für einen Sonderpreis. Auch nicht in Polen.

Den einzigen Deutschen, David Pietsch, fand Sonja im Jeep, wo er wohl versucht hatte, sich zu verschanzen. Als sie die Fahrertür aufriss, fiel er ihr fast entgegen. Sie vernahm ein Wimmern. Unglaublich! Er war diesem Feuerhagel lebend entkommen? Seine Pistole lag zu seinen Füßen. Sonja leuchtete auf das Griffstück, auf dem das runde Beretta-Symbol eingestanzt war. Passt ja zu den Neun-Millimeter-Patronen aus dem Schatzkistchen wie die Faust aufs Auge, dachte sie zufrieden. Kleine Erfolgserlebnisse erhöhen die Motivation.

Pietsch war leider nicht bei Bewusstsein, er blutete an der Stirn und am Ohr, an der Schulter und am Knie, sicher hatte er auch eine Gehirnerschütterung und ein Schädeltrauma, es hatte also wenig Zweck, ihm Fragen zu stellen. Sonja bestellte den Notarzt für ihn, die Spurensicherung für die Scheune, die Grillhütte und die Autos und den Haus-und-Hof-Bestatter für all die herumliegenden Araber.

Im Kofferraum des Jeep fand sie eine verschlossene Transportbox, an den Gitterstäben hing eine weiße Feder. Ach je, dachte sie.

Einen Scheich gab es nicht, so sehr sie auch suchte. Es gab einfach keinen Scheich.

Und auch der Koffer, wie viel immer darin gewesen sein mochte, war verschwunden.

»Also gehen wir von einer Erpressung aus«, sagte Sonja zu Gregor, als er angewidert die Scheune betrat.

»Wieso?«

»Der Koffer?«

»Da kann alles Mögliche drin gewesen sein.«

»Woran denken Sie, an Dessous?«

Gregor sah sie entsetzt an.

»Ich denke bei einem Koffer in dieser Situation automatisch an Geld«, sagte Sonja.

»Ja, gut, dann eben Geld.«

»Sag ich doch, gehen wir von einer Erpressung aus.«

Wenn der Leibwächter nun mit Koffer hinter seinem Scheich herlief? Brachten sie gemeinsam das Geld in Sicherheit? Aber hatte ein Scheich nicht von Hause aus Geld genug? Hatte man je Geld genug? Hoffentlich erwischen Korb und Stelter sie. Oder wenigstens einen der beiden.

Wesseling kam erst aus seinem Versteck, als der Notarzt und der Bestatter das Gelände schon wieder verlassen hatten und nur noch die beiden Kollegen von der Spurensicherung die Scheune aufs Korn nahmen. Ihre Flutlichtlampen und Kamerablitze zuckten in der Dunkelheit wie in einer Open-air-Disco.

Er machte einen krummen Rücken, blieb an einem Brennnesselstrauch hängen, fluchte und rieb sich die Hände. In den letzten Stunden um Jahre gealtert, dachte Sonja. Jetzt passen wir noch besser zusammen.

Er gehörte einfach nicht an einen Tatort, jedenfalls nicht, solange eine Tat noch verübt wurde. Da war er völlig überfordert. Er war eher der Typ für danach. Der Typ am Schreibtisch. Wann sah er das ein? Wem wollte er was beweisen?

»Und?«

»Der große David wird es schaffen.« Sie würde Wesseling keine Vorwürfe machen. Sie nicht, sie wusste, wie es war, wenn man einen Einsatz verpasste. »Er kommt nach Schleiden ins Krankenhaus. Das ist doch praktisch. Dann können wir ihn gleich morgen besuchen, wenn wir nach Martina sehen.«

»Was für eine Martina?«

»Lommersheim«, antwortete Sonja so einfühlsam wie möglich.

»Ach ja.«

»Damit wäre deine Serie wohl beendet.«

»Gott sei Dank.«

»Die Araber lass ich in die Rechtsmedizin bringen.«

Er nickte.

»Ich will wissen, wer wen erschossen hat. Danach können sie von mir aus in ihre Heimat überführt werden. Was wohl Abu Dhabi dazu sagen wird? Langsam wird die Lage kritisch. Hoffentlich schicken sie nicht noch eine dritte Maschine ...«

Wesseling ging nicht darauf ein. »Hast du ihre Waffen gesehen?«, fragte er. Seine Stimme klang irgendwie morsch.

»Ja.« Sie klopfte ihm auf die Schulter. Er wich zurück. »Drei Kalaschnikows.«

»Oh!«

»Und eine Beretta. Wahrscheinlich die von David Pietsch.«

»Wir konnten nichts tun.«

»Richtig.«

»So was hab ich noch nicht erlebt.«

»Ich auch nicht.«

»Und dieser Karim bin Dingsbums?«

»Es gibt keinen Scheich.« Sonja schüttelte bedauernd den Kopf.

»Ich konnte doch nicht meine besten Leute in dieses Feuer schicken.«

»Ist schon gut. Verlangt ja auch keiner von dir.«

»Unter Umständen doch«, murmelte Wesseling.

»Dein Chef?«

»Er sagt, er hält den Kopf hin.«

»Na, das ist mir ein Spaßvogel. Liegt zu Hause im warmen Bett und ...«

Die beiden Kollegen von der Spurensicherung kamen auf sie zu, und Sonja verstummte. In ihren Plastiktüten hatten sie Interessantes sichergestellt: eine Ray-Ban-Sonnenbrille, einen gelben Plastikbeutel, in dem sich Brötchenkrümel befanden, eine weiße Feder und zwei Kfz-Nummernschilder und zum guten Schluss die Beretta 92 und allerhand undefinierbare Kleinigkeiten.

»So eine weiße Feder hab ich auch zu Hause und sogar einen Vogelschiss, wenn Sie vergleichen wollen«, bot Sonja an.

»Dann melden wir uns.« Sein dämliches Grinsen hätte er sich sparen können.

»Und die Straßenkarte vom Tankwart?«, fragte Sonja.

»Sie haben selbst eine«, fiel Geschwind ihr in den Rücken.

»Nein, nein, ich meine die erste, die, die der Tankwart dem Leibwächter geschenkt hat?«

»Keine Karte«, hieß es.

»Der Jeep mit der Transportbox und der BMW und dieses andere Auto da drüben werden gleich abgeschleppt«, meinte der Kollege, der eine Spur freundlicher war, und zog sich die weiße Kapuze vom Kopf. »Wir kommen morgen bei Tageslicht noch einmal wieder.«

Korb und Stelter schleppten sich mit müden Schritten heran. Sieger sahen anders aus. Sie mussten mehrmals gefallen sein und waren fertig mit der Welt.

»Und?«, fragte Wesseling überflüssigerweise.

»Nichts. Es ist praktisch unmöglich, hier auf dem Land mitten in der Nacht jemanden zu finden. Es ist stockdunkel hier. Nicht wie in der Stadt«, sagte Korb. »Wir sind uns gegenseitig in die Arme gelaufen.«

»Das Einzige, was wir gut sehen konnten, waren die Sterne. Sie sind hier viel heller als in der Stadt.«

Sonja versuchte sich das Bild vorzustellen, Korb und Stelter Arm in Arm in die Sterne guckend, und das war ausgesprochen amüsant.

»Je nun.« Wesseling blickte nervös auf seine Schuhe und rieb seine Brennnesselhände. »Ich denke, ich gehe dann mal nach Hause. Machst du den Rest?«

»Mach ich.«

»Morgen früh im Krankenhaus?«

»Neun Uhr?«

Er nickte und entfernte sich stolpernd. Er hatte keine Eile, die Nacht – oder was davon noch übrig blieb – gehörte ihm und seinen Selbstvorwürfen.

Als sie unter sich waren, die Kommissare, ließ Sonja zuerst die Fahndung rausgehen und teilte dann Wesselings Leute ein.

Korb und Stelter sollten im Krankenhaus Pietsch Tag und Nacht bewachen. Nur seine Frau und sein Sohn durften zu ihm. Der Leibwächter und der Scheich würden ihn suchen, er war der einzige Zeuge dieses Desasters. Sonja hatte den Eindruck, sie waren nicht entzückt über den Auftrag, aber sie beschwerten sich nicht.

Gregor und Geschwind sollten hier an der Scheune bleiben, für den Fall, dass die Flüchtigen zurückkamen, was erfahrungsgemäß oft der Fall war.

Erst als ihr auffiel, dass ihr zwei Leute für das Haus, das niemand kennt, fehlten, nahm Korb sie beiseite.

»Wir sind alle Kommissare«, sagte er leise und beugte sich zu ihr herunter. »Wollen Sie nicht niedrigere Dienstgrade dafür einsetzen?«

»Ich hab gerade keine zur Hand«, verteidigte sich Sonja. Er hatte recht, und sie war ein wenig aus der Übung.

»Kollegen von Gregor und Geschwind?«

»Natürlich, wie Sie wollen. Aber irgendjemand muss mich zur Polizeiwache Schleiden bringen. Dort steht mein Auto.«

»Das dürfte ja wohl kein Problem sein.«

»Wissen Sie«, fragte Sonja Gregor unterwegs, »ob der Herr Staatsanwalt daran gedacht hat, die Unfallstelle bewachen zu lassen?«

»Er hat«, sagte Geschwind.

Im Forsthaus legte sie sich wieder aufs Bett und beobachtete den Himmel und versuchte sich vorzustellen, es sei nichts passiert in den letzten Stunden, außer dass die Zeit vergangen war.

Der Himmel war nun fast schwarz, immer noch zogen Wolkenfelder dahin. Wo steckte der Mond? Die Sterne standen an der Stelle, wo sie immer standen. Alles friedlich. Nur ihr Puls, der gab einfach keine Ruhe.

Gegen Morgen schreckte sie auf, fuhr hoch, wie konnte sie nur hier liegen! Kein Wunder, dass sie nicht schlafen konnte. Zwei Minuten später stieg sie in ihr Auto und jagte durch eine Eifel, in der der Morgen graute.

16. Kapitel

M*ar-haba*«, flüsterte er, als sie ihn zwischen den Wäscheleinen entdeckte.

Er hatte sich hinter einem vom Wind aufgeblähten Bettlaken versteckt, *ghutra* und *dishdasha* abgelegt, auch schon das Unterzeugs, ein Hemd und die weite Hose. Ein Berg nicht mehr weißer und vor allem triefnasser Wäsche lag neben ihm. Darunter waren seine einzigen Besitztümer vergraben.

Der Falknerhandschuh, in dem Amirs Haube und seine beiden Langfesseln steckten, die zusammengeklebte, nicht mehr lesbare Straßenkarte, die er in der Scheune gefunden hatte, und der GPS Empfänger, der längst den Dienst versagt hatte, weil der Regen ihn völlig durchnässt hatte. Das war alles, was ihm geblieben war, seine Sonnenbrille hatte er irgendwo verloren zwischen Tag und Nacht. Waffen und Geld hatte nur Sharaf mit sich geführt. Er hatte keine Ahnung, wo er sich befand.

Karim trug noch die Ledersandalen und die Unterhose, als sie zwischen den Leinen entlang auf ihn zukam, da klopfte ihm das Herz in den Schläfen. Sie musste ihn für einen Dieb halten. Er konnte diese seltsamen Klammern nicht öffnen, an denen die Jeans auf der Leine hing.

Sie war jung und braunhaarig, ihre Haare kurz wie ein halbes Streichholz, ihre Haut hell, fast weiß wirkte sie in der schwarzen, ärmellosen Kleidung. Sie war schön und er schmutzig, er brauchte dringend ein Bad, Essen, Schlaf.

Er war seit drei Tagen und Nächten in Wald und Wiesen zu Fuß unterwegs, vom Regen durchnässt. Seine nackten Füße in den Ledersandalen waren durch Pfützen und Bäche gewatet. Wie oft war er hingefallen? Seine Handflächen waren verkrustet. Er hatte im Stroh gelegen, auf Fichtennadeln, im Moos. Er hatte aus Quellen getrunken und Blätter gekaut.

Und er hatte sich eine Krankheit geholt, die er bisher nur vom Hörensagen kannte. Alle paar Minuten musste er niesen, seine Kehle brannte wie Feuer. Er hatte sich erkältet.

Nicht nur diese Krankheit hatte ihn erschöpft. Er kannte Nächte in der Wüste im Beduinenzelt, kannte alle Geräusche der Wüste, aber hier im Wald klangen alle fremd und bedrohlich und schreckten ihn immer wieder auf. Er hatte kein Auge zugetan.

Noch vor einer Woche wäre diese Wildwuchsromantik begleitet von einem Dauerregen die Erfüllung seines Lebenstraumes gewesen. So atemberaubend schön die Umgebung war, hatte er sie nur am Rande wahrgenommen und keinen Augenblick genießen können, die Umstände waren alles andere als dazu angetan. Er hatte in nebligen Wiesen im Morgentau gekniet und gebetet. Sein Herz war gebrochen. Er hatte alles verloren. Amir.

Und sie, die braunhaarige Frau, schien seine Verzweiflung zu spüren. Sie legte den Kopf schief, als wüsste sie, was ihn plagte. Karim, der nicht wagte, ihr ins Gesicht zu blicken, sah mühsam an ihr vorbei, über ihre Schultern in die Ferne.

Natürlich hatte ihm Sharaf – ach, Sharaf, wie hatte er ihn getäuscht, betrogen und hintergangen – schon die eine oder andere Frau in seiner Heimat besorgt, er war kein Anfänger mehr in Sachen Liebe. Aber diese Begegnung hier schien eine andere. Die junge Frau kam aus freien Stücken.

Warum sagte sie nichts? Sie legte eine Hand über seine und half ihm, nacheinander die Klammern zu öffnen. Er hielt die Jeans vor seinen Körper, damit sie nicht mehr sah, als gut für sie war.

Als sie hinter dem Bettlaken verschwand, stieg er schnell in die Hosenbeine und zog den Reißverschluss zu. Sie kam zurück mit einem Hemd in der Hand, sie hielt es hoch, sodass er nur hineinschlüpfen musste. Als er sich zu ihr umdrehte, lächelte sie. Ihr Kopf reichte gerade bis zu seinen Schultern. Und als er begann, die kleinen Knöpfe nacheinander zu schließen, half sie ihm, einen Knopf er, einen sie, und sie sahen sich direkt in die Augen. Einen Wimpernschlag lang. Sofort nahm er den Blick von ihr, sah hinauf in den Himmel und seufzte. Ihre Augen waren schwarz wie Kaffee.

»Mögen Sie Kaffee?«, hörte er sie fragen.

Karim nieste und nickte. Sein Mund war wie ausgetrocknet. Was für ihn bisher gute arabische Sitte gewesen war, kam ihm immer mehr als Unsitte vor. Er würde so gerne noch einmal in ihre Augen sehen.

Als sie sein schmutziges Hemd als Letztes anhob, um es auf die Wäscheleine zu hängen, kamen seine Besitztümer hervor.

»Nanu«, sagte sie.

Karim blickte verlegen zu Boden.

Sie betrachtete vor allem den Handschuh eingehend. Das Leder war vom Regen durchtränkt. Karim trat neben sie und zog die kleine, unversehrte Falkenhaube heraus und die Lederriemen, und mit Händen und Füßen versuchte er ihr zu erklären, wozu sie gut waren. Immer bemüht, ihren Blicken auszuweichen.

Der richtige Augenblick, um mit seinen Deutschkenntnissen zu glänzen, aber er fand es viel romantischer, es nicht zu tun – von seinen Bedenken, wegen seines Akzentes verlacht zu werden, einmal abgesehen.

Sie lachte, als er mit den Armen wie mit Flügeln schlug, und hängte dann den Handschuh, die Haube und die Fesseln neben seine Gewänder. Jedes Teil einzeln mit einer dieser seltsamen Klammern.

Als er den Empfänger hochhob, tropfte das Wasser aus dem Gehäuse. Vielleicht würde er seinen Betrieb wieder aufnehmen, wenn er getrocknet war.

»Was ist das?«, fragte sie. Sie stand so nah, dass er ihren Duft, der ihn an frische Seife erinnerte, bemerkte.

Er schickte einen Seufzer von der Erde in den Himmel und von dort wieder auf die Erde zurück.

»Ich verstehe.«

Sie ging voraus, er folgte ihr und musste immerzu ihr Haar betrachten, nur aus den Augenwinkeln nahm er wahr, wohin sie ihn führte. Es war ein kleines Haus auf einem Hof. Ihr einziges Fahrzeug schien ein altes Fahrrad zu sein, das an einem Schuppen lehnte. So klein war das Haus, dass er sich nicht vorstellen konnte, dass mehr als eine einzige Person darin leben konnte. Und doch hatte es diese Jeans an der Leine gegeben, die ihm ein bisschen zu groß war.

Zum Kaffee, der ihr ziemlich dünn geraten war, bot sie ihm braunes Brot an, eine riesige, ovale dicke Scheibe. Sie holte noch andere Lebensmittel aus einem Kühlschrank, aber als sie sah, dass er schon in das trockene Brot gebissen hatte, stellte sie alles lächelnd zurück. Kaffee und Brot, das genügte. Eine Jeans, ein Hemd. Er wollte sie auf keinen Fall ausnutzen. Sie schien nicht reich zu sein. Er war es derzeit auch nicht. Aber er würde sich revanchieren. Bei Allah! Sie hatte es verdient!

Und dieses Brot war gut, ganz anders als das ungesalzene Fladenbrot in seiner Heimat. Während er aß, merkte er, wie ihm die Augen schwer wurden.

»Schmeckt es dir?«

Er tat, als verstehe er sie nicht.

»Do you speek english?«, fragte er nach einem heftigen Nieser.

Sie deutete zwischen Daumen und Zeigefinger eine kleine Spanne an und lächelte wieder.

Das machte nichts. Er würde gleich weiterziehen, sobald er dieses Brot hier gegessen hatte.

Als er gehen wollte, führte sie ihn nicht hinaus, sondern in einen noch kleineren Raum. Ein Badezimmer. Sie drückte ihm ein Handtuch in den Arm und ließ ihn allein.

Eine Weile stand er da mit dem Handtuch in der Hand und überlegte, ob er in die kleine, sandfarbene Wanne klettern sollte. Durch eine Fensterluke mit undurchsichtigem Glas schimmerte das Tageslicht. War das hier eine Falle?

Karim war misstrauisch geworden. Sharafs Wandlung, Sharafs doppeltes Gesicht hatten ihn vorsichtig gemacht. Langsam öffnete er die Tür einen Spalt breit. Radiomusik drang zu ihm herein, Geschirrklapper, ihre Stimme, die summte, ihre Schritte. Sie hatte einen Tippelgang. Er schob die Türe zu.

Das Wasser floss lange auf ihn herab und spülte Dreck und Schweiß und auch einen Teil seines Schmerzes ab. Wenn er die Augen schloss, sah er ihn vor sich, hörte seinen Flügelschlag, wenn er haarscharf an seinem Ohr vorbei seine Hand ansteuerte, spürte sein Gewicht, wenn er landete. Amir. Würde er ihn je wiederfinden?

Er wickelte sich das Badehandtuch um die Hüften, sah wieder nach der Tür und steckte den Kopf hinaus. Alles immer so friedlich. Neben dem Bad entdeckte er eine weitere Tür. Ein Schritt und er hatte die Hand an der Klinke. Er musste das tun. Er musste sicher sein. Dieses Mal. Ab jetzt immer?

Es war das Schlafzimmer, nur Möbel, kein Mensch war darin.

Als er ihre Schritte näherkommen hörte, verschwand er darin. Sie tippelte an ihm vorbei hinaus, aber das Fenster zeigte zur falschen Seite, er konnte nicht sehen, wohin sie ging. Sagte sie jemandem Bescheid? Zeit genug ins Bad zurückzukehren? Zeit wegzulaufen?

Er setzte sich auf die Bettkante und sah sich um. Spartanisch war die Einrichtung in seinen vom Luxus verwöhnten Augen. Schon kehrte sie zurück, schloss die Türe hinter sich, tippelte durch den Flur, die Schritte kamen zurück, gingen weg, kamen zurück ... Karim hielt den Atem an vor Anspannung und konnte sich gleichzeitig kaum noch aufrecht halten. Einen Moment, sagte er sich und ließ sich zur Seite fallen, einen kleinen Moment. Auch im Liegen kann man lauschen.

Halb im Traum erstand der Tag seiner Entführung wieder vor seinen Augen. Das hatte er seitdem jede Nacht getan. Des Deutschen mächtig hatte er alles verstanden, was mit ihm geschehen war. Und wieder zog der Tag an ihm vorbei wie ein Film, in dem er keine Rolle spielte. Sharaf umso mehr, er spielte die Hauptrolle darin.

Als er seine Stimme in der Scheune gehört hatte, da war ihm zuerst ein Stein vom Herzen gefallen. Rettung nahte. Aber die Art, wie Sharaf nach ihm schrie, in diesem durch und durch unwürdigen, herrischen Tonfall, hatte ihn erschreckt. Er verstand die Welt nicht mehr.

Stück für Stück holte er das nach, indem er den Männern zuhörte und dabei vorgab, dass er kein Wort verstand. Sharaf wusste natürlich, dass es anders war. Aber für Sharaf schien er nur noch Ballast zu sein.

Sharafs Plan war raffiniert. Erst ließ er sich von den beiden Deutschen, David und Frank, scheinbar überwältigen, sogar fesseln. Und noch während die beiden Deutschen sich von einem simplen Autodiebstahl, wie er wohl ursprünglich geplant war, bis zu einer regelrechten Erpressung hochschaukelten, übernahm Sharaf nach und nach die Rolle des Vermittlers. Er machte ihnen klar, dass sie ohne seine Hilfe und ein Wort Arabisch nicht weit kommen würden. Und nicht nur das, er machte ihnen vor allem den Wert eines emiratischen Scheichs bewusst. Zehn Millionen Dollar.

Karim hätte gedacht, sein Preis müsste wesentlich höher liegen, aber die beiden Deutschen waren bereits von dieser Summe mehr als beeindruckt.

Mit zwei Telefonaten fädelte Sharaf alles ein. Nach erfolgter Lösegeldübergabe sollte die Rückkehr nach Abu Dhabi erfolgen, die für Karim eher einer Abschiebung ähnlich wäre. Darum hatte er die Flucht gewählt, sich in der nächsten Nacht von seinen Fesseln befreit und war ganz allein einer ungewissen Zukunft entgegengegangen.

Der Duft nach Seife stieg ihm in die Nase und erinnerte ihn daran, wo er sich befand. Er spürte das feuchte Handtuch auf seinen Hüften. Er erstarrte und hielt die Augen geschlossen. Er hatte sie nicht kommen hören. Einen Luftzug vielleicht. Die Matratze neben ihm gab nach. Eine Hand nahm seine, streichelte sie, als zähle sie die Finger, und führte sie schließlich über nackte Haut. Eine Hand, seine Hand, ihre Hand. Die sanften Wellen ihres Körpers. Karim zuckte zurück. Wenn überhaupt, wollte er nur ihre unproblematischen Stellen berühren, wie Beine, Hände und Arme, Schultern allerhöchstens, damit begnügte sie sich nicht. Energisch griff sie nach. Und er ließ es geschehen, war mehr erstaunt über das, was er fühlte, als erschrocken. Er fühlte sich angenehm entspannt. Ihre Haut war weich und warm und trocken. Er fühlte einen Flaum auf ihren Oberarmen.

Dann wechselte sie die Seite, und er stellte sich weiter schlafend, hinter seiner Stirn aber rotierte ein helles Licht. Ihr Gesicht berührte seine Brust. Sie ließ eine Hand über sein Bein bis zum Oberschenkel hinaufgleiten und noch ein Stückchen weiter.

Als er die Augen öffnete, blickte er direkt in ihr Gesicht. Sie lächelte auf ihn herab, ihre Lippen ein wenig geöffnet, dass er ihre Zungenspitze sehen konnte. Eine Hand in seinem Haar. Die andere fasste nach seinem Handgelenk. Sie sah auf seine Rolex.

»You go«, sagte sie mit rührendem Ernst und tippte auf das Zifferblatt.

Er nickte.

Aber er ging nicht.

Das Tageslicht war mehr als einmal einer Finsternis gewichen, als sie eine kleine Lampe neben dem Bett anmachte.

Er fragte: »Where am I?«

»Ah!«, rief sie, sprang auf, holte Papier und einen Stift, kam ins Bett zurück, ganz nah neben ihn an seine Seite.

»Where am I«, schrieb er von links nach rechts reichlich krakelig und zog fragend die Schultern und die Augenbrauen hoch.

»Hier!«, rief sie aus und breitete die Arme aus. »Bei mir!« Lachend fielen sie aufeinander.

»*Shukran*«, sagte er, als er das nächste Mal erwachte, und ihr vorsichtig über den nackten Oberarm strich.

Sie flüsterte im Halbschlaf: »Wie heißt du?«

»Karim.« Sie war zu müde, um zu bemerken, dass er ihre deutsche Frage anstandslos beantwortet hatte.

Sie berührte den Siegelring, den er am kleinen Finger trug, murmelte »Karim« und drehte ihm den Rücken zu.

Er setzte sich auf und sah aus dem Fenster. In diesem Haus im Wald an ihrer Seite wollte er bleiben, für den Rest seines Lebens. Er hatte hier alles gefunden, was er brauchte, aber der, dem die Jeans gehörten, würde darüber kaum erfreut sein.

Nachdenklich sah er auf ihren Rücken, wo die Rippen sich gleichmäßig hoben und senkten, und versuchte sich daran zu erinnern, dass sie eben noch miteinander geschlafen hatten. Es kam ihm vor, als sei es in einem anderen Leben gewesen. Und er gar nicht dabei. Diese Begegnung war viel zu kurz.

»Ich komme wieder«, murmelte er. Wenn ich Amir gefunden habe. Als er in der Tür stand und einen letzten Blick auf das Bett warf, fiel es ihm ein. Er hatte vergessen zu fragen, wie sie hieß.

17. Kapitel

Langsam schlenderten die ersten Besucher – Familien mit Kindern, Schülergruppen, Touristen – herbei und sahen sich bis zur Öffnung des Wildgeheges um.

Vor dem Restaurant *Zum Adler* standen weiße Stühle und Tische und Sonnenschirme auf der Terrasse. Heute war *Steaktag*, wie eine Tafel verkündete. Neben dem Kassenhäuschen prangte ein großes Werbeplakat für das neue Bärengehege, das eine richtige Bärenschlucht werden würde. Die bis dato zwei Bären würden irgendwann in einer großen Familie leben. So artgerecht wie eben möglich.

Um Punkt neun Uhr wurden die ersten Eintrittskarten gelöst.

Ein einzelner Mann im schwarzen Hemd pfuschte sich geschickt mit einer Touristengruppe, in der ein lautes Durcheinander herrschte, durch die Kasse, ohne Eintritt gezahlt zu haben. Einmal durch die Sperre gekommen, entfernte er sich prompt, bog links ab und verschwand nicht etwa heimlich auf dem Waldweg, sondern schritt betont langsam dahin, als habe er das Recht auf seiner Seite.

So ein linker Vogel, dachte Sonja. Und skrupellos dazu. Betuppt ein kleines Wildgehege.

Frau Hilgers, die Kassiererin, erkannte Sonja wieder, die als vorläufig letzte Besucherin erschien, und fragte interessiert: »Heute ohne großen weißen Vogel?«

»Noch«, sagte Sonja und hob den Finger. »Und was macht der weiße Ger?«

»Ich weiß nicht«, sagte sie.

»Sie können es mir ruhig sagen, ich bin ...«

»Ich weiß.« Sie beugte sich vor und flüsterte: »Er macht Fortschritte.«

»Schön.«
»Und der Scheich?«
»Ich hoffe, er ist hier.«
»Hier?« Frau Hilgers sah sich ängstlich um.
»In der Nähe seines Falken.«
»Verstehe. Sieht er denn aus wie ein ...?«
»Ja, wie ein großer weißer Vogel.«

Hilgers und Senger amüsierten sich noch, als eine neue Besuchergruppe eintraf und sie unterbrach.

»Kann ich Sie erreichen, wenn ich ihn sehe?«

»Natürlich.« Sonja wollte ihre Karte überreichen, als ihr einfiel, dass ihr Handy im Forsthaus auf der Anrichte liegen geblieben war. »Sagen Sie einfach Ihrem Chef Bescheid.«

Bis zur ersten Flugschau um elf Uhr war genügend Zeit, um mit Fischer zusammenzutreffen und noch einmal über alles zu reden. Sonja war sicher, dass hier über kurz oder lang alle Fäden zusammenlaufen mussten.

Das erste und letzte Mal, dass sie im Wildgehege war, war der Tag gewesen, als sie Amir brachte. Pfingstsonntag, vor drei Tagen erst, es schien ihr eine Ewigkeit her. Es war so viel passiert. So viel Unglaubliches.

Im Laufe der letzten Zeit war sie sich wieder eher wie eine Polizistin vorgekommen. Teamarbeit hatte auch ihr Gutes, wenn es ein Team war wie dieses. Jedenfalls musste man Entscheidungen nicht einsam und allein fällen. Korb und Stelter konnte sie sich gut als Kollegen vorstellen. Hatte sie in Bonn eine Chance?

Mit Amir war sie Pfingsten den Hauptweg entlanggegangen, ohne links und rechts zu sehen, und nur deswegen nicht gerannt, damit er nicht aus dem Eimer fiel. Amir hatte alles ins Rollen gebracht. Sie würde ihn gern noch einmal sehen.

Die Wildschweinferkel quieksten allerliebst um die Wette, während Bache oder Keiler ziemlich unappetitlich grunzten. Nicht der richtige Moment, um die Frage zu vertiefen, warum Tier- und Menschenkinder immer so süß waren, obwohl sich das im Laufe ihres Lebens oft als Vorurteil erwies.

Das Indianerzelt ließ sie kalt. Sie hatte sich noch nie für Winnetou interessiert. Allerdings auch nicht für Hanni und Nanni. Sie hatte Kalle Blomquist gelesen, den Meisterdetektiv. Vielleicht hatte das abgefärbt. Hat ein bisschen gedauert.

Fischer stand vor dem Eingang zum Aufenthaltsraum und winkte sie herein. Ein weiteres Mal erzählte er von der dubiosen Einladung und vom dubiosen Empfang. Und von Amir, der viel größere Fortschritte machte als erwartet.

»Nimmt er Atzung auf?«, unterbrach Sonja ihn.

»Ja, Frau Privatdetektivin, seit zwei Tagen.«

»Und er schöpft auch?«

»Gewiss. Aber er will partout nicht tröpfen.« Dröhnendes Gelächter, in das Sonja zögernd einstimmte. »Und gestern hat er seine ersten Flugversuche hinter sich gebracht. Da vorne auf der kleinen Wiese. Es ging ganz gut. Er wird schon wieder frech.«

»Der Scheich war nicht zufällig hier?«

»Nein, ich bitte Sie, wenn hier ein Scheich herumlaufen würde, würde mir das wohl auffallen. Das hätte ich natürlich längst gemeldet.«

»Und sein Leibwächter war auch nicht hier?«

Fischer schüttelte den Kopf. »Weder noch.«

»Vielleicht sieht der Scheich jetzt gar nicht mehr aus wie ein Scheich«, meinte Sonja.

»Den erkenn ich meilenweit.«

»Ist Ihnen jemand anders aufgefallen, der sich hier seit ein paar Tagen ständig herumtreibt?«

»Nein. Und wir passen alle auf, das können Sie mir glauben, wie die Schießhunde.«

»Und nachts?«

»Die Rottweiler. Ich möchte keinem raten, sich hier ungebeten den Volieren zu nähern.«

Sonja nickte in Gedanken. »Kann ich Amir sehen?«

»Sicher, aber erst nach der Flugschau. Gleich geht's los.«

Zuerst kamen die Eulen dran. Schnell ließ das Publikum sich von der Atmosphäre gefangen nehmen, die von der kleinen, rot gekleideten Falknergruppe und ihren Vögeln ausging, während Sonja ihre Blicke über die Gesichter der Zuschauer schweifen ließ. Die Köpfe wanderten den Vögeln hinterher wie bei einem Tennismatch. Mancher, der in der Einflugschneise stand, duckte sich, weil er keinen Landeplatz abgeben wollte und sich vor den Krallen und Schnäbeln fürchtete.

Es war die Nähe, die auch Sonja faszinierte. Wenn der Luftzug, den der Flügelschlag verursachte, fast auf der eigenen Haut zu spüren war. Wenn ein direkter Blick in die großen runden Augen der Vögel möglich war, die aussahen, als durchschauten sie sie, als wüssten sie alles und noch mehr.

Abseits, in der letzten Reihe, vor einer Voliere und mit dem Rücken zur Schau, da entdeckte sie ihn wieder. Den Mann im schwarzen Hemd. Wenn er nicht wegen der Schau hier war, warum dann? Er hatte lange schwarze Haare, die im Nacken mit einem Band zusammengehalten wurden und in der Sonne fast unnatürlich glänzten. Er wanderte die Volieren entlang. In aufrechter Haltung, gemessenem Gang und trägen Bewegungen. Ein eingebildeter Gockel, dachte Sonja. Dann durchfuhr es sie. Nein, wie ein König schritt er, hatte Fischer das nicht gesagt. Wie ein König!

Sonja dachte gar nicht daran, Alarm zu schlagen oder über ihn herzufallen, sie schlich sich an ihn heran, stellte sich neben ihn und beobachtete – wie er auch – Santiago. Der berühmte Kondor, »der nicht fliegen will«, nahm gerade ein Bad in seiner Trinkschale, plusterte sich auf und linste mit schräggelegtem Kopf seine beiden Zuschauer an.

Sonja fielen die nackten Füße in den Ledersandalen auf. Die Jeans, die ihm etwas zu groß schienen, und die Arme, die er über der Brust verschränkt hatte, als drücke er irgendetwas unter seinem Hemd an sich. Wenn das eine Waffe war, hatte sie ein Problem. Sie war ohne unterwegs.

Eine Weile standen sie reglos nebeneinander. Sie war ihm so nah, sie hätte nach ihm greifen können. Du musst etwas sagen, forderte sie sich auf. Jetzt oder nie. Was Kluges, wenn es geht. Sie entschied sich für die Fakten.

»Sie haben keine Eintrittskarte«, sagte sie zum Kondor.

Der Kondor gähnte. Der Mann neben ihr tat, als habe er nichts gehört, und wanderte gemessenen Schrittes weiter und starrte in eine leere Voliere. Sonja schloss sich unauffällig an.

Als sie wieder neben ihm stand, sah sie auf und sagte: »Haben Sie eine Eintrittskarte?«

Er hatte ein klassisches Profil. Eine arabische Nase und das hagere, eckige Gesicht, aber seine Haut war hell. Als er zu ihr herüberblickte, ein kurzer, fragender Blick aus blauen Augen, den er sofort wieder abwandte, musste sie schlucken.

Nein, das war er nicht! Das konnte er nicht sein! Wie blöd von ihr. Als liefe er hier einfach herum. Das hier war einer, der sich das Eintrittsgeld sparen wollte. Und kaum Deutsch verstand und von Gott weiß woher kam.

Sie zog ihren Ausweis und hielt ihn ihm entgegen. Der Mann studierte ihn eingehend.

»Polizei?«, fragte er dann sichtlich erfreut. »Gut.«

»Das sagt sonst nie einer«, meinte Sonja verwundert. »Haben Sie nicht einmal sieben Euro für den Eintritt?«

»Ich habe nichts«, sagte er und klopfte auf seine Hosentaschen. Sein Akzent war irgendwie südöstlich.

»Wenn ich kein Geld hätte, würde ich nicht hier hingehen, ich meine, es ist nicht lebenswichtig, hier zu sein, oder?«

»Doch.«

»Oh.« Sonja nickte ehrfürchtig und sagte dann langsam: »Okay. Ich glaube, ich habe verstanden. Sie sind ...?«

»Sheikh Karim bin Zayed Al-Nahyan.«

Seine Stimme war sanft und klang ein wenig arrogant. Es war ein wohlklingender, erhabener Name, fand Sonja. Ein Name, mit dem man Eindruck schinden konnte. Jedenfalls in Europa. Ein Name, vor dem man sich ruhig ein klein wenig verbeugen durfte. Auch in Europa. Was sie auch tat. Reflexartig.

»Puh!«, machte sie dann und atmete erleichtert durch. Er stand ganz normal und friedlich und vor allem gesund neben ihr. Das war einfach unglaublich. Gleich würde Wesseling hoffentlich endlich eintrudeln, und er wäre stolz auf sie. Sie freute sich schon auf sein dummes Gesicht. Sie käme endlich groß raus. Man würde sie wieder einstellen und ihr die Wahl des Ortes überlassen, an dem sie arbeiten wollte, sie befördern zur Kriminalrätin, das stand ihr schon lange zu.

Ein Blick auf die Uhr. Es war halb zwölf. Oje, sie hatte ihre Verabredung mit Wesseling völlig verschwitzt. Heute morgen, neun Uhr im Krankenhaus, das hatte sie selbst vorgeschlagen. Aber er würde es nicht wagen, sich zu beschweren. Jetzt nicht mehr. Sie hatte soeben den Weltfrieden ein Stückchen mehr möglich gemacht.

Bis dahin wollte sie Karim nicht weiter ausfragen, sondern trösten und beruhigen und in Sicherheit wiegen und mit

Fischer zusammenbringen, wenn die Schau vorüber war, damit er endlich offiziell nach seinem Amir sehen konnte. Nicht mehr heimlich, wie seit zwei Tagen. Seitdem es Amir besserging.

»Es ist schön hier, nicht wahr?« Sie lächelte Karim schief und charmant an. Warum sah er immer an ihr vorbei? Sie bereute es, sich im Internet über Greifvögel, nicht aber über arabische Sitten schlaugemacht zu haben. Sicher war es ihm untersagt, einer Frau in die Augen zu sehen. Sicher hatte Allah was dagegen. Aber sie würde ihn schon knacken, diesen hübschen, jungen Scheich.

»Da ist er!«

Der Schrei hallte über das Tal. Markerschütternd und ohrenbetäubend. Das Echo kam mehrfach zurück. »... ist er ... ist er ... ist er ...«

Keine ehrfürchtige Stille herrschte danach, sondern ein lang gezogenes »Oh« ging durch die Reihen der Zuschauer. Die Köpfe flogen erst hoch, als gehe es um einen der Greifvögel, der von einem Freiflug zurückkehrte und zu einer knappen Landung ansetzte, erst dann folgten die Blicke der Hand, die die Richtung wies. Auch Sonja erging es so. Und als sie begriff, dass sie in ihre Richtung zeigte, war der Mann neben ihr schon verschwunden.

Niemand wusste, wer geschrien hatte.

Fischer jedenfalls nicht. Er kam aufgelöst zu Sonja gelaufen.

»Dieser Typ ist mir schon aufgefallen. Er war heute nicht zum ersten Mal hier. Und Sie haben sich mit ihm unterhalten, als ob nichts wäre!«

»Seit zwei Tagen?« Sonja wippte aufgeregt mit den Schuhsohlen. »Sein Leibwächter ist noch unterwegs. Nicht auszudenken, wenn es hier zu einer Schießerei kommt.« Sie machte die ersten Laufschritte. »Schaffen Sie die Leute hier weg.«

Noch einmal sah sie sich nach Fischer um, bevor sie losspurtete. »Schnell! Ich bewache den Ausgang.«

Fischer blies die Flugschau ab und gab seinen Helfern die Anweisung, alle Vögel einzufangen und in ihren Volieren unterzubringen. Die Menschenmenge begann, sich unwillig murrend aufzulösen. Manche Zuschauer wollten von ihm wissen, was passiert sei.

»Ein ganz besonderer Vogel ist uns abhanden gekommen. Wir müssen leider schließen«, erklärte Fischer. »Bitte verlassen Sie so schnell wie möglich das Gelände, sonst traut er sich nicht zurückzukommen. Er ist sehr scheu.«

»Warum denn?«

»Weil er noch jung ist.«

Es gab Verständnis und nur einzelne Proteste wegen der verkürzten Show und des Eintrittsgeldes. Einige wollten suchen helfen.

Nachdem alle Vögel in Sicherheit waren, schickte Fischer seine Helfer herum, den Mann im schwarzen Hemd zu suchen und all die Spaziergänger einzusammeln, die ahnungslos im Wildgehege umherliefen. Alle, die nicht hierher gehörten, sollten so schnell wie möglich entfernt werden. Fischer schloss sich seinen Helfern an.

18. Kapitel

Vor zwei Stunden, um genau halb zehn, hatte Wesseling allein die chirurgische Abteilung im Krankenhaus Schleiden betreten müssen.

Obwohl sie verabredet waren, hatte er Sonja telefonisch nicht erreichen können. Ihre Angewohnheit, ihr Handy zu Hause herumliegen zu lassen, was der Natur und dem Sinn dieses Teils deutlich widersprach, und spontan und sofort Dinge zu erledigen, die ihr in den Kopf kamen, hatte ihn einen Umweg über Wolfgarten gekostet.

Er war völlig umsonst zu ihrem Forsthaus gefahren. Soweit er wusste, war ihr Auto noch in Schleiden. Jedenfalls war das der Stand der Dinge gewesen, als sie sich letzte Nacht getrennt hatten.

In welcher Mission war sie nun schon wieder unterwegs?

Er hatte geklopft und gehämmert, gewartet, durchs Fenster gesehen. Hund und Katz hatten ihn schadenfroh dabei beobachtet.

Dabei hatte er an die Bücherregale gedacht, die er ihr versprochen hatte, damit sie endlich ein wenig Ordnung in ihr Chaos bringen konnte. Er hatte die Regale heimlich zu Hause aus dem Keller geholt. Er stellte sie auf die Ofenbank. Er riss eine Seite aus seiner roten Kladde, schrieb ein paar Zeilen und steckte die Botschaft zwischen die Regale.

Sie hatte es auch nicht für nötig gehalten, ihm mitzuteilen, welche Maßnahmen sie ergriffen hatte, nachdem er den Tatort verlassen hatte. Er musste das erst selbst abtelefonieren.

Zu seiner Überraschung erfuhr er von Korb, dass sie weder ihn und Stelter noch Gregor oder Geschwind eingeteilt hatte, sondern Personal aus dem Streifendienst der Polizeiwache Schleiden. Das war inhaltlich korrekt. Sonja ließ von ihnen die Scheune, das Haus, das niemand kennt, und das Krankenzimmer mit David Pietsch bewachen.

»Wo sind Sie jetzt?«, fragte Wesseling Korb.

»Bei Gregor und Geschwind.«

»Und was machen Sie gerade?«

»Wir sichten die Aktenlage«, sagte Korb.

»Gut.«

»Und wo sind Sie?«

»Im Auto.« Wesseling war einsilbig, weil er mit den Gedanken woanders war. Wie sollte er nach der Befragung des Patienten Pietsch weiter vorgehen? Er würde bei Martina Lommersheim vorbeisehen, aber er erwartete von ihr keine großen Erkenntnisse. Seine größte Sorge war und blieb der verschwundene Scheich. Und die größte Sorge des Scheichs würde sein Falke sein. Sonja sah das sicher genauso.

»Haben Sie von der Kollegin Senger gehört?«, fragte Wesseling ohne Hoffnung.

»Nein, das haben wir nicht.«

Vermutlich steckt sie in der Greifvogelstation, überlegte Wesseling. Der Verdacht lag nahe, nicht nur wegen ihrer großen Tierliebe, die er übertrieben fand. Es konnte jedenfalls nicht schaden, dort eine Ortsbegehung zu veranstalten.

»Wir treffen uns gegen Mittag in Hellenthal«, kommandierte er.

»Alle?«

»Alle. Denken Sie an Ihre Waffen.«

Wesseling war zufrieden. Alle waren im Einsatz. Mehr konnte er nicht tun. Er hatte eine schreckliche Nacht hinter sich. Wenn man bei diesen paar Stunden noch von Nacht reden konnte, so war sie verdorben gewesen. Er war froh, dass Sonja übernommen hatte, und im Stillen hatte er auch ihre Kaltblütigkeit bewundert. Er selbst war völlig fehl am Platz gewesen.

Guter Versuch, würde Oberstaatsanwalt Spör sagen, wenn er die Details erführe. Aber das musste er nicht. Noch war nichts verloren.

Wenn ein paar Araber das Bedürfnis hatten, sich die Köpfe einzuschlagen, was ging ihn das an? Unschön war an der Sache die Beteiligung dieses David Pietsch, an dem er persönlich sehr interessiert war.

Zehn Minuten hatte ihm der Chefarzt der Chirurgie gegeben. Pietsch habe schließlich Streifschüsse am Kopf, eine Schusswunde an der Schulter und am Knie, eine Gehirnerschütterung und ein Trauma.

»Ein Trauma habe ich auch«, schimpfte Wesseling und ging den langen, glänzenden Flur entlang, an dessen Ende ein Fenster bis zum Boden reichte. Ein seltsames Licht fiel herein, sehr hell, überirdisch.

Zwei Polizeibeamte hockten auf zwei Holzstühlen vor Davids Zimmertür. Sie sprachen leise miteinander, standen auf und verstummten auf der Stelle, als sie Wesseling ansichtig wurden, der mit wehendem Mantel auf sie zukam.

Er nickte ihnen zu und öffnete langsam die Tür zum Krankenzimmer.

David Pietsch lag allein. Wesseling stellte sich an das Fußende seines Bettes und beobachtete das eingefallene, bleiche, unrasierte Gesicht, das eingerahmt von grünlichen Verbänden irgendwie wächsern aussah. Seine bloßen Unterarme waren üppig behaart. Bis auf das Piepsen der Kontrollgeräte war es still im Zimmer. Pietschs Atem war nicht zu hören. Draußen gingen Schritte vorbei, irgendwo zirpte ein Handy.

Wesseling zog sich einen Stuhl heran, sodass er in Kopfhöhe des Patienten zum Sitzen kam. Dann begann er mit eindringlicher Stimme und beschränkte sich auf das Notwendige. »André Ziskoven.«

Ein Stöhnen erhob sich aus den Kissen und hing wie eine Wolke über dem Bett.

Wesseling räusperte sich und schob nach. »Alexander Linden.«

Stöhnen.

Komm, dachte er, gib Gas, rede gefälligst, ich hab nur zehn Minuten. Er beugte sich über Pietsch und zischte ihm direkt in die Ohrmuschel: »Frank Lommersheim.«

Pietsch bäumte sich auf und drehte den Kopf weg von ihm.

Wesseling lief auf die andere Seite. Ihn nur nicht duzen, schärfte er sich ein. »Und zum guten Schluss ein Scheich oder was? Sind Sie größenwahnsinnig?«

Pietschs Lippen öffneten sich.

Wesseling setzt nach: »Da lagen drei tote Araber vor der Scheune herum, drei Stück, und jede Menge Kalaschnikows wie nach einem Massaker.«

»Drei?«, fragte Pietsch, ohne die Lippen zu bewegen.

»Drei.«

»War Sharaf dabei?«, fragte Pietsch leise.

»Wer?«

»Der Leibwächter? Sharaf Jaziri?«

»Nee. Der ist uns entkommen.«

»Haben Sie denn einen Koffer gefunden?«

»Nein. Keinen Koffer.«

»Auch kein Geld?«

»Welches Geld?«

Pietsch atmete erleichtert auf.

»Wo ist dieser verdammte Scheich?«, schrie Wesseling ihn an. »Wollen Sie einen Krieg anzetteln? Meinen Sie, das lässt sich der Emir von Abu Dhabi gefallen?«

Pietsch seufzte gegen die Zimmerdecke.

»Je nun«, sagte Wesseling, holte tief Luft, versuchte, sich zu beruhigen. Er musste die Taktik ändern. Wozu hatte er diesen Kurs besucht? Nicht aufregen. Er wandte sich ab und tat, als ob er Pietsch verlassen wollte. »Schade um Sie. Wir haben nämlich ein superschickes Zeugenschutzprogramm. Wie Sie wollen. Dieser Sharaf ist noch unterwegs. Er wird Sie finden. Das ist für den ein Kinderspiel. Das garantiere ich Ihnen. Und hier im Krankenhaus, da können Sie sich schlecht wehren, oder?«

»Sie müssen mich schützen«, hauchte eine kaum hörbare Stimme wie aus dem Jenseits.

»Nein!«, rief Wesseling scheinbar belustigt aus und klopfte auf die Bettstange, dass das Gestell zu zittern begann. »Warum sollten wir das tun?«

»Ich bin ein deutscher Bürger.«

»Was sind Sie? Können Sie nicht lauter sprechen?«

»Ein deutscher Bürger.«

»Sie sind ein deutscher Mörder.« Pietsch widersprach nicht. Seine Zähne klapperten, und seine Finger auf der Bettdecke verkrampften sich. Wesseling zog ungerührt die Tür auf. »Und ein deutscher Kidnapper. Glauben Sie echt, wir verschwenden unsere Zeit mit solchen Typen?«

»Aber ...«

»Nix aber. Das war's. Vergessen Sie es. Der Nachtportier hier unten, der kriegt auch nicht alles mit. Wird sich dann wohl alles von selbst regeln. Soll mir recht sein. Spart dem Steuerzahler viel Geld. Adios amigo!«, rief Wesseling und winkte locker zum Abschied, indem er die Hand in der Luft verdrehte wie eine spanische Tänzerin, obwohl er sonst mit Spanisch nichts am Hut hatte. Aber es passte in die Situation, fand er. Und er hatte recht.

»Moment! Moment! Und wenn ich aussage?«

»Dann«, sagte Wesseling, ließ den Arm sinken und machte auf dem Absatz kehrt. »Dann tun wir, was wir können.«

»Schließen Sie bitte die Tür?«

»Auch das.« Wesseling erfüllte diensteifrig seine Bitte, setzte sich auf den Bettrand und zückte seine rote Kladde. »Also, ich höre. Wer war denn nun der Geiselnehmer? Sie oder dieser Leibwächter oder gar der Scheich selbst?«

Pietsch schüttelte vorsichtig seinen Kopf. »Frank.«

»Frank ist tot«, sagte Wesseling. »Wir schieben hier nichts auf die Toten, ist das klar? Sonst ...« Er überlegte kurz und sagte: »Hasta la vista, baby.« Mehr spanisch konnte er nun wirklich nicht.

»Ich wollte das alles nicht.«

»Das bestreitet keiner.«

»Erst hat Frank diesen Jeep geklaut anstatt einen A140, wie wir es vereinbart hatten, dann hat er mir diesen Scheich angeschleppt, dann hat mich dieser Sharaf zu einer gemeinsamen Erpressung überredet, dann hat der mich ausgetrickst und dann ...«

Wesseling besah sich den geschundenen Körper und sagte: »Ach, Sie Armer.«

David nickte und zog die Decke hoch bis zum Kinn. »Soll ich von vorne anfangen?«

Eine Schwester streckte den Kopf durch die Tür.

»Raus!«, donnerte Wesseling.

Der Kopf verschwand, die Tür schlug zu.

»Das ist eine lange Geschichte.«

Wesseling drückte die Mine des Kugelschreibers heraus und testete ihre Funktionsfähigkeit mit einem kleinen Kringel am Blattrand. »Also.«

Er war natürlich hauptsächlich an der Klärung seiner drei Autounfälle interessiert. Die Morde an André Ziskoven und

Alexander Linden gab David unumwunden zu. Sie hätten aus dem Geschäft aussteigen wollen.

»Dem Schmuggel von Autoersatzteilen?«

David nickte.

»Nach Polen?«

»Nein, nach Russland.«

»Auch nicht besser. Und Frank?«, bohrte Wesseling weiter.

»Frank wollte auch aussteigen, als eines Morgens der Scheich nicht mehr da war.«

»Wann genau?«

»In der zweiten Nacht muss er sich irgendwie befreit haben. Keine Ahnung, wie. Ich hatte ihn wirklich gründlich gefesselt. Aber diese Araber ...«

»... sind Entfesslungskünstler. Weiter.«

»Als Karim weg war«, fuhr David fort, »hat Frank Panik bekommen. Ist völlig durchgedreht. Hatte schreckliche Angst vor dem Geldboten.«

»Was für ein Geldbote?«, fragte Wesseling.

»Der das Geld bringen sollte.«

»Wie viel?«

»Zehn.«

»Zehntausend?«

David schüttelte den Kopf.

»Zehn Millionen etwa?«, wunderte sich Wesseling.

»Ja.«

»Euros?«

»Nein, Dollar«, sagte David mit einem gewissen Stolz.

»Puh!«, Wesseling machte große Augen. »Ein dickes Geschäft. Das war aber mutig. War das nicht ein bisschen viel?«

»Nee«, meinte David, »der Leibwächter sagte, der Scheich sei so viel wert.«

»Kein Wunder, dass Frank es mit der Angst zu tun bekam. Da haben Sie diesem Sharaf also angeboten, Frank auf Ihre ganz spezielle Art loszuwerden?«

David sah Wesseling misstrauisch an.

»Sie haben mit Ihren Taten geprahlt!«, warf Wesseling ihm vor.

»Nicht direkt.« David legte eine Pause ein und strich über die Bettdecke. »Wir haben es zusammen gemacht. Mit zwei Autos. Da musste ich wenigstens nicht den ganzen Weg zur Scheune zurücklaufen.«

»Und dann?«, fragte Wesseling.

»Und dann kam der Geldbote.«

David erzählte die Geschichte von A bis Z bis zu dem Punkt, wo das Scheunentor sich öffnete und er losballerte, so wie Sharaf es angeordnet hatte. Der Rest war Wesseling bekannt.

»Schöner Schlamassel«, sagte Wesseling, klappte seine Kladde zu und verließ das Krankenzimmer. Vor der Tür gingen die beiden Polizisten Streife. Immer an der Wand lang, wie eingesperrte Wölfe.

»Frank« war das erste Wort, das Martina Lommersheim wenig später mit tiefer Stimme hervorbrachte. Wesseling erschrak über ihre Ausmaße. Sie füllte das Bett wirklich aus. Ihr Körper formte unter der Bettdecke einen lang gezogenen, hohen Bogen. Ihr Kopf wirkte winzig dagegen.

»Frank« blieb auch das letzte Wort, das die Lommersheim formulieren konnte.

Sie habe ein Trauma, erklärte die Schwester, die Wesseling in das Patientenzimmer geführt hatte, in dem noch eine andere Frau lag und ihn mit kleinen braunen Augen und versteinerter Miene verfolgte.

»Haben hier alle ein Trauma?«, herrschte Wesseling die Schwester an.

»Ich nicht«, sagte sie beleidigt.

»Da können Sie ja von Glück reden, Schwester ...«, Wesseling studierte ihr Namenschild, »... Schwester Ina.«

»Teilnehmer ist momentan nicht zu erreichen«, äffte Wesseling die Stimme der Mailbox nach. Typisch, Frau Hauptkommissarin waren wieder lose und ledig unterwegs. Eine Waffe trug sie garantiert auch nicht. »Mist! Verfluchter!«, rief Wesseling. »Ich werde ihr das Handy ans Bein binden müssen.«

Er saß im Auto. Eine Frau, die vorüberging, beobachtete ihn, wie er mit sich selbst sprach, und schüttelte den Kopf.

19. Kapitel

Wesseling und seine Mannen liefen Sonja am Ausgang in die Arme. Gregor und Geschwind konnten mit ihrer Uniform nicht viel verkehrt machen, wann hatten Korb und Stelter das Teddyfutter aus ihren Bomberjacken geknöpft? War das ihre Sommergarderobe? Sehr originell, dachte Sonja. Wesseling war wie immer geschniegelt. Kein Haar stand ihm zu Berge. Über Geschmack konnte man streiten, aber nie saß irgendetwas schief an ihm. Bewundernswert.

Die Herren registrierten wohl, dass ihnen so viele Menschen entgegenkamen, als fände eine Evakuierung statt, aber sie kommentierten den Zustand nicht.

»Anstatt hier Frühsport zu machen«, rief Wesseling Sonja entgegen, »hättest du besser deinen Termin mit mir eingehalten. Wo ist dein Handy?«

»Zu Hause auf der Anrichte, wohin es gehört. Schön, dass ihr endlich kommt.«

»Wir dachten uns, Karim wird hierherkommen«, erklärte Gregor.

»Wegen Amir«, fügte Geschwind hinzu.

»Und wir dachten uns, dieser Leibwächter wird hierherkommen«, fügte Korb hinzu und schlackerte mit seinem Galloway-Pony.

»Wegen Karim«, leistete Stelter seinen Beitrag und drückte eine Kippe unter seinem Schuh aus.

Sonja sah von einem zum anderen. Ein Häufchen Verzweifelter stand vor ihr. Und sie wussten noch nicht das Schlimmste. Die letzten Pkw rollten vom Parkplatz. »Heute ist der Eintritt frei.«

»Wir haben noch nie irgendwo Eintritt gezahlt!«, rief Geschwind.

»Was ist hier eigentlich los?«, wollte Wesseling endlich wissen, als sie am Kassenhäuschen vorbeigingen, in dem niemand mehr saß.

Sonja zögerte, suchte einen guten Moment, aber es würde sowieso keinen geben, ehe sie sagte: »Er hatte keine Eintrittskarte.«

»Wie? Wer?«

»Er.«

Jetzt hatten die Herren verstanden, sahen sich an, lange Blicke ohne Worte, und schon hatten sie einen Plan parat und schwärmten kopflos in alle Himmelsrichtungen davon. Korb und Stelter rannten zur Greifvogelstation, Geschwind und Gregor in die entgegengesetzte Richtung. Wesseling beschloss, mit Sonja weiter den Ausgang zu bewachen.

»Er hat sich an der Kasse durchgemogelt«, erklärte Sonja. »Dadurch ist er mir aufgefallen. Er trug ganz normale Sachen. Jeans, Hemd, Sandalen. Später stand der an den Volieren. Mist. Verdammter. Gerade wollte ich ihm sagen, dass ich es war, die seinen Falken gefunden hat, als irgendein Blödmann schrie: ›Da ist er!‹ Und weg war er. Ich erwarte keinen Finderlohn von ihm, obwohl das nicht schlecht wäre bei meiner finanziellen Lage. Ich habe schon auf seine Dankbarkeit spekuliert, die er ja auch anders hätte beweisen können ...«

»Durch eine Aussage zum Beispiel«, unterbrach Wesseling sie. »Aber im Prinzip wissen wir ja fast alles.«

»So?«

»David war ganz schön gesprächig, nachdem ich ihm unser Zeugenschutzprogramm angeboten habe.«

»Das gilt doch gar nicht für Fälle wie diesen.«

»Na und?«

Sonja war beeindruckt. Das hätte sie ihm nicht zugetraut. Einen Schwerverletzten so auszutricksen. Wesseling berichtete weiter von seinem Besuch im Krankenhaus. Davids Geständnis war spektakulär, sofern es stimmte. Dann war dieser Sharaf Jaziri der Teufel in Person.

»Dann ist David also doch kein Psycho«, sagte Sonja. »Hab ich ja gleich gesagt. Es fehlte das echte Ritual.«

»Stimmt. Nicht der Klassische, der töten *muss*, weil sein Gehirn ihm das befiehlt. Aber es ist ja wohl doch psychotisch, alles umzubringen, was meine Kreise stört, oder? Den Rest wird uns hoffentlich Karim bin Dingsbums sagen.«

»Karim bin Zayed Al-Nahyan?«, half Sonja aus.

»Ich will mir diese Namen einfach nicht merken.«

Als Wesseling in seiner Erzählung bei dem unergiebigen Besuch bei Martina Lommersheim angekommen war, unterbrach Sonja ihn.

»Sieh mal.«

Korb und Stelter traten aus dem Waldstück heraus und hielten den Mann im schwarzen Hemd stramm zwischen sich. Wie die Orgelpfeifen sahen sie aus. Der große Korb strahlte und warf seinen Pony zurück, der Araber, nicht ganz so groß und schmaler mit verbissenem hageren Gesicht, der kleine Stelter, der laufen musste, um mit ihnen Schritt zu halten. Die Handschellen zwischen ihnen blinkten. Vor Sonja und Wesseling blieb das Trio stehen.

»Do you speak English?«, fragte Wesseling ihn und sprach überdeutlich und laut wie mit einem kranken Kind. Karim nickte. Sonja fragte sich, ob Wesseling genug Englisch konnte, um ein komplettes Verhör zu führen. Sie selbst wäre dazu auch nur bedingt in der Lage. Es war auch nicht nötig, da Karim vorhin ziemlich gut deutsch gesprochen hatte.

Karim stand der Schweiß auf der Oberlippe. Sein Hemd saß schief und hing halb aus der Jeans. Überall, auch in seinen Haaren, hatten sich die kleinen Sommerkletten und Fichtennadeln festgesetzt. Ein bisschen sah er aus, als hätte er im Heu gelegen. So erschöpft wie er war. Aber immer noch niedlich, fand Sonja.

»Losmachen«, sagte Wesseling zu Korb und Stelter. »Your name?«

»Karim bin Zayed Al-Nahyan.« Karim schüttelte seine befreiten Hände und legte eine – ein feingliedriges, manikürtes Exemplar mit einem goldenen Siegelring am kleinen Finger – schützend auf seine Brust. Unter dem Hemd plusterte sich immer noch etwas auf.

»Was tragen Sie da?«, fragte Wesseling im Eifer den Gefechts in deutscher Sprache. »Zeigen Sie mal.«

Karim, Befehle nicht gewohnt, wich zurück. Erst nach langen Sekunden, als es den Anschein hatte, es geschehe freiwillig, öffnete er zwei Hemdknöpfe. Er holte einen Falknerhandschuh hervor und zog aus diesem eine kleine Haube, verziert mit Federbüschel und Perlenschnüren, und zwei Lederleinen, legte alles gut sichtbar in seine offenen Hände, die er ausstreckte.

»Amir«, sagte er leise und flehend, sah dabei in den Himmel, als wende er sich direkt an Allah persönlich. Er hatte eine Art, sich in Szene zu setzen, das musste man ihm lassen. Oscarreif.

»Amir is okay«, sagte Sonja und kam sich neben ihm irgendwie zu breit und unbeholfen vor. Teutonisch eben.

»Das weiß er längst«, meldete sich Fischer zu Wort, der unbemerkt zu ihnen gestoßen war. »Er hat ihn längst gesehen.«

»Wo sind Ihre weißen Gewänder hin? Woher haben Sie diese Jeans da und das Hemd?«, wollte Sonja wissen.

Karims Augen waren von einem ungewöhnlichen Blau. Er sah irgendwie durch alle hindurch und an allen vorbei, wie es eigentlich nur Kurzsichtige können.

»Und wo ist dieser Sharaf?«, fragte Wesseling.

Karim spuckte so energisch auf den Boden, dass alle einen Schritt zurücktraten, und starrte so finster ins Nichts, dass klar war, dass er kein Interesse hatte, diesen Mann in diesem Leben jemals wiederzusehen.

»Kommen Sie«, sagte Wesseling.

Amir konnte immer noch nicht sicher auf Block und Reckstange stehen. Man hatte ihm auf dem Boden ein Nest aus Stroh gebaut. Gerade stelzte er zu seiner Wasserstelle, als die Türe aufging. Der ovale Fleck über einem Nasenloch schien dunkler. Er sah auch nicht mehr so zerzaust aus.

Karim näherte sich der Voliere, ging in die Hocke, steckte zwei Finger durch den Maschendraht und gab eine leise, unverständliche Anreihung von dunklen Worten, die nur Amir verstand, von sich. Mit einem Satz war Amir am Maschendraht und linste durch ein Loch und rieb kurz darauf seinen Schnabel an den Fingern seines Herrn.

»Frau Hauptkommissarin Senger hat Ihren Amir gefunden«, sagte Fischer und zwinkerte Sonja zu.

Der Blick, den ihr Karim dafür schenkte, endlich Blickkontakt, war betörend. Aber nicht so sehr, als dass sie auf einen Finderlohn freiwillig verzichtet hätte. Aus dem Alter war sie raus.

»Kann er wieder fliegen?«, fragte Wesseling.

»Der Tierarzt meint, wir könnten es versuchen.«

»Wunderbar.«

»Jetzt?«, fragte Karim ungläubig.

»Jetzt.«

Amir wurde unruhig, trappelte hin und her, schlug mit den Flügeln. Nachdem Karim ihm seine Haube über den Kopf gestülpt hatte, kam er zur Ruhe und ließ sich die Langfesseln wieder anlegen. Fischer und Karim zogen ihre Falknerhandschuhe über die linken Hände. Fischer ließ Amir aufsteigen und brachte ihn zu der kleinen Freiflugfläche vor der Station.

Karim begab sich an das entgegengesetzte Ende, nahm eines der toten Küken, die Fischer ihm zugesteckt hatte, in die Faust, streckte den Arm weit von sich und rief nach seinem Falken.

Amir reckte den Hals vor, schien sich abzustoßen, zögerte, schlug mit den Flügeln, als probiere er sie aus.

»Amir!«, rief Karim wieder.

Der Falke setzte erneut an, breitete die Flügel aus, stieß sich ab, schwebte, sank, flatterte eine Handbreit über dem Boden und landete vor Karims Ledersandalen. Karim hob ihn auf und fütterte ihn.

So ging es dreimal hin und her. Amir wurde mutiger mit jeder Strecke. Bald hielt er die Höhe und stieg sogar ein wenig auf. Sicher landete er auf der Hand seines Herrn.

Karim strahlte. Seine blauen Augen blitzten.

»Das reicht für heute«, blies Fischer nach einer Viertelstunde die erste Übung ab. »Morgen früh kann er drüben einen Rundflug machen, wenn er will.«

Die Nacht durfte Karim bin Zayed Al-Nahyan in der Nähe seines Falken verbringen. Ausnahmsweise. Einen sichereren Ort gab es nicht. Bewacht wie alle anderen Vögel von zehn unerbittlichen Rottweilern.

Am nächsten Morgen standen wieder alle pünktlich auf der Matte.

»Können Sie den Vogel nicht auf diesen Leibwächter hetzen, ich meine, wenn Sie ihm sagen, er soll ihn suchen, würde er das tun?«, fragte Sonja Karim. Während dieser schwieg, registrierte sie die mitleidig grinsenden Mienen der Kollegen. »Lassie konnte das«, setzte sie trotzig hinzu.

»Dieser Vogel ist kein Hund«, meinte Fischer. »Wir werden natürlich eine neue Batterie in seinen Peilsender setzen. Wo ist der Empfänger?«

Karim machte ihm verständlich, dass sein GPS den deutschen Dauerregen nicht überstanden hatte.

»Kein Problem. Das kriegen wir wieder hin. Wo ist er denn hin?«

Karim zuckte mit den Schultern. Sonja fing seinen verträumten Blick auf. Der GPS war also da, wo seine Gewänder waren.

Als Amir in den wolkenlosen Himmel aufstieg, stand Karim in ein weißes Bettlaken gehüllt abseits von der kleinen Gruppe, ein bisschen wie Jesus auf dem Ölberg sah er aus. Sie hielten alle den Atem an und legten die Köpfe in den Nacken.

Amir kreiste über ihnen, machte eine kurze Rast in der nächsten Fichte, ehe er erneut startete, Karim umkreiste wie im Spiel und sich erst dann vom Wind ins Tal tragen ließ, wo das Wasser der Olef-Talsperre in der Sonne glitzerte. Er schien die neu gewonnene Freiheit zu genießen. Er ließ sich treiben.

Wesseling trat neben Sonja. »Hast du die Bücherregale gefunden?«

Sie nickte und verfolgte Amirs Flugroute.

»Auch die Notiz?«

»Welche Notiz?«

»Macht nichts. Sie muss weggeflogen sein.«

»Was stand denn drauf?«

»Nichts.«

Erleichtertes Aufatmen war zu hören, wenn Amir nach einem kurzen Außersichtsein wieder auftauchte, wenn er nach einem scheinbaren Absturz wieder aufstieg, wenn er sich immer weiter entfernte und dann doch zurückkam.

Wie ein Segelflugzeug, dachte Sonja und wünschte sich, sie könnte einmal so fliegen. Sie sah hinüber zu Karim. Er stand unbeweglich und zeigte keine Gefühle, weder Freude noch Angst noch Stolz. Sein Gesichtsausdruck war starr, nur seine Augen folgten dem Flug seines Falken. Wo hatte er seine Gewänder gegen die Jeans und das schwarze Hemd eingetauscht? Welcher Frau war er begegnet? Welche Eiflerin hatte sein Herz erobert?

Als Sonja den Blick von ihm nahm und den Himmel wieder nach Amir absuchte, hatte sie Mühe, ihn zu orten. So war sie dankbar, als Fischer in seine Richtung zeigte und rief: »Da! Er hat etwas entdeckt!«

Amir flog kleine Kreise. Dann fiel er herab wie ein Stein.

»Oh!«, machte die Gemeinde ergriffen, wartete, ob er wieder auf der Bildfläche erschien, wartete und wartete und wartete.

»Ihn werden die Kräfte verlassen haben«, meine Wesseling mit belegter Stimme.

»Es war wohl noch zu früh«, fürchtete Sonja.

»Hoffentlich hat er sich nicht wieder verletzt.« Das war Gregor.

»Quatsch«, rief Fischer und lief los.

»Den finden Sie nie«, rief Wesseling ihm hinterher.

Karim warf die Bettlaken ab und machte sich ebenfalls auf den Weg.

Mit einer Handbewegung forderte Wesseling seine Leute auf, den beiden zu folgen und setzte auch sich selbst in Bewegung.

Unterwegs, als Sonja zusammen mit Korb gerade den Kinderspielplatz und den Streichelzoo filzte, ergab sich die Gelegenheit, unauffällig nach der Personalsituation im Bonner Kriminalkommissariat zu fragen.

Korb meinte, man könne nie genug Leute haben, aber die Finanzen machten ja alles kaputt. »Warum fragen Sie?«

»Es wird sich herumgesprochen haben, dass ich einen neuen Job suche.«

Er grinste und fuhr sich durch den Pony. »Soll ich ...?«

»Nein«, unterbrach sie ihn, strahlte ihn an und machte einen Fallrückzieher. Bonn war auch keine Lösung. Die Lösung lag irgendwo dazwischen. Irgendwo.

Es war gar nicht weit von der Greifvogelstation, in einer Talsenke, unweit des Bärengeheges, eine kleine Schonung, in der Wildblumen zwischen Baumstümpfen und frischen kleinen Nachkömmlingen wuchsen.

Von Weitem sahen sie den weißen Falken mit ausgebreiteten Flügeln auf etwas Metallisches einhacken, das in Bodennähe in der Sonne aufblinkte wie ein Brennglas.

Als Amir Karim entdeckte, stieß er einen Schrei aus und stelzte auf die Schulter eines am Boden liegenden Mannes und klappte die Flügel ein.

Das Gesicht des Mannes war tief in die Erde gerammt, als wollte er sich vor den Angriffen eines Raubvogels schützen. Er trug eine Uniform und Lederstiefel. Seine linke Hand umkrallte den Griffstutzen einer Pistole, in der anderen hielt er einen Gegenstand fest. Von dort kam das Blinken.

Man ließ Karim den Vortritt. Gemessenen Schrittes, wie es seine Art war, trat er neben den Mann, bückte sich, öffnete seine rechte Hand, die einen Griff fest umklammerte. Er hob den Gegenstand hoch, demonstrativ.

Es war ein Aktenkoffer, dessen Schlösser in der Sonne geblinkt und Amir offenbar angelockt hatten.

Also doch, dachte Sonja zufrieden. Fast wie Lassie.

Karim stellte den Koffer vor Wesselings Füßen ab, drehte sich um, zog seinen Falknerhandschuh über die Linke und ließ Amir aufsteigen.

Die Begrüßung fiel rührend aus.

Da hob der Mann seinen Kopf aus dem schützenden Erdloch. Grashalme hingen in seinem langen Haar und dem eckigen Bart, auf den schmalen Lippen und der Hakennase klebten Erdkrümel. Aus dem Augenwinkel beobachtete er, wie die Kommissare ihn einkreisten, die Pistole sicherstellten, ihn abtasteten und schließlich einen Dolch aus dem Stiefelschaft zogen.

Er stand auf – eine kräftige, untersetzte Gestalt, offensichtlich unverletzt – und klopfte sich in aller Ruhe den Dreck von der Uniform.

Er griff in seine Brusttasche, woraufhin die Polizeiwaffen sofort entsichert wurden und er verächtlich die Mundwinkel hochzog. Langsam holte er ein weißes Tuch hervor, wie ein Zauberer genoss er den Augenblick. Seine *ghutra.* Er faltete sie sorgsam, legte sie über den Kopf und befestigte sie mit dem *igal.*

Ein kalter Blick aus seinen schwarzen Augen streifte erst über die Männer, wobei er Sonja ausdrücklich übersah, und blieb dann auf Karim hängen. Er verbeugte sich leicht.

»Kaifa haluk?«

Karim stieß eine lange Reihe unverständlicher, kehliger Laute aus, von denen sich kein einziger so anhörte, als ginge es ihm gut, und er spuckte auch wieder aus.

»Hier wird nicht gespuckt«, bellte Wesseling. »Und hier wird deutsch gesprochen. Wer sind Sie?«

Der Mann verbeugte sich leicht, dieses Mal mit schräg gelegtem Kopf. »Sharaf Jaziri. Ich wollte ihn noch einmal sehen.«

»Wen?«

Mit der offenen Hand zeigte er auf den Scheich. »Ihre Hoheit Sheikh Karim bin Zayed Al-Nahyan.«

»Wozu?«

Sharaf zog die schwarzen wüsten Augenbrauen zu einer einzigen Linie zusammen. »Er ist mein einziger Zeuge.«

»David Pietsch geht es blendend«, übertrieb Wesseling heillos.

Man hörte fast, wie Sharafs Zähne knirschten, so sehr rieb er sie aufeinander. Die Flügel seiner beachtlichen Hakennase bebten.

»Und er hat bereits alles gestanden.«

Mit stolzer Geste warf Sharaf den Kopf in den Nacken, dass seine *ghutra* nur so flog.

»Wir können Ihnen nachweisen, wie viele Menschen Sie außer Frank Lommersheim auf Ihrem Gewissen haben. Anhand dieser Pistole da. Eine Makarov, wenn ich nicht irre. Dieser eine Deutsche wird Sie in ein deutsches Gefängnis ...«

»Ich weiß«, schnitt Sharaf ihm das Wort ab. »Und ich gebe alles zu.«

»Oh«, sagte Wesseling überrascht und erleichtert.

»Ich bevorzuge deutsche Gefängnisse. Sie sind für die humane Behandlung ihrer Gefangenen bekannt, während unsere für ihre«, er seufzte und sah wieder in den Himmel, als suche er das richtige Wort, »Brutalität bekannt sind.«

Als Gregor und Geschwind Sharaf Jaziri abführten, sagte dieser leise in Karims Richtung: »*Ma'as Salama.*«

Karim schloss die Augen und wandte sich ab.

Später verabschiedete Karim sich. Er wollte kein Abschiedsessen, keine Eskorte, kein Hotel, er wollte niemanden, der ihn zum Flughafen brachte. Er wollte wohl nur seine Ruhe haben. Aber das konnten Wesseling und Sonja nicht zulassen. Auf keinen Fall. Wer wusste denn, wohin er geraten würde? Sie würden erst zur Ruhe kommen, wenn er in seinem Flugzeug saß, und besser noch, wenn er den deutschen Luftraum verlassen hatte.

Wesseling komplimentierte Karim mit seinem Falken auf den Rücksitz seines Audis. Kurz bevor er abreisen wollte, riss Sonja die Beifahrertür auf und setzte sich kommentarlos dazu.

Wesseling schaltete das Radio ein und ließ leise klassische Musik durch das Innere des Autos perlen, wohl weil er eine peinliche Stille befürchtete.

Sonja neben ihm schnupperte und rümpfte die Nase. Es roch irgendwie streng. Waren das etwa der neue Herrenduft oder der Falke oder der Scheich oder die Mischung aus allem?

»Sie leben in einem wunderbaren Land«, sagte eine klare Stimme aus dem Fond mit diesem kleinen, charmanten, südöstlichen Akzent.

»Je nun«, meinte Wesseling erstaunt und musterte ihn im Rückspiegel. Er schien es ernst zu meinen.

»Kommt drauf an«, sagte Sonja.

»Sie können es vielleicht nicht würdigen.«

Wesseling und Sonja warfen sich bedeutungsvolle Blicke zu und zuckten mit den Schultern.

»Ich würde gern hier leben«, sagte Karim und nieste vernehmlich.

»Hier?«, fragte Sonja entsetzt. Wenn sie die Wahl hätte zwischen den Vereinigten Arabischen Emiraten und der Eifel, müsste sie keinen Augenblick überlegen.

»So viel Wasser und so viel Grün, wohin das Auge fällt.«

Sonja und Wesseling blickten prompt aus ihren Seitenscheiben in die Landschaft hinaus. Karim hatte nicht unrecht. Wesseling gab Gas, um die Anhöhe nach Hönningen hinauf zu bewältigen. Schwungvoll landete er auf dem Plateau. Man hatte einen weiten Blick. Auch wenn es gerade mal zufällig nicht regnete, grün war es überall, so weit das Auge reichte.

»Bei mir zu Hause gibt es nur Sand, Sand und noch einmal Sand.«

»Wüste eben«, erklärte Wesseling.

»Wüste«, wiederholte Karim, und es klang irgendwie endgültig und tödlich aus seinem Mund.

»Man will immer haben, was man nicht hat«, behauptete Wesseling.

Sonja schüttelte den Kopf. So ein blöder Spruch.

Vor dem Flughafengebäude gab Karim Wesseling die Hand und verbeugte sich ansatzweise vor Sonja und sagte: »Ich liebe Abschiedsszenen nicht.« Das sollte wohl bedeuten, dass sich seine Begleiter nun entfernen konnten. Er drehte sich auf dem Absatz um und schritt hocherhobenen Hauptes davon.

Wesseling und Sonja sahen ihm nach, wie er durch das Tor ging, sich demonstrativ mitten auf eines der Rollfelder stellte, beide Arme ausstreckte, mit Amir auf einer Hand, bis ein Mitarbeiter aus dem Tower auf ihn aufmerksam wurde und zu ihm eilte.

»Der hat den Bogen raus«, sagte Wesseling.

Nach einem Wortwechsel zwischen den beiden Männern wurde eine der beiden Maschinen der *Emirates Airline* aus der Sammelhalle geordert und zum Abflug klargemacht.

»Und was ist mit der anderen Maschine?«, fragte Sonja.

»Das ist dem doch egal.«

Karim winkte noch einmal mit der freien rechten Hand huldvoll in Richtung Wesseling und Sonja. Amir schlug noch einmal mit den Flügeln.

»Jetzt reicht es mir aber«, sagte Wesseling. »Wir fahren.«

»Zurück nach Hellenthal«, befahl Sonja, als sie neben ihm saß, als sei er ein Taxifahrer.«

»Dein Auto ist wie dein Handy«, meckerte Wesseling. »Es ist nie da, wo es sein sollte.«

Es dauerte nicht lange und sie hörten Flugzeuglärm über sich. Sonja suchte den Himmel ab. Als sie eine kleine Maschine und ihren Dunststreifen entdeckte, wischte sie über die Seitenscheibe und flüsterte: »*Ma'as Salama*«.

»Jetzt fängst du auch schon damit an«, knurrte Wesseling.

Sie seufzte tief, legte den Kopf schräg und folgte lange der Route des Flugzeuges.

»Wer weiß, ob er da überhaupt drinsitzt.« Und als Sonja schwieg, fügte Wesseling hinzu: »War wohl nichts mit Finderlohn.«

»Ach«, winkte Sonja ab. »Der schnöde Mammon. Man sieht ja, wohin das führt.«

»Und jetzt?«, fragte Wesseling.

Sonja kannte das Gefühl der Leere, wenn ein Fall gelöst war und zu den Akten gelegt werden konnte. Meistens stürzte man sich dann sofort auf den nächsten, um nicht allzu viel nachdenken zu müssen. »Ist dein Schreibtisch leer?«

Wesseling rollte mit den Augen. Er wusste nicht, wie gut er es hatte. »Und deiner?«

»Ich habe gar keinen Schreibtisch.«

»Als Privatdetektivin ist man ja auch eigentlich immer unterwegs, nicht wahr?«, fragte Wesseling und lächelte ihr aufmunternd zu.

Sonja nickte und versuchte ebenfalls Zuversicht zu verbreiten. Aber es war im Augenblick nicht nur der Hut, der ihr fehlte. Sie brauchte dringend einen Schluck Roten.

Letztes Kapitel

Am Morgen des 9. Juni bohrte Sonja mit einer veralteten Bohrmaschine Löcher in ihr Forsthaus, um Wesselings Bücherregale aufzuhängen. Die Wände waren stabiler als erwartet.

Am Mittag des gleichen Tages erstand sie eine tigerfarbene Decke für das rote Sofa und eine neue Radioantenne, die ihr vom Tankwart in Gemünd, der aus dem Urlaub zurückgekehrt war, freundlicherweise sofort montiert wurde.

Am Abend des gleichen Tages begann Wesselings Tanzkurs. Zuerst kam der Foxtrott dran. Hilde war in seinen Armen leicht wie eine Feder. Sie strahlte. Nach ein paar verzweifelten Runden nahmen sich die beiden Tanzlehrer ausgerechnet das Ehepaar Wesseling als Demonstrationsobjekt vor. Hilde musste mit dem Tanzlehrer tanzen, der in den Hüften wippte wie eine Gummipuppe. Wesseling musste mit seiner Partnerin tanzen. Sie war größer als er, erschreckend muskulös und umgeben von einer stechenden Parfümwolke.

Wesseling wurde es schlecht. Auch von der Dreherei. Er kam sich wie ein Volltrottel vor und schmiss nach dieser ersten Stunde den gesamten Kurs. Er wusste nicht, wann und ob Hilde ihm das verzeihen würde. Oder ob sie nun doch noch mit Herrn Schmidt gen Osten ziehen würde. Falls der überhaupt noch wollte. Das Risiko ging er ein. Seitdem sprach sie jedenfalls nicht mehr mit ihm.

Am gleichen Abend begann auch die Fußball-Weltmeisterschaft 2006. Das Eröffnungsspiel gegen Costa Rica endete 4:2 für Deutschland.

Am nächsten Morgen brachte Sonja das Fahrrad zurück in den Wald und stellte es dort ab, wo sie es gefunden hatte. Es hatte seine Dienste getan und sie auf die Beine gebracht. Sollte es nun dasselbe für einen anderen leisten. Und das tat es bereits zwei Tage später, wie ein Wanderpokal.

Gut vierzehn Tage später teilte der Tower am Flugplatz Dahlemer Binz der Polizeiwache Schleiden höflich mit, dass die zwei arabischen Piloten der zweiten Maschine der *Emirates Airline* es nun leid seien und endgültig nach Hause fliegen würden. Falls der Scheich jemals noch einmal auftauchte, könnte er ja auch mit jeder anderen Maschine fliegen. Sie hätten dafür bereits das Okay des Emirs von Abu Dhabi.

Die Polizeiwache leitete die Information an den Aachener Staatsanwalt Bernd Wesseling weiter.

Wesseling tobte. »Wenn man diesen Scheich auch nur einmal aus den Augen lässt, taucht er sofort ab.«

Nachdem er sich beruhigt hatte, ging er davon aus, dass Karim bin Dingsbums und sein Falke Amir sich nun vermutlich in dem Haus befanden, das zwischen Gemünd und Kall an einer Wegekreuzung steht und das niemand kennt. Aber das war natürlich nur seine persönliche Vermutung, die sich bei einer Kontrolle als Fehler herausstellte.

Sonja wusste es besser.

Glossar

Nur ein paar Begriffe aus der Falknersprache:

Atzung	Nahrung
Drahle	Doppelwirbel aus Metall, die zum Verbinden der Geschühriemen mit der Langfessel dient
Federspiel	Lederkern mit Atzung zum Training
Geschirr	Gesamtausdruck für Geschüh, Drahle und Fessel
Geschüh	die beiden Lederriemen
Kröpfen	Essen
Langfessel	120 cm lange Lederriemen
Nestlinge	Jungvögel
Schöpfen	Trinken
Wildflug	Der erste Flug des aufgepäppelten Nestlings

Nur ein paar der gebräuchlichsten arabischen Wörter:

Adjam	Nichtaraber! Barbaren!
Ahlan-Wa-Sahlan	Willkommen
Allahu akhbar	Allah ist der Größte
Hadj	Reise nach Mekka
Kaifa haluk	Wie geht es dir?
La	Nein
Mar-haba	Hallo
Ma'as Salama	Auf Wiedersehen
Na'jan	Ja
Salam aleikum	Begrüßung
Aleikum Salam	Der Gruß zurück
Shukran	Danke

Mein Dank geht

an die Greifvogelstation Hellenthal, und dort besonders an Frau Hilgers und die Herren Karl Fischer, Horst Niesters und Dr. Böttcher für ihren freundlichen und geduldigen Rat und für die Erlaubnis, ihnen eine kleine Rolle in diesem Roman zuzuspielen,

an den ehemaligen Besitzer der Greifvogelstation, Salem Ebrahim Al-Saman, das ARRC und das Herrschergeschlecht Al-Nahyan in Abu Dhabi, alle drei real existierend, für die stille Duldung,

an die saudi-arabische Fußballnationalmannschaft, die mir während der Weltmeisterschaft – ohne ihr Wissen – ihre Namen bunt gemischt zur Verfügung gestellt hat,

und an meinen Mann natürlich.

KBV-KRIMI

Carola Clasen

Tot und begraben

KBV-Krimi Nr. 108
Taschenbuch, 240 Seiten
ISBN 3-937001-03-4

Von einem Tag auf den anderen kostet eine Beerdigung im kleinen, beschaulichen Eifelort Oberprüm nur noch die Hälfte. Kein Wunder, dass die Konkurrenz den Leichenwagen von nun an nicht mehr aus den Augen lässt. Die Bestatter Paul und Peter Schlangensief haben offensichtlich eine todsichere Geschäftsidee entwickelt, dank derer sie allen anderen eine Nasenlänge voraus sind. Zur gleichen Zeit gibt der einsame Witwer Wilden eine Heiratsannonce auf. Als er endlich einen Brief und ein Foto erhält, verliebt er sich Hals über Kopf in die schöne Sybille. Sein Glück scheint perfekt. Doch dann geht es plötzlich mit seiner Gesundheit rapide bergab.

»*... die Handschrift macht Appetit auf mehr!*« (Das Magazin)

»*... die Crime Lady unter den Eifelkrimiautoren*« (Trierischer Volksfreund)

Carola Clasen

Novembernebel

KBV-Krimi Nr. 93
Taschenbuch, 185 Seiten
ISBN 3-934638-93-7

Die Krimiautorin Julia Kirschbauer befindet sich nach einer Lesung in Trier auf einer einsamen nächtlichen Autofahrt nordwärts durch die Eifel.
Nebel ... Angst ...
Man sieht nicht einmal fünf Meter weit. Und dann sind da plötzlich diese grellen Scheinwerfer! Wenige Augenblicke später ist Julia Kirschbauer spurlos verschwunden.
Die Trierer Kommissarin Sonja Senger wird mit dem Fall beauftragt. Gemeinsam mit ihrem undurchsichtigen Kölner Kollegen Roman Zorn begibt sie sich auf die Suche nach der verschwundenen Autorin und entdeckt dabei verborgene Eifler Eigenarten, die selbst der dichte Novembernebel nicht zu verhüllen vermag.

»*Die Queen of Eifel-Crime*«
(Trierischer Volksfreund)

Carola Clasen

Das Fenster zum Zoo

KBV-Krimi Nr. 96
Taschenbuch, 201 Seiten
ISBN 3-934638-83-X

Als der Kölner Zoo am Morgen seine Pforten öffnet, hat die vergangene Nacht grausige Spuren hinterlassen: Im Käfig des Grizzly liegt die zerfetzte Leiche eines jungen Mannes. Der verstümmelte Körper gehört Ben Krämer, einem Fotografen, der im Zoo auf Tippvisite war.
Ist er aus Unachtsamkeit in die Fänge des Bären geraten?
Die Tierpflegerin Nelly Luxem scheint etwas zu verbergen zu haben, und der frisch pensionierte Kommissar und Zooliebhaber Lorenz Muschalik versucht ganz behutsam hinter ihr dunkles Geheimnis zu dringen.

»*Carola Clasen versteht es, mit den klassischen Versatzstücken des Kriminal- und Schauerromans zu spielen.*«

(Kölner Stadt-Anzeiger)

KBV-KRIMI

Ralf Kramp

Tief unterm Laub

KBV-Krimi Nr. 11
Taschenbuch, 256 Seiten
ISBN 3-934638-11-2

Ein alter Mann wird überfahren. Nur ein Unfall? Einige Zeit später kommt sein ehemaliger Zivi beim Sturz aus dem Fenster seiner Dachwohnung ums Leben. Selbstmord? Laurentius Bock, Besitzer eines kleinen Copy-Shops, wird unfreiwillig in den rätselhaften Fall hineingezogen. Zusammen mit Lindy, der Freundin des jungen Mannes, versucht er, die Hintergründe der seltsamen Geschehnisse aufzudecken. Die Spur führt in die Eifel, doch auch hier ist die Welt nicht mehr in Ordnung, und das schon seit vielen, vielen Jahren.

»... Wirklich gelungen ... Brillant ... Sehr gut!«
(Jacques Berndorf)

»Kramps brillanter Krimi fesselt bis zur letzten Seite.«
(Das neue Buch / Buchprofile)

Ralf Kramp

Der neunte Tod

KBV-Krimi Nr. 44
Taschenbuch, 256 Seiten
ISBN 3-934638-44-9

Herbie Feldmanns dritter Fall. Er hütet das protzige Haus seiner Tante, und sein ständiger Begleiter Julius ahnt bereits Böses, als Herbie in jener kalten Winternacht einem Obdachlosen Asyl gewährt. Und er behält Recht. Tante Hettis Kostbarkeiten werden bei Nacht und Nebel gestohlen, und Herbie hat seine liebe Mühe, die teuren Stücke wiederzubeschaffen. Das kann er nur, wenn er den Landstreicher auftreibt. Der nennt sich »Mikesch«, wie der Kater, und glaubt, ebenso wie der, neun Leben zu haben und auch neun Tode. Und ganz plötzlich, auf schreckliche Weise, kommt schließlich auch der neunte ...

»... der lokale Meister des schwarzen Humors.«
(Kölner Stadt-Anzeiger)

Ralf Kramp

Still und starr

KBV-Krimi Nr. 51
Taschenbuch, 185 Seiten
ISBN 3-934638-51-1

Marcus Mathei kehrt zurück. Aus seiner gescheiterten Ehe heraus flüchtet er in ein kleines Nest in der Eifel, kehrt zurück an die Stätte seiner Jugend. Dort sucht er Ablenkung vom drohenden Scheidungsdesaster, Erholung von der Stadt und Ruhe von seinem nervenaufreibenden Job in der Werbeagentur, der auf der Kippe steht.
Doch als er in das Dorf zurückkehrt, in dem sich sein Vater, der Dorfarzt, vor Jahren das Leben nahm, wird es nicht nur eine Reise in seine eigene Jugend auf dem Land.
Alles deutet darauf hin, dass mit seiner Rückkehr auch der Tod Einzug in das Dorf hält. Die übel zugerichtete Leiche eines Bahnarbeiters wird gefunden, und es sieht ganz so aus, als würde dies nicht der einzige Tote bleiben.

KBV-KRIMI

Egon Olsen

Heideblues

KBV-Krimi Nr. 149
Taschenbuch, 196 Seiten
ISBN 3-937001-66-2

Der eitle Musikmanager Dr. Günther Didier hat jede Menge Feinde in der Haifischbranche. Dass ihm ausgerechnet in der Abgeschiedenheit seines Landsitzes jemand den Schädel einschlagen würde, hätte aber niemand gedacht.
Tatort ist das malerisch gelegene Gut Eichenhof in der winterlichen Lüneburger Heide, auf dem der Ermordete ein Trüppchen illustrer Gäste aus dem Showgeschäft um sich versammelt hatte. Unter ihnen ist der chronisch abgebrannte Songschreiber Paul Nickel. Auch für ihn erweist sich die Landluft als äußerst ungesund: Nicht nur, dass ihn ständig ein Trecker zu überfahren versucht, er gerät er auch noch unter Mordverdacht. Nickel muss die Sache notgedrungen selbst aufklären und entwickelt dabei eine unkonventionelle Methode ...

Carola Clasen

Schwarze Schafe

KBV-Krimi Nr. 147
Taschenbuch, 228 Seiten
ISBN 3-937001-64-6

In der Tierwelt blöken, fressen und vermehren sie sich innerhalb der Herde wie alle ihre Artgenossen, und ihre Fellfarbe ist nur eine Laune der Natur.
Bei den Menschen allerdings verhält es sich etwas anders: Äußerlich meist völlig unauffällige Einzelgänger treiben ihr grausiges Unwesen oft jahrelang unentdeckt und werden nur selten und durch Zufall von den Hütern des Gesetzes aufgespürt und ausgebremst.
Mehr als zwei Drittel aller Morde, die diese schwarzen Schafe auf dem Gewissen haben, sind Beziehungstaten. Kein Wunder also, dass es da alle treffen kann, Brüder, Schwiegermütter, Ehemänner, Kollegen, Freunde, Liebhaber ...
Zwanzig bitterböse Geschichten aus der Feder einer Dame, die literarisch versiert zu morden versteht.

F.G. Klimmek

Des Satans Schatten

KBV-Krimi Nr. 144
Taschenbuch, 288 Seiten
ISBN 3-937001-61-1

Lange hat es Frederik von dem Kerkhof nicht in seinem holländischen Exil gehalten.
Es gilt, in Crange eine Dankesschuld abzutragen, die ihn zwingt, einen Mord aufzuklären, der nach menschlichem Ermessen nicht von einem Sterblichen begangen worden sein kann.
Damit betritt unser Held erneut ein mittelalterliches Szenario aus Tod, Intrige und Verrat von ungeahnter Dimension; denn der Ermordete war damit befasst gewesen, dem spurlosen Verschwinden ganzer Familien nachzuspüren.

»Klimmek fabuliert munter und in einer süffigen, plastischen Sprache, die in ihrer Mischung spätmittelalterlicher Prallheit und neuzeitlicher Coolness immer wieder einen Hang zur Parodie durchblicken lässt.«
(GIG, Münster)